叛之三部曲首部曲

忤

林剪雲 著

觸忤當死〈清・張廷玉〉

目錄

推薦序：
歷史的虛構化，小說的新風景／李敏勇　005
起音：渡海　013
第一樂章　027
第二樂章　091
第三樂章　165
第四樂章　245
終　章　317
後記：
華麗與暗灰　349

推薦序：

歷史的虛構化，小說的新風景

——兼序林剪雲叛之三部曲首部曲：《忤》

李敏勇

小說是以「虛構」為名的一種文學類型，歷史小說是歷史的虛構化。

這讓我想起日本文藝評論家小林秀雄在德國小說家湯瑪斯．曼《歌德與托爾斯泰》日譯本序文〈歷史論〉有關歷史的觀點。小林秀雄以「從泥土裡挖出的瓦片描繪過去」的說法，意味著虛構的視野。當然了，歷史學發展的方向並非虛構化，而是在科學條件更強化的求真之學。虛構，成了文學探照歷史的異於歷史學家的特質。歷史在歷史小說呈顯另一種面貌，或說以「演義」相對於「志」的文本。

歷史小說是小說家去觸探歷史，異於歷史學家。歷史小說家使出渾身解數，在歷史——這種某一程度上有其客觀性條件的本事上，賦予更多想像力的穿鑿，讓人物在時空環境裡更生動地演出。如果歷史的閱讀是研究，那麼歷史小說的閱讀意味則是娛樂，但仍包含著歷史或面對歷史。歷史學者不一定正視歷史小說，但歷史小說應比歷史學書的文本更親近閱讀者。

歷史與歷史的虛構化畢竟不同。歷史小說的視野具有下列面向：

一、歷史的虛構化
二、典型人物的登場
三、大眾小說的性質
四、國民文學的類型
五、對歷史的認識以及歷史意識的形塑

日本、韓國是與台灣在歷史上有關聯，在漢字文化圈發展出來的國度。這三個國度都與亞洲大陸的強權：中國（歷史上不一定這樣稱呼）有或緊密或疏遠的關係，被壓迫與自我開展的關係。漢帝國時期，韓國各王朝和中國即有關係；唐帝國時期，日本受到中國的影響，既從中國汲取文化，又要掙脫中國的政治影響。顯現在韓國和日本的歷史裡有深刻的烙印。日本和韓國都逐漸發展出獨立於中國之外的國家，歷史裡充滿競合關係，演繹在歷史文本和歷史小說的是充滿血肉化的經驗和故事。日本人，韓國人，除了歷史教程有關於中國的敘述，更多的是歷史小說的演繹，反映在他們的歷史影劇。近現代歷史的演變反映在歷史小說更多的是文明衝突與世界關連。

因為日本、韓國在近現代發展出自己的國家，更能夠有距離地回顧自己國度與中國關聯的歷史，閱讀歷史小說成為國民對自己國度過去的一種回看，他們甚至以歷史小說解讀中國歷史。日本、韓國出版的發達，歷史小說家輩出，流派多元。小說的舞台演繹著歷史，愛恨悲歡恩怨情仇，在歷史的人、事、物演出，成為國民文學的存在，溶入國民心性與血液裡。所謂的國民性，不僅僅受教於國民養成的正規教育，毋寧說一點一滴也經由歷史小說的塑造、啟迪。歷史既滋潤了歷史小說，歷史小說也豐富了歷史。

被日本殖民五十年的台灣，從日文的歷史小說閱讀日本或中國歷史原是一種文化教養。戰後，也有人從日文譯介以歷史小說方式呈現中國歷史，記得一九七〇年代初期，從京都大學取得學位，跨越日本語到漢字中文的李君晰氏，還特別成立出版社譯介許多日本作家的相關書，諸如《玄奘三藏》、《李白》、《莊子平話》、《諸葛亮》、《諸子百家》、《墨子》、《孫子》、《老子》，不同於歷史書寫，以歷史小說呈顯的這些中國歷史人物，開啟了許多文化視野。

這得力於日本的出版業。發達的出版會提供豐富、多元的出版物，擴展國民的閱讀視野，甚至對產業有所助益。日本的大河劇、韓國的歷史劇，經由娛樂提供國民與歷史的精神對話。日本人之所以是日本人，韓國人之所以是韓國人，歷史小說也許扮演重要的角色。反觀台灣，有特殊的歷史構造，從唐山過海與原住民原本在大地自由奔逐，經歷荷蘭殖民、鄭氏王朝，大清帝國收編，日本殖民，國民黨中國統治……但因為沒有國家主體性，沒有以主體性視野展開的歷史探觸，加上出版文化的市場侷限，歷史似乎只存在於教科書，只存留在國民養成過程的一小段時間。相對日本人和韓國人也許一生多多少少都經由歷史小說，不同流派的歷史小說與自己國度的歷史進行對話，差異何等遙遠！

歷史小說被重視，特別被從一般的「小說」劃分出來，是出版發達的現象。新台灣和平基金會自二〇一六年開始，已進入二〇一七年，連續兩年有某種振興歷史小說的企圖心。以高額獎金鼓勵歷史小說書寫，去年的佳作作品已有出版社出版，據悉，也有作品被洽談電視劇製作。今（二〇一七）年，三部作品被評選為佳作，應該也都會有書籍出版。小說家林剪雲的《忤》是她「叛之三部曲」的首部曲，是她小說作品的新貌，放在歷史小說的範疇裡，展現了她文學作品的另一種格局，也是她挑戰自己小說寫作的里程碑。

「叛之三部曲」是林剪雲以戰後台灣的二二八事件（一九四七）與白色恐怖、美麗島事件（一九七九）與太陽花學運（二〇一四），架構的歷史小說組成。三部曲形式在台灣小說家鍾肇政、李喬……都有呈現，林剪雲的企圖心直追這些前輩，但比起之前，以「大河小說」喻示的長篇或超長篇，「叛之三部曲」更具歷史小說視野，也受到更多歷史小說的規範。林剪雲的「叛之三部曲」之一：《忤》的出版，對做為小說家的她而言，是新的里程碑，也引領她持續的歷史小說的探尋。

《忤》、《逆》、《叛》三部曲，是系列的反逆故事。台灣的歷史為何反逆？這也是特殊歷史構造下台灣人的歷史心境。從前有人說台灣「三年一小反」「五年一大反」，何以如此？林剪雲並未選擇時間距離較長的過去，而以戰後的二二八事件和白色恐怖的時代。相對於美麗島事件和太陽花學運，這是最近的歷史。而《逆》、《叛》的時代更接近是當代，顯示她關注的視角不只是從泥土挖出的瓦片描繪過去，更是直指與自己人生相近的時代。放在「歷史小說」的性質，這是冒險的挑戰，是林剪雲要面對的課題。

《忤》以屏東萬丹「鼎昌號」為舞台，這家日治時期台灣南部赫赫有名的富商，相傳是李仲義、李仲清兄弟和堂弟李趖合組，以鼎昌三人鼎足昌隆之意。他們經商致富的豪宅被以「大營」稱之。之前，他們先人買下縣丞署房舍，日治時期被日本軍隊徵為營舍是憲兵隊官廳，建立了和日本統治機關的良好關係。傳至李其昌，妻子鳳如，育有四子：子慶、子毓、子豪、子暄。終戰時，子慶已分擔家業，子毓在日本東京帝大（後改為東京大學）攻讀法學，子豪、子暄年少。日本戰敗，在日台灣學生的身分認同變化，在日本人和中國人之間歸屬混淆，在台灣的家人也憂心滯日兒子的處境。從被日本殖民到國民黨中國接收進占統治，具有典型性的台灣世家商賈萬丹「鼎昌號」，李其昌一家在歷史變動的漩渦中經歷轉折的人生。

小說從一九四六年初春，林伯仲、林萬源從中國福建泉州過鹹水來到台灣，原本要投靠較早來台發展的族親，卻因改朝換代際遇不順，從台北而屏東，落腳萬丹，後來分道揚鑣，一人過高屏溪對岸的大寮。台灣錢淹腳目的傳說從耳邊溜走，但看萬丹李其昌一家在戰後的演變，在政治、經濟、文化的變動中，子慶、子毓先後死於二二八事件，白色恐怖時期的台灣獨立運動。經商致富的商賈世家，從得意於日治時期，失落於戰後轉換的政權。林剪雲引清帝國時代張廷玉「觸忤當死」語，喻《忤》這一篇小說，呈現某種層面的台灣人際遇，刻劃動盪的歷史。

以〈渡海〉起音，含四個樂章。在台灣的歷史舞台，萬丹「鼎昌號」李家成為某種縮影。戰後從泉州來的林伯仲、林萬源成為縮影的見證人。經歷了日治而進入國民黨中國統治，篤信和氣生財，信仰基督教象徵某種新文化取向的李家，在政治變遷國度轉捩的歷史裡，從唐山來台的墾拓之家，從清國人、日本人而再轉為中國人，李其昌一家的命運其實象徵了台灣人命運的某種類型。「家財萬貫又如何？白髮人送黑髮人，慘！身在亂世，我們能夠闔家平安就值得慶幸了。老鄉，莫再怨嘆了，台灣已經是我們的家鄉，好好打拚，再苦也要讓我們的子弟讀書受教育，讓我們的下一代能夠在這塊土地生根立足，這不就是我們的未來……」林伯仲在聽聞李其昌二兒子子毓在台北被槍決的消息後，同是外省移民石道存感慨的話語道盡了庶民心聲，卻也凸顯萬丹李其昌一家的象徵性悲劇與災難。

子慶承擔家業，守護家園；子毓渡海深造，可光耀門楣。但子慶在二二八事件被軍隊軍槍掃射遇難；子毓在日本參與廖文毅領導的獨立運動，返台後被捕遭槍決。兄弟兩人各具風格、形色，但都在變動的歷史中犧牲生命，他們在經濟或政治的角色本來可以做出更大的貢獻，卻因無法順應變動的洪流，成為林剪雲小說《忤》的「觸忤當死」。這究竟意味歷史的甚麼課題？他們的人生又怎樣被閱讀？只是小說結局從石道存之口平平安安過一生的覺悟嗎？是一種討生活的認命，卻又樸樸素素過日的素淨心？還是藉由災難的意識覺醒？期許閱讀者從這樣的歷史小說體認更多教訓，因而醒覺更多的歷史意識？歷史小說追問的應該是比一般小說更多非文學的課題，因為歷史在歷史小說裡承擔著更多的歷史重量，當然也比純文學在虛構的條件上有更多的歷史負擔。

已出版多冊小說的林剪雲，跨越到歷史小說的書寫，以《忤》獲得某種肯定，具有編劇經驗的她，在這部小說裡也演繹了適當的演出情節，讓閱讀者像在看一部歷史劇一樣。她在處理子慶、子毓與先後成為他倆妻子玉茗（日文名：椿子）的情愫發展，交織著愛情、親情，交織著台灣性格和日本性格，傳統性和進步性，深刻動人。子毓在日本與東京少女淺井千晴的一段情誼也扣人心弦。歷史小說的歷史虛構化，讓戲劇的張力印記在閱讀者心中。《忤》的歷史風景是歷史也是小說，以小說演示歷史的一個側面。這樣的側面在台灣特殊的歷史構造裡應有許許多多等待被書寫的題材。也許這許許多多的題材被以歷史小說的文本處理，會讓有歷史的台灣也有故事，生活在台灣，不分先來後到的台灣人，能夠不只從歷史文本，也能從歷史小說文本與台灣的歷史對話，在歷史際遇與情境中鎔鑄台灣的國民性，從過去思考現在，從現在憧憬未來。

起音：渡海

西元一九四六年，初春。

「嗚……」一長列火車由遠而近，蠕動在滿眼蒼鬱的南台灣原野，一頭鑽進了下淡水溪鐵橋。

魂夢猶在家鄉番薯田徘徊的林伯仲，被遠房堂親林萬源搖醒：「伯仲！伯仲！你看，日本人起的大橋……」

林伯仲睜開略顯惺忪的眼睛，雖是倚在車門邊站立，火車搖搖晃晃的節律，讓人想清醒著也難，一瞥眼，萬源依然精神得跟猴子一樣，才要開口問他怎麼都不累，車廂外的聲音和景致倒先吸引了他。

火車在鐵橋上行駛，震得轟隆轟隆作響，有些像在番薯田種作時乍然撞到滿天霹靂，不過車廂外是一條寬闊綿長的溪流，翻湧著一簇簇白色浪花，滔滔滾滾流向遠方那輪碩大的彤紅落日，氣勢蓋過聲勢，一時倒讓他也忘了害怕。

萬源扯著喉嚨道：「有厲害否？歸條鐵橋橫過大溪。」

「你怎知影這是日本人起的？」他也拔高嗓門和震耳的轟隆聲對抗。

「嘿！我還知影那個日本工程師叫做飯田豐二——俺出門在外，溜溜瞅瞅靠兩蕊目睭、一對耳孔，詳細看真足聽，自然會知影足濟代誌。」

火車頭冒著蒸騰白煙，用力鑽出鐵橋，轟隆聲逐漸往後遁，終至遺留在橋上。

火車繼續哮喘前進，不過聲勢不若過鐵橋時，萬源可以輕鬆做大聲公了：「聽講，鐵橋一過，屏東就要到了。」

光，不過異鄉不比家鄉。

「屏東？俺毋是要去萬丹？」

「鐵路無經過萬丹，俺先到屏東驛，才去萬丹。」

萬源說得熟門熟路，其實兩個人結伴離鄉，都是頭一次過鹹水來到台灣，他曉得萬源一向精光，不過異鄉不比家鄉。

眉頭一鎖：「毋知，屏東到萬丹，還得偌久……」

「伯仲啊！俺自泉州一路攀山過嶺行船走海才來到台灣，只睹屏東到萬丹這節路，路途再遙遠，咁會比過黑水溝還艱難？」

萬源句句屬實，八仙過海說是各顯神通，兩人頭一次坐船，台灣海峽風大浪急，卻是吐到翻腸翻胃，站也站不穩，爬也爬不動，就像人家形容的死去活來，現在回想起來，伯仲還是膽戰心驚。

萬源又說：「會當一路順遂來到這，還得感謝林濟先，若毋是他援助車票，台北到屏東，俺到今還在半路流浪。」

會向天借膽決定過黑水溝，完全起因於來台灣發展的族親就屬林濟最赤焰，在台灣銀行做官，就像萬源說的，銀票自己印，只要來投靠他，從此毋免吃番薯籤過日子。

誰知，林濟不似當年返鄉祭祖的神采，憂頭結面說，台灣正在改朝換代，取代日本總督府的「台灣行政長官公署」，雖然核准銀行復業，還得等到五月間才重新對外營業，行政長官陳儀將軍早陸陸續續在各個公家機關安插自己的人，許多本地公務人員一夜之間就被撤換了，他的職位是否保得住，恐怕問神卜卦也說不準。

自身成了過江泥菩薩，哪還有心力庇護兩個無甚緊要的族親？無可如何下，萬源想起還有幾個認識的鄉親，在台灣南部做棕簑，林濟一聽，趕緊花錢買了車票把他兩人打發上火車，算是盡了同宗的最後一點情分。

迢迢千里要來投靠族親落得空夢一場，福建到台灣，僅得兩張火車票。

起先火車來了也上不去，兩個人情急之下，學那本地人擠到火車頭放煤炭的地方，誰知連堆煤炭的上頭也塞了十幾個人，兩個人又跟著冒險爬上火車頭頂，下頭巨大火車輪「砰砰砰」不停轉動，只要一個摔跌，穩穩就是魂斷異鄉，幸好越往南擠火車的情況才越舒緩。

這樣冒死顛簸，一路搖搖晃晃隨著火車來到屏東，台灣頭流到台灣尾，萬一……兩個人宛然浮浮沉沉的船影，茫茫大海不知在哪靠岸。

伯仲終於說出心內話：「萬源啊！俺敢唐山過台灣，就毋驚路途千里遠，不過林濟先做官人都自身難保了，去到萬丹，咁真正就有人幫贊？這想起來，會軟腳……」

萬源愣了一愣，隨即又樂天道：「哎喲！俺毋就是為著家鄉流傳那句話『台灣錢淹腳目』，才會拚死也要過來，果然，自基隆港上岸了後，一路台北落來，生目睭底時看過這呢進步的所在，只要踏著機會，驚無換咱出頭的日子？」

就是懷著這樣的美夢啊！山腳下的薄田，本來還可以供應番薯籤、菜脯米過生活，不過那是國軍、八路軍打來打去之前，橫直都是強盜，輪流挨家挨戶搜刮掠奪，田裡的番薯根本還沒長成也只能任由翻尋踩踏，一家人綁著腹肚也無法度日；他若被拉去做軍伕，阿葉和惠玉一樣得餓死。

全家人的命運，自己已然預見，只能橫心渡海找尋生機。

火車漸漸慢下來，緩緩進站，廣播聲通告屏東驛到了。

兩人各自拎起包袱，隨著紛紛亂亂的旅客正要擠下車，這時背後突然傳來：「借過！歹勢，借過！」

嘈雜的人群突然肅靜，還自動劈出一條路來，伯仲吃驚，不自覺也跟著萬源閃往一旁讓路，只見一位西裝筆挺的紳士向前而來，後頭跟著一個手提行李箱長相俊妍的青年，那位紳士帶著尊貴的笑容，向讓路的民眾微微頷首致意，兩個人一前一後從容下車去了。

伯仲自車窗內驚奇目送，不禁訥訥出聲：「伊們是啥人？」

旁人聽見，回了一句：「你外地來的乎？那位紳士，萬丹第一富戶李仲義的大孫李其昌！」

又有人問道：「跟在李其昌後面的少年家，是伊那個讀東京帝大的後生？」

「有可能哦！聽講，東京大空襲被美軍炸到變平地，莫講留在日本讀冊，有命倒轉來台灣就阿彌陀佛了！」

有人冷笑一聲：「和佛祖有啥關係？伊們『大營』李家，信的是把祖先神主牌仔丟入屎礐的阿凸仔教。」

旁人閒扯幾句，車廂內又陷入前推後擠的混亂，伯仲和萬源也跟著人群搶下車。

出得站來，屏東戰前似乎沒有遭受盟軍特別嚴重的轟炸，不像基隆港斷垣處處街景殘破，驛前老樹成蔭，還停放了好些三輪的、四輪的車輛，車伕有的在吆喝拉客；有的在迎接貴賓，各色人等來來往往，老一輩雖說「福建完完，毋值漳泉」，但是家鄉泉州南安，除了山脊連接山脊，哪有如此熱鬧景象。

萬源以見多識廣的得意口吻說：「我聽回轉故鄉的同宗講，屏東古早叫阿猴，萬丹是街仔頭，真正繁華鬧熱的所在是萬丹。」

萬丹繁華勝過屏東？今日又有幸碰見當地第一富家的後代，伯仲開始有了信心，那個所在，或許就是他的機會。

向當地人詢問去萬丹的路，有人要他們到附近的「屏東長途汽車總站」換車前往，伯仲和萬源頭一遭見識到載客的自動車，對於台灣的先進為之咋舌。

衡量一下所剩不多的盤纏，不敢妄想搭自動車嘗鮮，但暮靄漸攏也不適合趕路，當晚他們借宿在離屏東驛不遠的「慈鳳宮」。

隔天「慈鳳宮」晨鐘才響，伯仲和萬源就急急忙忙出發趕路。

才離開屏東踏往萬丹的路途不久，遠遠就看到一個奇大無比的煙囪，簡直是矗立雲霄，兩人的舌頭差點掉出嘴外。

經過，還識幾個大字的伯仲特地瞧個清楚，大門外仍舊是日文招牌，可見接收工作還在千頭萬緒，不過總算看懂一個漢字「糖」。

猜道：「這是製糖的所在？」

這一猜，更加瞠目結舌，要多少甘蔗原料才足供那巨人也似的煙囪吐納？這製糖工場難以想像的大！怪不得屏東會這麼繁榮，連通往萬丹的路也這麼寬廣。

離開屏東後，一路所見盡是甘蔗田，蓊蓊鬱鬱蔽塞了整片平原，萬源和伯仲開始有些明白製糖工場為何需要大煙囪，眼前所見，一朝都會製成糖吧？

田邊灑尿時，越看越心癢，索性入內偷拔，沒想到既粗且硬的外皮差些嗑斷了牙，萬源幹譙不已，伯仲試著以腳踩住用力一折，順著斷裂處撕開扯下甘蔗皮，一嚐，裡頭的莖肉簡直是糖汁，也就止了兩個人的渴和餓。

萬丹離屏東居然不遠，順著平坦好走的道路，長著厚繭的赤腳踩起來輕鬆愉快，半日腳程就到了。

萬丹街像一條龍，從「街頭」搖首擺尾向「街尾」，一路蜿蜒經過店面一坎又一坎的「中街」，甚至還有樓房矗立其間，兩個人的眼睛宛如插了五色旗，眼花撩亂之餘，心花也跟著開，在這麼發達的地頭，還怕沒有他們伸展的一片天？

所謂路在行人嘴，問了幾番下來，做棕簑的泉州師就住在「街後」。

兩人從「街尾」媽祖廟附近，穿進往「街後」的路，一路卻冷冷清清，只有疏疏落落的住家，不是草寮就是土埆厝，不似街仔前繁華熱鬧的景象。

所以，當兩人眼前乍然出現紅磚圍牆，而且走不到盡頭那般一路綿延，伯仲和萬源不免起了好奇。

萬源邊走邊觀望，嘖嘖有聲道：「這是啥物富貴人家的大厝宅？行這呢久了，還未看著大門……」

等兩個人真的路過敞開著的朱紅色大門前，心頭也為之震懾，只見門內右邊有一棟三棧紅樓，西洋式建築，二、三樓各有寬闊的陽台，陽台周遭還裝飾著雕花欄杆，看起來高尚又氣派，這是門外看得到的部分，望向更裡頭，花木扶疏處只見庭院深深，隱約有燕尾翹楚的閩式豪華建築坐落其間。

「萬源，這哪是一般的人家厝？應該是官廳。」

「官廳按呢闊蔣蔣，百姓哪找得著辦公人員？有錢人的大厝啦！」

他們就站在路中央爭論，經過的本地人，對這兩個來自外地模樣的生分人，也投以好奇的眼光。

萬源索性攔下一位老人家，請教他這大宅院屬公？屬私？

老人家要笑不笑地：「恁兩個臆的，攏對！」

伯仲和萬源同時瞪大眼睛，這個老伙仔在作弄外地人？

不待他們哪一個脾氣先發作，老人家指向三棧紅樓解釋道：「這鼎昌大樓，清朝時代是萬丹的縣丞署，日本時代是憲兵隊的辦公廳。」

伯仲得意睥睨萬源：「我講官廳就官廳嘛！」

萬源不服道：「老大人明明講這也是民間厝宅——阿伯仔，日本人已經撤退了，現今住在這遍大厝的，是啥人？」

「恁真正是外地來的，這縣丞署光緒年間就賣給李仲義了，日本人是佮伊借來作指揮所的，阮萬丹人若不識李仲義三兄弟和『鼎昌商號』，飼膾活哦！」

伯仲和萬源面面相覷，從昨天到今天，他們第二度聽見「李仲義」的名姓。

這是兩人沿路尋找同鄉的一段小插曲，富貴之家固然令人歆羨，不過找到同鄉有個落腳之處，才是眼前要務。

「街後」範圍不大，伯仲和萬源順利找到同鄉的住處，不過當林井拄著拐杖從屋裡跛出來，把伯仲和萬源嚇得半句話也說不出來，林井一條腿不見了。

林井說起他失去一條腿的經過：「戰爭尾期，阿凸仔真夭壽，暝日來空襲，彼暝，空襲警報又嗚嗚號，我想講，哪有那呢註死的？繼續睏我的無去覕防空壕，美國人連目睭也凸凸，一粒可能要炸憲兵隊大樓的炸彈，摒破阮家厝頂，好死毋死落在眠床邊……雖然我撿回一條命，毋過某死囝也死，一支腳也無去了……」

說到悲慟處，林井涕淚泗流，落難他鄉外里，伯仲、萬源也跟著黯然神傷。

更傷神的是，看來林井自身難顧了，那另外一個做棕簑的同鄉呢？

「恁是講林阿生？」林井連連搖頭嘆氣，說：「同宗的，做棕簑的時機過了，萬丹真發展，街仔內的擇雨傘，種田的披雨幪，大家攏嫌棕簑做的雨衫重瘸瘸，我這個斷腳的囝做呷𣍐飽也餓𣍐死，林阿生得飼某飼囝，疏開了後，就無再轉來，跟著他的番仔某去番社種山芋過日子了。」

天際最後幾絲暗紅的雲翳攸然而逝，暮靄開始四面八方翻滾過來，在廟埕來回踱步的林伯仲，飢腸轆轆心頭也亂紛紛，停下腳來，放眼逐漸落入昏暗岑寂的街景，這是不是古早人所說的「日暮途窮」？

壓在心頭的大石沉甸甸，萬源去街上買饅頭順便探聽消息，尚未返回，只是當初要來台灣的所有依憑完全紙鳶斷線，任你萬源鬼頭鬼腦，何處尋覓生機？

一轉身，神龕內燈火氤氳透出廟門，昨夕歇在屏東「慈鳳宮」，今晚住在萬丹「萬惠宮」，兩間寺廟同樣供奉媽祖神祇，在屏東彼暝還懷抱著在台發跡的美夢，如今卻已落入進無步、退無路的窘境。

跨過戶限，仰望神龕上媽祖金身，聽說「萬惠宮」香火鼎盛，媽祖金面才會熏得這般黝黑晶亮，伯仲突然想起年幼時就已經過身的阿娘，心頭一酸，膝蓋一屈，就跪落神龕前了。

日時，他從廟前榕樹下閒坐清談的鄉野耆老口中，曉得了「萬惠宮」的神蹟，美軍空襲萬丹彼時，對著「萬惠宮」投下炸彈，媽祖顯靈化身美女，用雙手去拿炸彈，炸彈才沒有爆炸毀壞廟宇，飛機駕駛員看傻了，連飛機一起掉進下淡水溪去，而媽祖的金身，雙手大拇指各斷了一小節，食指也受了傷，各地善男信女蜂擁而來，爭睹「萬丹斷指媽祖」的神采。

媽祖金身由來，耆老們說是乾隆初年，現在的廟址，來了一對唐山補鼎夫妻在此暫時落腳，有一天夜晚，「中街」地區的居民看到這一帶瑞氣千條照耀夜空，驚奇之下趕來看個究竟，竟是這對老夫婦所供奉的媽祖神尊發出萬丈佛光，居民就懇求這對補鼎夫妻將神像留下，讓信眾得以參拜，這就是「萬惠宮」的起源。

雙掌合十虔誠禱告，媽祖林默娘尚為凡間兒女時也是福建人，算來是同鄉，祢漂洋過海聖慈安坐於此庇佑萬丹子民，而今家鄉子弟流落此地，但求聖媽指點明路，弟子林伯仲何去何從……

媽祖慈眉善目俯瞰人間，彷彿也看見了他的苦難，在香煙裊裊中，伯仲一直焦躁不安的心神，似乎也慢慢靜定下來。

「伯仲啊！你在拜媽祖噢？來呷饅頭了。」萬源懷裡兜著數粒饅頭返來。

他五體投地深深一頂禮後起身，和萬源去側廂房的廊廡下吃饅頭配生水。

「饅頭做這呢蓬鬆，呷十粒也媂飽——」萬源一邊抱怨，一邊興致勃勃道：「伯仲，你知影我去街仔內探聽著啥？」

伯仲自顧喝水，讓肚子裡的饅頭吸滿水汁就會飽脹，反正他不應聲，萬源還是會說下去。

果然：「俺自屏東就一路聽到李仲義的名聲，原來伊也是泉州人，賣祖產來萬丹做生理，伊們家派伊小弟李仲清，叔伯小弟李趖，過來台灣勸伊回轉福建，結果兩個人顛倒被李仲義說服，留落來做伙打拚，這就是『鼎昌』的起源，鼎有三支腳，代表三個兄弟同心創業。」

伯仲心中乍然浮現火車上李仲義後嗣尊貴的身影，「鼎昌商號」占地廣闊的豪宅大院，原來，這也是出外人在萬丹這個地頭掙下的家業家聲。

「更加趣味的是，」萬源繼續津津樂道：「日本占領台灣彼時，也派軍隊來萬丹接管，『鼎昌』乾隆時代就是軍隊駐防的大營，日本憲兵隊就借來做指揮所。萬丹百姓討厭日本兵，連帶怨怪李仲義，台灣總督府重新測量土地要課稅，大家就傳言把土地插李仲義的旗仔，給伊稅金納繪了，『鼎昌』就會倒腳，要用這種方式報復伊引進基督教、接納日本兵。日本憲兵少將就佮李仲義講，全部接受，因為土地測量登記好，總督府還有幾落年的納稅優待期，李仲義一夜之間變做有一千多甲土地的大地主，差不多屏東各地攏有伊的土地，種甘蔗交給會社製糖，愈來愈好額。」

聽得伯仲瞠目結舌，這真的比聽講古還傳奇，也應了古人所說「天害人才會死，人害人繪死」、「天飼人，肥律律；人飼人，睛一支骨」，人力不及天惠啊！

萬源也感嘆道：「命好，就毋驚運來磨，毋知，咱也有按呢的命骨否？」

「老一輩的在講，天不生無祿之人，我相信一枝草一點露。」

「伯仲啊！你媽祖一拜，人也樂觀起來了喲？」

「既然過來台灣了，就算無李仲義的運，也要和自己的命博一下輸贏！」

「我有探聽著一些同鄉移民在大寮，那個所在的溪埔是無主地，大水若退就會當占來種作，明早天光，咱就出發來去大寮。」

啊？還要繼續流浪……

伯仲搖了搖頭，說了：「我要留在萬丹。」

萬源愣了一愣：「毋過，這個所在咱人地生疏，無依無靠。」

「既然離開厝了，處處是他鄉，留在佗位攏同款，我想要留在萬丹拚出路！」

萬源神情為難：「我還是想要去大寮找機會……」

「無要緊，你有你的打算我有我的想法，各人行各路，兄弟日後有來去就好。」

見他心意已定，萬源悶悶不樂蹲坐在廊廡下。

伯仲則從廊廡拱門穿出，走到廟前榕樹下透氣，雖然也感到此後孤單無伴，不過兩人處境不同，萬源無某無猴一人飽全家飽，他可是賣掉家中僅有的那塊薄田，湊了一張來台灣的船票才成行的，男兒立志出鄉關，盼望的就是有朝一日能夠衣錦榮歸啊！

臨行，阿葉手抱吮著拇指的惠玉，聲聲叮嚀道：「伯仲啊！你去台灣發展，我無求黃金白銀，只求腹肚有白米飯呷，出外有黑長褲穿。」

別說戰亂無止無休，縱算天下太平，再繼續守著那塊番薯田過日，想要一家人能有白米飯吃永遠是空夢；可憐她一個婦人家，長年只有一件縫縫補補的黑布外褲，遇到雨季，只能穿著內褲躲在家內……

此時大地已黑，天上星點如燈盞盞亮，不過再多的星光也照不見回鄉的路，他萬萬不能兩手空空回轉家鄉見妻女，但是他看得到往街後「大營」的方向，這讓他心中燃起希望和勇氣，不要再東飄西蕩尋找機會了，就在萬丹落腳打拚，焉知自己不是下一個李仲義？

第一樂章

1. 大營

被外鄉人林伯仲一心歆羨的傳奇人物李仲義的豪宅大院，也就是萬丹當地習稱的「大營」，就像日本的「大東亞共榮圈」那般繁華一夢，茫茫夜霧籠罩，三棧紅樓只有拱形騎樓下的壁柱點了一盞煤油燈，燈火綻放著光亮，然而隔著大埕遙遙相對呈L型的兩排營區駐房，日本戰敗撤軍後只剩空屋，帶著頹圮的氣味，孤伶伶兀立在暗夜，倒讓紅樓的燈色透著幾許詭異的荒蕪感，隱隱映照樓外風中搖曳的苦楝仔樹影，竟有森森鬼氣。

幸好，過了假山屏障的中庭，「鼎昌商號」整個大宅內、外燈火通明，飯廳內傳出來的碗筷聲、笑語聲，偌大庭院平添暖意。

昨天，李其昌親身從基隆港接回自日本平安歸來的後生子毓，原本透過關係訂到火車上檜木車廂的臥鋪，打算父子好好休息，誰知光復後原先井然的社會秩序卻淪陷，不管有票無票全部推擠而上，火車廂成了螞蟻窩，堆疊在臥鋪的人群，總算勉強挪出空位讓他們父子得以坐下，不過回到家已經暗夜，也累垮了，想讓舟車勞頓的子毓好好歇息，今晚一家人才歡歡喜喜正式吃團圓飯。

紅檜飯桌上，除了李其昌夫婦和次男子毓，還有兩個排行叔季的後生子豪、子暄，連已經很少正式在飯廳用餐的李老太太也在座，一家人台語、日語交雜說說笑笑，自成一個富裕熱鬧的天地，和紅樓一帶的淒冷詭譎宛若兩個世界。

食量忒小的李老太太擱下烏木箸，猶可揣想當年風華的臉龐，漾著雲淡風清的笑意，對子毓說：「轉來就好，大家心就安了。」

這是她對子毓還有一家人的祝福，也意味她要結束用餐。

子毓也趕緊放下筷子：「婖歐巴桑，妳毋加呷一寡仔？」

李老太太已經起身：「恁用就好。」

李其昌不敢勉強，吩咐一旁伺候著的隨身嫺寄娘服侍她回房休息，他的妻子鳳如，也趕過來幫忙攙扶腳下三寸金蓮的李老太太。

看著她在鳳如和寄娘小心扶持下邁出飯廳的小巧身影，李其昌掩不住敬重的神色。這個看似荏弱的女人，論年歲，長他無幾；論輩分，她是他的祖母。當年祖父年過花甲續弦荳蔻青春的她，一生至孝的父親，頭一遭甘冒不韙反對祖父再娶，最主要就是她的年齡可以做女兒！

祖母陳氏單名繻，出身良好，能寫能算，成了祖父晚年商場得力助手，可是她並沒有恃寵而驕，進退得宜，昭和十一年祖父以八十二高齡仙逝，她完全謹守分寸，從此不再過問家中事業與財產，讓當年反對這樁老少配最力的父親，都不得不對這個年輕的後母生出幾分尊敬。

雖然不是自己的親祖母，李其昌對她除了敬重又多了感佩，承繼父祖輩的基業，自然享受了先人遺澤庇蔭，不過他也就缺少了那份白手起家的霸氣，祖母是跟著祖父見過世面的人，緊要關頭總能適時提醒他一聲，像前年家族各房鬧著要析產分爨，他既無力統馭這個大家族，又怕承擔四代同堂的門庭在自己手中土崩瓦解的罪名，任由兄弟反目、妯娌爭吵，也不敢拿出主意。

最後，還是祖母跟他說：「樹椏若大叢也得分枝，子孫若生湠就得分灶，這是早慢的代誌，恁歐多桑若還在世，相信伊也膾反對。」

分家大事，就在祖母幾句無風無雨的言語拍板定案，本身沒有生養的她選擇跟他這一房同住，讓他在家族的地位無人能夠撼動，長子長孫分雙份的傳統，誰也不敢再質疑挑戰，「大營」也就順理成章由他這一房繼承。

重新返回餐桌的鳳如，李老太太不在座位上了，她得以放肆母愛，把佳餚猛往子毓碗中挾：「你加呷寡，這陣仔在東京，你日子一定足歹過。」

子毓沒有否認：「日本戰敗，現此時社會狀況極慘，上欠的就是糧食，會當呷著這呢腥臊的飯菜，實在真幸福。」

鳳如聽了更加不捨：「你平安轉來台灣了，以後莫再四界拋拋走，在厝好好靜養，我會加煮一寡仔有營養的料理給你補身體。」

子毓啞然失笑：「卡桑，需要靜養的哪是我？顛倒兄樣伊……」

「唉！講到你那個戇大兄，為著救那對加禮婆母女，自己來受重傷。」

「兄樣救人，哪有在分啥物種人！」

其昌排解道：「子慶受傷入院，你在日本也生死不明，這段時間，恁卡桑暝日操煩，心肝膾清。」

子豪接口父親的話，說：「二兄，美國戰機在日本擲原子炸彈，傳轉來台灣的謠言講，其中有一粒擲在東京，卡桑一聽，每日都在流目屎。」

鳳如沒想到子豪會跟他二哥說起這樁事，彼時悲悲慘慘，現在回想起來卻顯得滑稽，她一臉好笑地往子豪腦門輕輕敲了一記：「囝仔人，厚話幸啼！」

子毓也覺得好笑，不過母親的豆腐心觸動了他的孺子情，眼眶也不禁微微泛熱：「卡桑，真失禮，害妳為我操煩……」

「戇囝仔！回啥物失禮？你會當平安倒轉來，我歡喜就未赴了……」說著，眼淚又潸潸流下，彷彿重新置身那段愁雲慘霧的日子。

子豪和子暄你看我、我看你，子暄天真問道：「二兄轉來了，卡桑為啥物還在流目屎？」

自己已經平安回轉，卡桑提起還會落淚，足以想見戰時她對遠在東京的他何等牽掛，子毓暗喊一聲慚愧。

日本戰敗，一夕之間，在東京的台灣留學生，由日本殖民地的歸化身分突然變成戰勝國的中國人，他看到有的人歡欣鼓舞成立「新生台灣建設研究會」，要返回台灣貢獻所學；有的人翻身揚眉了似的濫用戰勝國民的身分，到處作威作福或大撈一票。老實說，自己心裡的感覺很怪異，兩邊他都無法認同。

自出生以來，家中部分土地和房舍就是日本憲兵隊辦公及駐營的所在，家族中人跟日本官兵一直很接近，尤其他從小就跟藤作少將特別親，老是跟前跟後歐吉桑長歐吉桑短，下人還曾戲問他是不是歐吉桑的兒子。

在情感上，他是認同日本的，面對一片殘破的社會景象，竟然不急著趕回台灣，留在當地看能不能幫上忙，還返回也遭到兵燹的校園，想加入復原的工作，平日高視闊步的國際法教授紳一，正彎腰荷鋤在清理毀壞的校舍，見到他，竟然主動跑過來，對他九十度鞠躬，道歉說：「李君，對不起，帶給你的國家和人民很大的困擾。」

自己才恍然明白，在日本人眼中，他永遠不是日本人。

但他真的是中國人？不曾被徵詢，怎麼糊裡糊塗就被註記了新的身分？

帶著失落和迷惘的惆悵感，一路不分晝夜伴隨著他飄蕩在返鄉的旅程，直到船近台灣海域的清晨，眾人紛紛走到甲板上觀賞旭日自海平面升起，期待著早一點在茫闊的大海看見懷想的夢土，遠遠地，當碧綠蒼翠的島嶼越來越接近越來越清晰，甲板上的歡呼聲此起彼落，還有人激動啜泣，直到那一刻，自己才強烈地渴望見到故鄉親人，這之前哪想過父母親正為他牽腸掛肚？

李其昌微搖了搖頭，手抱孩兒，才知父母時，年方十三的子暄，怎能理解母親落淚的心情？

感慨對子毓道：「當初誤傳東京被原子炸彈轟炸，恁卡桑燒心燒肝，每日毋是去禮拜堂祈禱，就是徛在阿太、阿公和阿嬤的遺像前，祈求你平安倒轉來。」

子暄突然冒出：「阿太、阿公、阿嬤還有上帝，一定會感覺卡桑給祂們足大的壓力。」

眾人猛然一陣哈哈，鳳如也破涕為笑：「猴囝仔，你是在講啥？」

子毓回得輕鬆：「長崎那粒原子炸彈，聽講原本要擲在東京無錯，因為那日雲霧厚天氣無好，美國戰機的駕駛員看𣍐清楚才會失誤。」

李其昌夫婦則驚出一身冷汗，做母親的雙手合十喃喃直念：「感謝主！讚頌主！祢帶領子毓平安行過死亡的蔭谷……」

其昌嘴裡不說，其實他的擔憂不亞於鳳如，李家三代都是生意人，他竟然出了一個愛讀又能讀的讀書種，在台灣受完中等教育，就送去日本留學了，順利進入東京帝國大學攻讀法學，是最讓他驕傲的。

所謂「士農工商」，像他們這種獨缺書香味的商人之家，子毓似乎有某種補償作用，雖然外表不如長男子慶俊逸出眾，對於這個獨有一股讀書人靈秀之氣的次男，其昌內心深處另有一番鍾愛。

「日本也毋知底時才會復原，我看你學業暫時按下，先留在厝內。」

「日本連糧食都缺欠，我才無愛子毓再去日本，厝內人多也較鬧熱，才𣍐生出一寡仔有的無的傳言。」

「傳言？」子毓訝異，看向父親。

其昌神情有幾分凝重：「自從分呷了後，厝內就較稀微了，日本兵又遣送回國，加上幾個軍人死亡——外頭竟然傳言咱『鼎昌』鬧鬼……」

子豪一臉認真附會道：「二兄，這是真的，我的同學俊明黃昏自咱家大門經過，看到紅樓內有流血的鬼仔頭探出來，轉去就昏迷發燒了，差一點仔死去。」

鳳如眉頭深鎖，說：「後來陸續有人看到紅樓的鬼影，最近日頭一黃昏，『街後』的人就毋敢自咱家大門口經過，更加過分的是，外頭還傳言子慶會受傷，是被日本兵害死的陰魂冤鬼在討命……」

子毓兩道劍眉一挑，不以為然反駁道：「大兄是為了救人才受傷的，關係鬼魂底代？不管是有日本兵死亡，還是有台灣民眾被害，這毋是咱有能力作主的，俺『鼎昌』無虧欠任何人。」

「子毓，百姓怨恨日本兵，連帶牽拖俺李家，還批評恁阿太得到的是不義之財……」

「多桑，有鬼神就有天理，阿太雖然得到一千偌甲的土地，毋過伊便宜租給無地種作的艱苦人，像赤山、萬金的平埔族，若毋是當初阿太的甘蔗農場『仲義寮』，給伊們有穡做有飯呷，大家現此時哪會當安居樂業？你和阿公也是對地方事務足奉獻的人，俺李家對得起天地鬼神！」

說得李其昌連心宅都安了，直點頭稱是，心中也有幾分得意，這個後生畢竟是讀書人，識見果然不同。

飯席一撤，子毓就說要再去探望兄長，鳳如阻止道：「日時你毋是去看過子慶了？恁大兄還真虛弱，需要平靜療養；你日本拄仔轉來，也應該好好歇睏。」

子毓異議：「我自轉來，和兄樣還無好好開講過。」

日時去探望大兄，看他的傷勢比多桑說的嚴重多了，雖然很多話要講要問，還是先按捺下來，只是大兄有提到，舊年天皇宣布無條件投降後，上級長官要求在台灣的日本人莫反抗，靜待接收及遣返，因為物資缺乏，許多日本人就以讓渡房屋或瓦窯來跟本地人換取雞、鴨度日，處境固然很慘；國民政府接收以來，戰前的配給制度取消了，物價反而失控，從光復迄今白米漲了近百倍，一般民眾的生活也不見改善。

怎會這樣，台灣不是戰勝了?亟須跟兄長進一步討論。

子毓離家四年，這兩個兄弟從小感情如膠似漆，一定有許多話要聊，其昌轉而勸道：「鳳如，子慶有子毓相陪，心情較愉快，對伊的病情也有好處。」

鳳儀只得讓步，子毓要出飯廳時，又想起另一樁橫在心頭的事。

他折返問起：「多桑，歐吉桑底時遣返內地的?日本拄仔戰敗彼時，伊還由台灣寫批給我，為啥物回鄉了後顛倒佮我失去聯絡?」

但見多桑和卡桑面面相覷，連子豪、子暄都露出害怕的怪異神色。

「恁哪攏毋講話?」事有蹊蹺，子毓追問道：「歐吉桑到底怎樣了?」

既然隱瞞不住，總歸要讓他知道。其昌轉而面對兒子，說出：「藤作桑在日本戰敗投降無偌久的一個暗暝，在辦公廳外頭，那叢苦楝仔樹，吊死殉國……」

原本要去紅樓憑弔歐吉桑，但是鬼影幢幢的傳言，讓卡桑不許他莽撞行事，多桑也力勸天明再說，為了不讓他倆擔心，子毓只能站在堂屋前，隔著中庭假山，遙遙瞻望夜色中的紅樓，內心悲痛如火山熔岩燒炙。

八年前，內、台定期航班「富士號」在沖繩發生空難，讓從來不相信人可以像鳥在空中飛的多桑，禁止家人搭機，赴日留學時只准他搭船。不幸三年前，往來日本和台灣之間最高級的郵輪「高千穗丸」，被美軍魚雷擊沉，乘客一千五百人全部罹難的慘事，也讓多桑力阻他冒著海上風險返鄉，這四年來，就算逢年過節也忍心不讓他回台。

直到東京大轟炸，多桑突然意識到內地比台灣還危險，才一再催促他返回故鄉。闊別家園多年，沒想到馬上面對歐吉桑的死訊，四年前赴日讀書，他親自護送他到基隆港搭船的情景，彷彿還在眼前，碼頭的汽笛聲卻成永訣的號角。

子毓胸中一慟，不禁責備起自己的遲鈍，歐吉桑最後一封信，現在回想起來，顯然是留給他的遺書，信中殷殷叮囑，不管局勢如何變化，要他立志完成學業，還說要留下此生最珍惜的武士刀給他做紀念——武士精神，劍亡人亡啊！

陪在兒子身旁的李其昌，帶著感傷的語氣追憶道：「藤作桑和咱家的感情，就像伊也是咱的親人——我也想未到，伊會以結束性命來表達軍人失職戰敗的恥辱，隔日侍衛官看到伊的遺體，也開槍射穿太陽穴，集體在紅樓自殺殉難。」

原來——莫怪外頭會盛傳紅樓鬧鬼……

強忍淚水問道：「多桑，你按怎處理歐吉桑和侍衛官伊們的後事？」

「雖然藤作桑在本地駐軍足久了，伊常講伊也是台灣人，毋過——台灣畢竟毋是伊的故鄉，我不忍心把伊葬在他鄉外里……」

他能夠體會這種深潛的情愫了，歐吉桑再怎麼愛台灣，最終為日本戰敗以身殉國；就像他再怎麼認同日本，在內地也不被日本人當作同胞看待。

其昌繼續說道：「我將伊們的遺體火化，黃金斗甕暫寄紅樓內，等待局勢平靜了後，我要親身護送藤作桑和伊的侍衛官回轉家鄉，伊們是日本忠勇的軍人，不應該任由英靈流落外地。」

現在，也只能耐心等待時局明朗了，子毓表明心願：「到時陣，我也要陪歐吉桑轉去日本。」

「應該的，應該的……」

夜色漸深露氣漸濃，其昌看著子毓強忍哀慟的臉，不捨之餘只能苦勸：「多桑了解你心內的悲傷，藤作桑一直把你當作自己的囝兒疼惜……暗了，你也才千里迢迢轉來厝內，要去紅樓等待天明，去看過子慶，你也好歇睏了。」

大兄的房間在後院，獨自穿過一片有十多棵老芒果樹的小樹林，料峭夜風拂過林梢樹葉，發出宛如哭泣的窸窣聲，子毓一直緊噙在眼眶的淚水就流了下來。

小時候，最愛追著歐吉桑的吉普車邊跑邊喊，有時候他會讓他跟出門，坐在吉普車內那種興奮得意，是童年鮮明的記憶，歐吉桑還故意繞遠路帶他兜風，一路由著他放肆笑鬧，若有所思的眼眸眺望著遠方，緩緩說道，他的笑聲像極了家鄉掛在屋前門廊的風鈴。

日落之前，吉普車會回到「大營」，歐吉桑牽著他的手護送他進家門，那厚實溫暖的掌心，似乎還鑲嵌在手骨，如今只剩這冰冷的空氣圍繞著他。

歐吉桑長年遠離家鄉和親人，多桑常邀他來參加家庭聚會，幾盅清酒下肚，歐吉桑的情緒放開了，拉開嗓門一臉陶醉地唱起：「為了來相會，穿越了松林哪！往來博多的，愛麗莎夜裡的船火幽然可見，船火幽然可見。癡戀的夜船，在夜裡回來啦！天將亮時起浪了，愛麗莎纏綿的戀情宛如波濤洶湧，宛如波濤洶湧。波浪翻騰，在玄海廣漠的四野啊！隻身孤零而歸，愛麗莎未了的船戀情事，未了的船戀情事……」

多桑也跟著唱和，他們幾個小孩就在一旁打節拍，那歡樂的回憶，是他獨自在日本時情感上的依戀和慰安，而今而後，〈博多夜船〉已成絕響。

護送他的骨灰歸鄉，這是歐吉桑身故後，他唯一能為他做的事吧？

但是多桑有說，戰爭後期大量物資集中運往海外前線補給部隊，糖、鹽、豬肉、鹹鰱魚等等民生必需品都受到管控採取配給，百姓生活很苦；國民政府接收之後，因為大陸國、共戰爭持續進行，所有物資一樣集中運往內地前線供應國軍，逃難來台的軍、民又不斷湧入，配給制度取消，人民反而必須辛苦搶糧，物價也跟著成為脫韁野馬，社會狀況比終戰前混亂，時局未靖，自己也才剛返鄉，何時才能護送歐吉桑回日本？子毓無語仰望樹縫間幽微的星光。

當子毓拉開雙扇紙門進入房間，躺臥在榻榻米上的子慶，看得出來他哭過。

立即猜到：「你知影藤作桑的代誌了？」

「你怎無先對我講起？」子毓帶著幾分沮喪坐到兄長身旁。

「很難啟口啊！唉……」子慶以日語娓娓述說道：「戰爭後期，日本在台灣實施徵兵，不過憲兵隊遲遲沒有對我，還有一些被徵調的萬丹子弟進行體檢，藤作桑私下對多桑說，日本戰敗是早晚的事，他不忍心令無辜的台灣子弟趕赴死亡戰場。」

子毓訝異道：「歐吉桑早就料到日本會戰敗？他怎還……」

「他私底下拯救了被徵調的台灣子弟，本身自殺殉國則是盡一個日本軍人的天職。」

子毓眼眶不禁又一陣潮熱，歐吉桑律己愛人，若不是身為發動戰爭國家的軍人，他一定是最愛好和平的吧？

子慶無聲一嘆，改朝換代之際，多少悲劇就發生在周遭，自己卻無能為力。試圖移轉焦點沖淡子毓的哀傷，以台語叫喚道：「來，扶我起身！」

子毓不敢怠慢，一隻手自頸後攬住兄長的頭，另一隻手抱他的身體想扶他坐起，子慶卻痛到齜牙咧嘴悶哼出聲。

「你確實傷了艙輕。」子毓只得再把他放回枕頭上。

子慶苦笑道：「由馬頂摔落，無死，算運氣了。」

腦海裡也跟著湧現當日的情景，騎馬去農場巡視，一時興起，就在收割過的平原縱馬馳騁，快意追風，得意忘形之際，突然從尚未收割的甘蔗園闖出一個小女孩，就在距離奔跑的馬匹數步之遙的前方！

一時收不住狂奔的馬蹄，只得緊勒韁繩，曉得一個鬆手，馬蹄踩踏過去，小女孩勢必肚破腸流；又一個婦人不顧生死闖將過來，整個撲伏在小女孩身上，兩條人命就在當下！他搏命死勒馬轡緊抓馬籠頭，馬匹整個騰空躍起，長聲嘶啼，一把甩下馬鞍上的他，摔下地來那瞬間，他痛到暈死過去。

子毓從收納櫃抱出一床軟被，讓兄長當作靠墊，再抱著他慢慢騰挪調整，讓他可以舒適地偎靠在軟被上，一邊詢問：「按呢，好否？……還是要較低一點仔？」

「免，免，按呢好。」子慶感覺貼心而歡喜。

看到大兄受苦的模樣，子毓問道：「聽講，你是救一對加禮婆母女？」

子慶一聽，臉色微微往下沉，以日語更正道：「我不是救她們，是避免傷害她們，雖然是番人，還是兩條性命……」

他墜馬受傷，滿農場的傭工亂成一團，紛紛議論，少爺為什麼不讓馬匹衝過去就算了，反而讓自己摔成重傷？得到通報的雙親飛奔到「阿猴病院」，卡桑從頭哭到尾，記得她反覆責備的就是：你怎會這呢戇？你怎會這呢戇？……

子慶以台語自嘲一句：「我知影我是戇大呆——要叫我不管那對母女性命來保護自身的安全，我做𣍐到！」

子毓微微一笑，以日語帶著幾分調侃欽佩道：「兄樣愛看劍俠小說，一向就有俠義精神，不過這種犧牲自己的作法，祖父若還在人世，會認定你不是商場上驍勇的戰將。」

先人渡海來台共創「鼎昌商號」，就靠開油車間榨火油、設糖廍製糖，還有發酵槽釀酒，自產自銷起家，除了在萬丹地區獨霸一方，曾祖父就是當時「鼎昌」的外務，負責把火油、糖和酒僱工搬運到鳳山縣府城甚至台南府城販賣，拓展了市場，才能迅速致富。

後來曾祖父又把萬丹縣丞署的房舍買下來，明治廿八年日本派軍隊來接管，看中縣丞署現有房舍不少，就進來駐紮為營部，他也就和日軍建立了良好的關係，才會有後來一夕之間擁有一千多甲土地的奇遇記。

隨著日本設立專賣局，家裡不能再釀酒販賣；台灣製糖株式會社建造阿猴製糖所，政府也開始禁止民間製糖，甘蔗採取區域制，避免各個製糖會社惡性搶奪原料，曾祖父不但大膽投資會社，一千多甲土地分租給平埔族佃農種甘蔗，再把收成的甘蔗交給製糖所，家中事業不因為專賣制度及廢止民間糖廍受到影響，反而更加發達。那種手腕和魄力，祖父身上還依稀存在，到了父親就是守成，記得阿公曾經責備多桑過度忠厚老實，在商場不足以開疆闢土。

一聽子毓的調侃，子慶得意回應道：「俺家的火油，這幾年來我四界做外務，生理上遠做到嘉義，盡量給店家較好的利純，結果沿縱貫線一路攏有固定的客戶，也結交了一寡仔朋友。」

聽兄長這麼一說，他不但順利承接了家業，還能進一步拓展生意，子毓一方面歡喜，又有幾分歉疚，以日語道：「這些年來我滯留日本，家裡的生意或發生的事故全然不知……多桑幸好有你佐助，這個家辛苦你了。」

「我是長男，這本來就是我的責任，你天生來讀書，我與你不同，本性就坐不住，到處做外務符合我的趣味，可以看風景，也可以交朋友，說是做生意，感覺自己像遊俠。」子慶也以日語回應道。

「兄樣現在受傷了，還不知要躺多久，不能再四處遨遊，內心一定很鬱悶。」

「唉！軀體的疼痛，醫生說只要好好靜養一年半載，以後照常會走會跳，想再騎馬也不成問題——不過……」指著自己的心窩，子慶改以台語悄聲說道：「這內底的痛疼，無藥可醫……」

子毓吃驚道：「怎會按呢？當初摔落來，咁有撞著心肝窟仔？」

「……」不知如何回答，支支吾吾反問道：「子毓，你在東京，有思念過某一個人否……」

「思念？」

「我講的是，日思夜夢同一個人……」

子毓還是不解：「你是指？……」

子慶終於以日語說出：「我是指歐孃樣，不是家人。」

「你的意思是思慕？這種滋味——我課業沉重忙碌啊！兄樣你……」

子慶眼神飄忽不定，子毓正暗自疑惑，只聽得他低聲說出：「不只思慕，子毓，我愛著一個女子……」

「你愛著一個女子？」

子毓猛地瞪大雙眸，就像聽到天上的星星掉下來變成一塊隕石那般驚異，因傷臥病的兄長，形容有些憔悴，頭髮略顯散亂，下巴也冒出了髭鬚渣渣，這反而讓他俊美的容貌增添了幾分落拓的瀟灑氣味，鄉里出名的美男子哪！從來眼睛長在頭頂上，哪家靚女可以讓他動了愛慕之心？

子慶雙手往眼睛一蒙，以日語喊道：「子毓，你別這樣看我……」

這是小男孩才會有的害羞舉止，大兄動了真情啦！

「給貓吃松魚！」子毓興奮極了，一把拉下兄長的手：「何必害羞？兄樣已經是可以戀愛娶妻的年紀啦！」

「蟻妄龍髯，欲望太大了吧？」

「莫否認了，我們愛一個女子，不是會想把她娶來作女房？」

「哦！聽來很有經驗嘛！還說什麼你讀書忙碌……」

兄弟嘻鬧之間，兩個人的心情也跟著放晴。

子毓笑問：「兄樣，那位幸運的少女，是哪戶人家的歐孃樣？」

子慶一聽，彷彿烏雲又攏上心頭，神情一黯：「她──住在台南府城。」

「府城？」子毓又大吃一驚：「你怎會認識遠地的歐孃樣，是去府城做生意遇到的？」

「其實，她不認識我，我也只見過她一面──新正那個主息日，她跟著她父樣，陪府城的牧師來我們教會證道，她就是那天的鋼琴伴奏……」

既然這樣，大兄怎會愛上一位陌生女子？愛情從何產生？這在他的邏輯觀念完全不通，可是大兄連跟她初次相見的日子，都記得一清二楚……

「牧師講道的過程，她一直沒離開鋼琴架，微微敧頭，眼眸半垂，我朝她的側面一直看，感覺這個女子我應該很久很久以前就跟她熟識──後來，我想起來了！」子慶講到激動處一時忘了痛楚，挺起肩頭對子毓說：「原來我早就見過她，她就是維納斯的雕像化為人身肉體……」

子毓手猛然一揮打斷他的話，帶著幾絲憤慨抗議道：「哪有可能？東方人的五官哪有西洋人那樣的線條？」

「就是那麼細緻優雅！」子慶一口咬定，更過分的話還在後頭：「就因為她不是西洋人，除了五官，她的骨肉是東方人的窈窕，氣質是東方人的古典……」

子毓完全聽不下去了，這不是他一向倜儻風流的兄長，而是為情發燒夢囈的單相思男子。用台語頂撞了他一句：「我看，你還是較早睏較有眠啦！」

不打算理會他了，要抱他平躺下來就寢。

子毓在奚落他！換子慶憤慨起來：「我早就知影你𣍐明白我的心情！……我本來也無拍算要講，無人會了解那款思慕的痛苦……」

他停下手來，以幾分輕蔑的語氣說：「毋管我會明白還是𣍐明白，我若是你，才𣍐任由自己空思夢想。」

子慶不服：「你要按怎做？」

「既然相同是教會的人，你和伊無熟似哪是問題，請多桑探聽一下，也會知影伊家，真正佮意那位歐孃樣，就拜託大人出面提親啊！」

這下子，子慶歡天喜地：「我哪好意思？」

子毓義不容辭：「你歹勢開嘴，我來幫你講！」

此時，門外的鳳如，原本是不放心子毓，跟過來看看，卻聽見子慶有了心儀的對象，她滿臉漾笑悄悄離開。

門內的子慶、子毓渾然不知卡桑來過，一直以日語間雜台語交談的兩兄弟，子慶突然想起一件重要的事：「子毓，國民政府正在島內推行國語運動，我進前就開始學習了，等我身體若好，俺兄弟做陣來去學國語。」

子毓一時有些糊塗：「兄樣，俺家毋是掛過國語家庭的牌仔？」

「無同款啦！日本時代推行的國語運動是講日本語，現今的政府要咱學習北京話。」

子毓反應冷淡：「我毋去。」

子慶看了看他，鄭重道：「我知影你對藤作桑和日本國特殊的感情，子毓，彼個時代過去了。」

子毓不快，以日語莽撞頂回去：「我早已曉得我不是日本皇民，不過你認為我們是中國人嗎？」

子慶避重就輕道：「現此時的統治者是國民政府，俺必須配合。」

「日本統治要我們講日本語，國民政府來了要咱學北京話，按呢，多桑、卡桑自細漢教的語言，到底是啥？」

「不管誰統治，平安過日上重要，俺是做生理的家庭，和政府官員維持良好的關係真重要，子毓，你就把學習北京話，當作應付公家機關的工具。」

「人民若是矸轆，索仔就在統治者的手內，毋過台灣的統治者換了一批又一批，咱百姓由伊們拖著唧唧踅，𣍐當自己做主？」

「台灣雖然三不五時就換統治者，毋過永遠和咱無關係，做百姓的就是服從。」

「服從？」

「你讀冊人的頭殼就是複雜，有孔無榫想想一大堆，國家大事交給官府，俺百姓會當安居樂業就好，誰來誰去誰做主無要緊啦！」

子毓不說話了，但是兄長勸解的言語沒能安撫他悃然的心，為何，只要「服從」就可以安身立命毫無疑義？到底，誰能化解他胸中塊壘……

眼睛落在紙門外，暗夜裡，只見霧靄迷離，天地之間什麼也看不真確，子毓心底深深一嘆。

2. 姻緣

半個月之後，李其昌啟程前往府城，這趟路子毓隨行。

鳳如自從曉得子慶有意愛在心的對象，簡直一刻也不能等了，直催促道：「這個囝仔今年也二三了，一直煩惱伊心肝像野馬，既然伊肯定著了，莫講台南，就是台北查某囡仔，你也要趕緊去逐來給伊啊！」

「妳莫講風就要雨，緊事寬辦，呷緊是會挵破碗！」

其昌嘴說不急，其實這幾年來，家中不甚太平，從家族分爨、藤作桑和他的侍衛官集體自盡、子慶騎馬摔傷到子毓東京歷劫，整個「鼎昌」似乎籠罩在暗夜的陰影，是該辦樁喜事來驅驅晦氣了。

府城白家，書香門第，在清朝就已有功名，雖然憑他李家也是在地名門望族，還有子慶這一等一的人品，若能結成親家門風，也不算高攀。不過，幾經探聽，白家子弟有七，掌上明珠唯一，從小嬌寵，父母又刻意栽培，琴棋書畫，茶藝花道，無一不精曉，又送到日本深造鋼琴藝能，回台後，白家這才貌雙絕的女兒轟動府城，媒人絡繹不絕，白家始終以年齡猶稚不堪中饋重任拒絕各方，這才是他最忐忑的，白家是不是也一樣會拒他於千里之外？

將心比心，自己若有這樣的女兒，大概也不捨將她遠嫁吧？但是子慶又不是要摘天上的星星，怎忍心他身軀受創之外還要被相思折磨？他這個作父親的，無論如何也要拚得這房佳媳歸！

他沒有直接請媒人登門，只透過邱牧師轉達拜訪的意思，親自跑府城這一趟，就是想先拉近雙方的關係。

出了台南驛，白家派來的車伕早在外頭等候，三輪車載著李其昌父子行過兩排相連如樹傘的鳳凰木街道，濃蔭深處鳥鳴上下，空氣中飄拂著屬於古老城市才有的優雅和靜謐，隨著車伕踩踏車輪的背影，街道旁的黑瓦日式房舍也不斷掠過眼瞳，這讓子毓想起了京都。

暗自沉思，今天能夠見到傳聞中也留學日本的白家千金嗎？多桑要他陪同前來白家，當然明白他用心良苦，希望營造家戶間的友誼往來，不要急於提親，免得欲速不達。今日多桑是個「起手勢」，他也樂得輕鬆，只是不免好奇，什麼樣的女子，能夠擄獲兄長那顆一向羈絆不住的心？

白家兩扇大門敞開著，一下了三輪車，管家立即接待他們父子進門，得到通報的主人白魁清夫婦，親自來迎接。

子毓謹守本分地跟在大人後頭，藉機打量白家，家裡歷經清朝設營、日本駐防，裡外建築並不統一，整個「鼎昌」除了外牆，還另有一道內牆，雍正時的下淡水營就駐紮在裡頭；白家不同，看來是有規畫的建築，頗似日本傳統庭園的整齊精巧，最特別的是，從大門轉進屋後廳堂來，一路種植了各色茶花，顯然主家情有獨鍾。

白的、粉的、紅的茶花，正是盛開時節，處處令人驚豔，子毓不禁放慢了腳步，賞心悅目之際，突見左側花圃靠近廂房的那棵茶花灌木，有一張絕美的容顏和一朵綻放的白色茶花，人面花面交相映，他為之一怔，那女子似乎也瞥見他了，一頭如瀑長髮一甩，倏然往屋側隱逸而去，素雅的裙襬一飄而逝。

待子毓要看個清楚，早已人面不知何處去，他追了幾步，四下張望，但見茶花睥睨枝頭兀自吐芳，父親跟著白家主人走遠了，他只得快步跟上前去，心底兀自疑惑著，方才他是見到了花仙子？或者，花叢綠葉讓自己一時眼花撩亂？

因為都是虔誠的基督家庭，兩家父祖輩為了教會的事就互有接觸了，礙於路途遙遠來往並不密切，不過同為主內兄弟，畢竟多了幾分親切，再加上這半個月來用心布局，其昌觀察到白魁清夫婦不是以外客接待，直接請進內廳，暗自歡喜，只盼今天一切順利，日後水到渠成。

眾人面向主耶穌十字架禱告過後，分賓主坐下寒暄，談話內容不外李家先祖獻地建福音堂，在島內推行基督教義的難處，以及日軍撤退日人遣返種種。

白魁清向子毓詢問戰後日本的社會景況，子毓將他所知所見一一具言，他也提起東京帝大的教授，親自拿起鋤頭清理殘破的校園，看到他向他鞠躬道歉的事。

「不只這位教授，日本政府在戰敗了後，一億總懺悔毋但是口號也是行動，整個社會充滿反省、知恥和忍耐的氣氛，我認為這個國家會再徛起。」

子毓看著白魁清，繼續說道：「我較𣍐當理解的顛倒是咱台灣，俺毋是戰勝國？毋是回歸祖國懷抱？毋過自從我倒轉來，看著物資缺欠的現象𣍐輸日本，感覺人心驚惶，不安，社會無像日本有一個總體目標，這才是我上好奇上想要探討的……」

其昌打斷道：「國民政府才接收台灣無偌久，難免較混亂，相信慢慢就會安搭好勢。」

顯然他不想在外人面前討論這麼敏感的問題，言多必失，靠山已倒，剛進來的國民政府是熊是虎，他尚未摸清底細。

白魁清對這話題倒頗有興趣：「旁觀者清，你拄仔轉來台灣，觀察到的社會現象是？……」

「就是一字：亂。我才轉來成月日，白米的價數又翻了幾落倍，日本統治後期聽講民生物資用配給的，毋過百姓至少還感覺公平，現此時，要靠關係行後尾門搶物資，社會若失去公平，人心無法度安搭。」

白魁清眸光一亮，不住打量眼前這位年輕人。

子毓沒有留意到白魁清讚賞的眼光，廳堂外繚繞而來的鋼琴聲，一下子分散了他的心神，那就是大兄口中去萬丹教會伴奏的白家千金？莫非就是方才花間驚鴻一瞥的倩影——只是，自己剛剛真的有看到什麼嗎？那一串串的琴韻，似乎在他煙霧迷離的心湖，擲下一顆顆漣漪四起的石子……

其昌小心問起：「白長老，毋是聽講令嬡也曾過日本留學？」

「李長老你講按咧，我就見笑了，貴府才是真真正正出了東京帝國大學的高材生；小女只不過去日本學一些查某囡仔人的才藝。」

白魁清口頭謙虛，眉宇間則掩不住得色，主動提議道：「李長老今日難得來到寒舍，小女略曉茶道，我請恁來去茶室品茶。」

沒想到可以順利一睹白家千金芳容，李其昌喜出望外；子毓則一陣沒來由的緊張。

隨著大人來到後院的茶室，清流細石，綠叢幽徑，一方庭園營造了清寂之境，子毓不得不暗暗讚嘆白家的生活品味。

進到茶室內，分賓主入座，白魁清謙遜道：「李長老，你遠道光臨，本來應該隆重招待，想講，大家是主內兄弟，我就以薄茶奉客。」

說「薄茶」奉客，就是省略日本茶道「濃茶」的繁文縟節，但是子毓看茶室的插花擺置、字畫掛軸，無一不恪守禮節。

正欣賞著，聽見白長老又對多桑說：「李長老，我叫小女玉茗來沏茶，也和長輩見一下仔面。」

子毓一聽，也不知道在慌什麼，忙忙回過眼來，只見一位穿著淡紫花色和服的年輕女子，和嫺婢從水室端出茶具，就那麼一眼，雖說她換了正式的服飾，他已然認出，就是花間邂逅的女子。

接下來，子毓都處在一種荒荒渺渺的境況，整個頭腦混混沌沌，他似乎一直盯著她，又好像連眼睛也不敢與她碰觸，所以她如何清洗茶筅弄暖茶碗，如何向客人作禮示意開始沏茶，恍如夢中的浮光掠影，直到嫺婢過來奉上茶果子，他方如夢初醒，隨意敷衍一下。其昌看了兒子一眼。

白家千金已經沏好了茶，茶碗正面向著主客李其昌奉上，其昌致謝接過，以左手托碗底，右手扶著碗邊，將茶碗轉動兩次，讓茶碗的正面花紋轉回向著她，以三口半喝完茶，抹拭了一下碗口，又鑑賞了一下茶碗後交還給她。

整個過程，白家夫婦仔細觀察著，夫妻倆交換了一瞥，露出滿意的神色。

見白家千金注入沸水清洗茶碗，然後神凝氣定地重複方才繁複的程序，為他這個次客沏茶，子毓懊惱自己一顆心噗噗劇跳，好似沒見過世面，卻怎麼也壓抑不住緊張。

當白小姐在他座前奉茶，他一個取茶的簡單動作，卻茶碗一敧，熱騰騰的茶水就澆在他的西裝褲上了。

白魁清夫婦同時微微驚呼，女主人趕緊囑咐嫺婢奉上茶巾讓子毓擦拭，並且關心道：「你有燙傷否？需要抹藥否？」

子毓慌忙回應道：「無要緊，我無按怎……」

李其昌尷尬，連連致歉：「歹勢！歹勢！這個囝仔自東京轉來精神一直還未復原，魂不附體，失了禮數。」

慚愧的是子毓。茶道重在品茗，茶碗又是夏物，較為淺薄，碗裡的茶水本就不多，加上傾倒時他又下意識閃了一下，灑在榻榻米上的多過腿上的，西裝褲又擋住了一部分，所以他並沒有真的被燙傷，不過這實在太失禮了，茶會進行中自己卻出這種紕漏，倉皇下，胡亂接過嫺婢遞上的茶巾，他猛力擦拭長褲上的茶漬，彷彿要連同心中的羞恥一起拭淨。

他慌亂的模樣，讓白玉茗忍不住展顏一笑，這個看來乾淨斯文渾身書卷氣的年輕男子，方才在庭園賞花之際，曾匆匆一瞥，他就是下人口中傳說的東京帝大高材生吧？那他應該曉得茶道講究「和敬清寂」，達到禪的境界，怎會這樣慌裡慌張？

子毓驀然一抬眼，正巧捕捉到她的笑靨，兩人目光交會，白家千金似乎一下子驚覺自己的失態及無禮，霎時羞紅了雙頰，恰似向晚雲天瀲灩的霞光……

李其昌父子從台南一路輾轉回到「大營」，已經夜幕低垂，鵠立的鳳如，才看到他倆進門，也顧不得其昌略顯倦容，一直問東問西。

其昌蹙眉道：「子慶好眼光，白長老的千金，果然才貌雙全。」

鳳如歡喜不盡：「按呢好！按呢好！咱的子慶，就是要有相當的對象。」

「鳳如，妳慢且歡喜，咱揀人，人揀咱，白長老有按呢的查某囝，囝婿一定也會千挑萬選。」

鳳如不服，說：「憑咱的子慶，憑咱的家勢，兩家又相同是主內兄弟，毋是門當戶對？」

其昌微搖了搖頭，不甚自信道：「這就要看白長老用啥物標準選囝婿了，伊們是讀冊人的家庭，連查某囝都送去日本深造，俺子慶這點是無法度比並……」

提到學歷，一向自視甚高的鳳如，氣勢一矮，也著急了起來：「白長老若一定要選學歷，俺子慶要怎樣才好，伊真無簡單才看佮意一個查某囡仔！」

「我盡我的能力就是了，一切，得看上帝的旨意。」

其昌忙著應付愛子心切的鳳如，子毓也沒閒著，子慶很快就差遣下人來請他，他猜，大兄一定也從他和多桑出門之後就等到現在了。

果然，子慶早已枕在門邊盼著，一見到他，迫不及待就問了：「子毓，你有看到伊否？」

子毓當然明白兄長所問的「伊」是誰，他點了點頭。

子慶雙眸熠熠：「你看——啥款？」

他喃喃似夢囈：「你若娶會著這位歐孃樣，就是世間上幸福的人了……」

夢遊似的返回房間，子毓坐在榻榻米上怔愣良久，然後，頹喪地把自己丟在枕頭上。

茶花綠叢間和白家千金偶然相遇的那瞬間，自己就完全明白了兄長的心情；茶室二度邂逅，她展顏一笑，就將他引進了一個天荒地老的夢境——該醒了，再美，夢還是夢，而且毫無指望，也不該妄想啊！

初識人間情味的子毓，一滴清淚，自眼角滑出，跌落枕間。

清晨，玉茗推窗望出去，又看見父親雙手交疊背後，在庭院花叢間的幽徑踱步，天色方曉，露濕台階啊！

父親鍾愛茶花，總說茶花有牡丹的富貴氣，玫瑰的嬌模樣，卻睥睨枝頭，晚歲弄清芬，一副等閒不與人同的孤芳自賞。

從小，家裡就遍種茶花，各式品種。花開時節，父親喜歡牽著她的手遊賞枝頭各色花朵，漢學根基深厚的他，愛憐地瞅著她，結語道：「陸游的詩說『釵頭玉茗妙天下』，白山茶格韻最高雅啊！」

不知是稱讚花，還是自家女兒？

但是，晚春時節，上一個花季漸遠，下一個花季猶遙，此時花影稀疏綠葉茂密，父親為何一早就冒著露水在庭院徘徊？也不似賞花，時而駐足時而俯思，連續數日如此，他心頭有事嗎？

白魁清抬起眼來，遠遠望向二樓椿子的房間，隱約可以看見她佇立窗前的身影，心中不禁又長長一嘆，「偶然為汝父，不免憐吾兒」，可知我這個作父親的，正為妳的終身大事千思百想，躊躇不決，竟至終夕難以成眠。

子嗣成群，他獨獨嬌寵這個獨生女，媒人絡繹上門他一一回絕，李長老遠道來訪的用意他也心知肚明，若他開口求親，照樣要給個否定的答案，李其昌卻是個聰明人，整個過程沒有一句話提到兒女婚事，他有些吃驚，也微感佩服，這個人倒是沉得住氣。

直到起身辭行，送客出家門，李長老這才閒閒提起：「白長老的千金，氣質高雅，才藝出眾，毋知佗一家的兒郎才有福氣娶著伊……」

你到底吐露了來意！

這一想，自己連忙就出招了：「我只有這個查某囝，十六歲就送去日本了，一直到舊年內地戰事緊急，才慌慌狂狂將伊接轉來，現今阮作父母的，干仔想要把伊留在身軀邊加疼惜幾年。」

但見李其昌微微一笑，不輕不重道：「白長老，天下父母心，咱疼囝的心情攏同款，毋過，查某囡仔親像枝頂花朵，青春無久長，會當惜艙當放，趁早替伊主意一個寄託終身的好對象，這是真要緊的責任。」

李其昌第一次來訪，提到玉茗的就只有這幾句話，卻撞在他心坎上；第二次又從屏東來，李其昌就坦白表明了，要為兒子懇求這門親事，他不再斬釘截鐵打回票，只是婉轉拒絕；李其昌竟然不死心，第三次再登門，連幸子都被他這番赤忱感動。

過後，夫妻倆私下談論，幸子說：「李桑也是地方上有名望的人，為了子弟的婚事，一趟又一趟奔波，誠意十足。」

「李家的誠意我也很感動，不過這關係椿子一生的幸福，不能不慎重。」

「你一直都很慎重，不過椿子也二十歲了，總要找一個合適的人家婚嫁。」

幸子也提到年齡了，他不得不認真以對：「妳認為李家適合聯婚？」

「原先我也考慮到他們是生意人，不過看李桑應對舉止也是禮教中人。」

這話也沒錯，俗語說富過三代知吃穿，李家雖然是生意人，交接之間李長老看來並不粗俗，那個第一次和他同來的後生，更是彬彬讀書人。

「不過，台南到屏東——真的要讓椿子嫁去那麼遠的外地？」

「我們是基督家庭，也不希望椿子出嫁之後，被迫拿香敬拜偶像，但是教會內的青年，人品、家世相當的有幾人？」

幸子說到了另一個要害，要挑人品、家世，又要挑同為主內家庭，可以抉擇的對象，其實不多。

幸子眼中有掩不住的憂慮：「尼桑，時局不靖，難得李家這般誠意，椿子若能得到美滿的歸宿，我們也可以放下心頭重擔。」

他完全理解幸子的心情。

年輕時跟隨教會去京都參訪，在當地的教會認識了她，進而結為夫妻，她日本國民的身分，早期曾為家裡帶來某些榮譽和方便，可是隨著戰事吃緊，日本成立了「皇民奉公會」推動皇民化運動，身為地方仕紳，不管自願或非自願，總要順服當局的要求作為楷模，所以改為日本姓，掛上「國語家庭」的牌子，他都一一遵從；唯獨要求改為敬拜天照大神，家中得奉祀神宮大麻，萬萬做不到。

太平洋戰爭爆發後，美國參與戰事，當局仇視來台佈道的西洋教士，不給教會糧食配給，他只得暗中援助，這種事，根本瞞不過遍布各個角落的警察和特務，全家變成被監控和騷擾的對象，幸子的身分，反而讓當局懷疑是他用來做間諜工作資助敵人的掩護，戰爭末期，一家人是吃了好些苦頭。

日本戰敗，台灣由國民政府接收，雖然幸子情感上不好受，他倒是抱著歡迎的熱烈心情。誰知，國民政府一來，就設立了一個叫做「台灣省行政長官公署」的統治機關，與日本時代的總督府一樣擁有行政、立法、司法、軍事大權，這跟許多人的期待似乎不同，民間戲稱行政長官陳儀將軍為「新總督」。

陳儀將軍看不起台灣人不懂所謂的國語國文，四月份才剛正式成立「台灣省國語推行委員會」，頒布標準國音，在各縣市設立國語推行所，再分區設置講習班，他也被迫參加，年紀一把才從注音符號ㄅㄆㄇ學起，就因為他不會講北京話，雖然自幼在父祖輩嚴格督促下飽讀漢學，如今居然變成了粗鄙野人，需要再接受教化。

他的處境都如此難堪，幸子就更不用說了，她現在又變成可能是日本潛藏在台灣的破壞份子或共產黨員，派出所警察不斷上門戶口調查，包括半夜把全家上下叫到走廊排成一列接受臨檢，這是日本統治時代也不曾受過的待遇，當時的政府多少還尊重他是個知識份子。

家中過得好像不是很踏實、安穩，社會上也隱隱瀰漫著一股不安夾帶不滿的氣氛，幸子老是擔心著會發生什麼無法預料的事。

「雖然路途遙遠，李家是生意人，手腕比較高明，歷經朝代更換，好像和統治者的關係都不差，椿子若嫁入這樣的家庭，日後一定能夠平安幸福的生活著，尼桑，你要好好考慮。」

椿子出嫁後能夠平安幸福過日，也是他最在意的啊！

幾天前，李長老由邱牧師和牧師娘陪同，第四次來家中造訪，並由牧師娘代李家做媒，正式向他提親。

雖然還未給予肯定的答案，不過也當面向李其昌詢問過：「咱兩家若要聯婚，小女的對象，就是進前陪你同齊來的那位青年？」

「噢！伊是我的第二後生，我是為長男子慶來求這門親事的，長幼有序，大兄未娶，小弟慢且。」

哦！原來要嫁娶的對象不是自己心中所想的人選，他心中不免一陣惋惜，那個讀書囝仔言談舉止不凡……

李其昌眼尖，當下看出端倪，立即回說：「我的第二後生自細漢愛讀冊，厝內也全力栽培，伊的大兄身為長男，就被我留在身軀邊學做生理，承擔事業。若論我那個長男的人品、儀表，絕對𣍐失佮的禮。」

第一次同來的青年器宇軒昂，看李其昌自信的模樣，難道長子更勝一籌？

邱牧師也作證道：「白長老，俺新正去萬丹證道，李長老的長男子慶就在教會幫忙，我有正式和伊見過面，真正是一個人品出眾的少年人，和玉茗小姐郎才女貌真適配，這樁親事若會成，實在是上帝的恩典。」

邱牧師都如此見證了，想來，李家長子是配得過椿子的，剩餘的問題就是自己肯不肯允婚了。

接連幾天，夜裡枕上輾轉，捧在掌心呵護了二十年的女兒，就要遠適他姓？想到這裡，他連心都揪著痛。

看著滿園茶花樹叢，「玉茗」是白山茶的意思，連她的日文名字，他也取為「椿子」，一生自許為愛花人，豈能誤了女兒的花信？

才從花期杳杳的綠葉樹叢抬起眼來，只見椿子手拿他的外衣臱臱而近。

將外衣披上他的肩頭，一邊帶著小兒女的嬌憨嗔怪道：「父様，你怎又出來凍露水了？」

這樣的天倫之樂，即將遠颺——白魁清胸中一慟，帶著慘然的笑容，對她說道：「椿子，父親做主將妳嫁去萬丹李家，好否？」

玉茗心頭怦然一驚，這就是父親連日花間踟躕的原因？

腦海也急速掠過那日在茶室打翻茶碗的青年的形貌。

身為女子，出嫁適人，是一條命定的路，可是，玉茗凝眸父親，自己就要離開生身家庭了嗎？

「父様做主就是。」

說完，玉茗淚珠撲簌簌跌落。

白家允婚，不枉李其昌這段時日屏東、台南兩地奔波，總算塵埃落定，李家洋溢著許久不見的喜氣，上上下下忙著籌備迎娶大事。

首先登場的文定之喜，雖然民間物資有越來越匱乏的趨勢，比起日本統治末期更加惡化，不過財力雄厚的李家所備辦的十六項聘禮，極盡張羅之能耐，光贈與新婦的金飾，李家就準備了金簪、耳墜、項鍊、手環，女主人鳳如親赴台北大稻埕的太平町，找一流的打金仔師傅指定樣式訂做；新婦婚用禮服的盤頭裘裙，遠從香港託運最新型的西式白紗禮服返來；喜餅則在全府城最著名的「舊振南」定製；其他的，沒有一樣不講究，像柿粿來自竹塹、福圓來自八卦山。

這樣的排場，不轟動鄉里也難，才子佳人的故事也跟著流傳開來。

自從和白家千金婚事議定，子慶的傷勢奇蹟似的迅速復原，原本醫生判定他至少要半年才能痊癒，他現在除了久站久坐背脊骨還會作痛外，已經行動自如，雖然全家上下都在張羅他的婚事，也不勞尚未完全康復的他，可是他堅持親自接洽某些事務，像新娘禮服，就是他和子毓遠赴基隆的委託行敲定的，好像藉著忙碌可以消除緊張。

可是撐到訂婚前一晚，子慶整個人就恍恍惚惚了。

子毓擔心他過度緊張，整個晚上都陪著他，一下子要他拿訂婚鑽戒給他鑑賞，一下子要他試穿西裝禮服給他看看，藉此轉移他的注意力。

子毓把玩鑽戒時，調侃兄長道：「明仔日，你就要被另外一個手指套著這世人了。」

「子毓，你以後有意愛的人就會知影，我，心甘情願。」

要是以前，他一定會大聲嘲笑大兄毫無志氣……

子慶穿上西裝禮服，俊帥的模樣，讓子毓驚嘆道：「兄樣，你會迷倒眾生。」

子慶一臉情癡：「我只求會當匹配你未來的大嫂。」

「你匹配鱠過，還有啥人夠格佮伊成雙？」子毓近乎嘆息。

子慶應承道：「以後你結婚，我也自頭幫你打揲到尾，絕對要給你足奢焱。」

子毓心頭一陣黯然，不過沒讓一絲雲翳飄到臉上。

夜漸深，子毓催促就寢，子慶要他再多陪一下，兄弟倆索性一起躺落。

子慶把腳丫抵在子毓腳上，眷戀道：「真久，咱兄弟無睏同鋪了，以後，也無啥機會了……」

子毓也有幾絲不捨，歲月如流，轉眼兄長即將成家，他非常珍惜這兄弟相親的時光。

直到夜深，子毓經過大廳外要返回自己的房間，見多桑還在裡頭清點明日下聘的各色物品，轉身回來想詢問還有甚麼需要幫忙，裡頭已傳來叫喚聲：「子毓，你入來。」

他入廳，問道：「多桑，咁還有欠啥？」

「攏準備齊全了，我只是全部清點一遍確定一下。」其昌抬起眼來，問道：「恁大兄，還真緊張？」

「有較放輕鬆了，也歇睏了，我有等伊落眠才離開的。」

其昌欣慰地點點頭，燈下看著次子，沉吟叫道：「子毓……」

「多桑，還有啥物代誌要吩咐？」子毓直覺父親臉上神情不太尋常。

「彼日，我和邱牧師去白家提親，白長老有提起你——我想講，子慶序大你序細，長幼總是有一個分別……」

子毓會意過來，迅速回答道：「多桑，本來你就是為大兄去提親的。」

其昌仔細打量他：「你……有別種想法否？」

子毓神色越加恭謹：「長幼有序，哪有大兄未娶小弟先娶的道理？」

「你按呢講，我就放心了。」

這個囝仔，一向他也沒甚麼不放心的，不過白家原本有意把女兒許配給他，他怕這話日後風風雨雨漏進他耳內，造成兄弟間一些不必要的尷尬，還不如由他做父親的來挑明。

既然子毓完全遵從他的決定，李其昌越發歡喜，明日就出發去府城下聘了。

李家連同親戚十數人浩浩蕩蕩抵達白家，白家也是當地旺族，再加上教會的教友，整座宅院洋溢著熱鬧的喜氣。

訂婚儀式由邱牧師在大廳主持，先由教友獻唱聖詩祝福，歌聲莊嚴而潔淨，子毓滿心的感動，他衷心祝福大兄和未來的大嫂恩愛幸福，就隨著昨夜多桑把話挑明他也表白心跡後，連那一絲絲的遐思，也隨風而逝吧！……

白玉茗由牧師娘和她的母親牽引而出，她一頭長髮盤梳於頂，細緻的臉蛋輕勻脂粉，增添了即將出嫁女兒的嫵媚，一襲趕上風潮的銀白繡花旗袍禮服，讓她更加娉婷嬝娜，連日勞累加上晨間趕赴台南，子慶原本背脊骨又隱隱作痛，眼前突然一亮，精神隨即一振，子毓也看呆了，觀禮席上更連連發出驚豔的讚嘆聲。

玉茗的眼光匆匆掠過並肩坐在一起的子慶、子毓兩兄弟，稍稍在子毓身上逗留了一瞬，子毓捕捉到了，別開眼去不敢再看。

邱牧師準備進行訂婚儀式了，子毓陪同子慶上前，玉茗也在母親的攙扶下就定位，子慶和玉茗兩人並肩站在廳堂十字架之下，幸子幫女兒略略整理了一下髮鬢，子毓則迅即退回原位。

玉茗眼梢微微瞥見要與她舉行訂婚儀式的子慶，驚訝、迷惑湧上她的臉龐，她想轉過頭去尋找父親，但是邱牧師已經開始講道，她只得低頭聆聽。

邱牧師訓勉子慶說：「恁作翁婿的要愛恁的家後，就像基督愛教會，為教會捨己。」又轉而訓勉玉茗道：「教會怎樣順服基督，作家後的也要怎樣凡事順服翁婿。」

接著，新人要交換信物互戴戒指，子慶小心捧起玉茗的左手，這才發覺她連指尖都顫震如風中荏弱的枝葉，她很緊張嗎？

慌慌抬起頭來，玉茗惶恐的神情撞入他眼簾，「妳……」想安慰她，自己也跟著莫名緊張，衝口竟是：「妳是我骨中的骨，肉中的肉。」

觀禮席上一陣笑聲，子慶臉面如火燒燙，這是亞當初見夏娃時所說的第一句話，玉茗不禁也微抿唇角莞爾，不安的神色緩和了不少，當下，子慶已經順利幫她套上了戒指。

新人互戴過戒指，玉茗又由牧師娘和她母親陪同回房休息。

等一下就要舉行敬茶，與新郎倌的家人、親戚正式見面，牧師娘正在教導她如何依照尊長輩分敬茶，白魁清進來探望女兒。

玉茗一見到父親，滿心的茫惑再也顧不得禮儀，委屈叫了聲：「父様……」

一下子撲入父親懷中，眼眶一紅，盈盈淚墜。

白魁清大驚失色：「椿子，妳怎様了？」

房間內除了母親、牧師娘之外，還有兄嫂及堂姊妹們，眾目睽睽下，玉茗曉得茲事體大，她只敢附在父親耳邊，輕輕問了句：「我到底要嫁給啥人？」

白魁清卻霎時驚天轟雷，原來椿子她——怎會生出這麼大的誤會？……

方才在廳堂舉行訂婚儀式，子慶那少年家果然俊帥出眾，論深緣耐看則得禮讓他的兄弟，最主要，李家次男那種讀書人胸中自有丘壑的器宇，不同凡響——不愧是他的女兒，父女倆眼光並無二致。

他絕不能讓椿子在終身大事上受了委屈！

白魁清斷然道：「我這就出去找李長老參詳……」

玉茗惶然自父親懷中抬起頭來，他要出去參詳甚麼？臨時換新郎倌，或取消訂婚典禮？傳揚出去，外頭會如何議論，兩家日後在地方上如何做人？

玉茗瞬息萬念，不過也立即做下了決定，再一次附在她父親的耳邊輕語道：「這椿代誌宣揚出去也嬒當挽回了，我會遵從上帝的安排。」

白魁清一愣，椿子心細，已經先想到後果，那兩人是親兄弟，縱算他今日不顧顏面退婚再議，李家次男敢僭越禮分弟代兄嗎？這不是反而害了椿子？

一場風暴弭於無形，白魁清眼睜睜看著女兒目眶猶有殘淚，卻已順服地端起茶盤，跟著牧師娘步出房間，自己卻作聲不得。

眾人看玉茗哭向父親，先是驚疑不定，繼則看她遵照儀式出去敬茶，心想，是即將出嫁女兒心依依難捨吧？

惟有幸子聞嗅到事有蹊蹺，故意落後幾步，以日語問白魁清道：「尼桑，方才，椿子跟你說了甚麼？」

「……沒甚麼，今日決定了終身大事，椿子心情難免起伏……」

幸子不信，自己的女兒自己清楚，向來就不是小家子心性啊！怎會在這時候鬧脾氣？

妻子面有疑雲，白魁清心中掉落幾聲嘆息，他不會說的，這將成為他和椿子心底永遠的祕密。

3. 異鄉

天空的烏雲越攏越厚，遮住了赤炎炎的烈日，下雨前的悶熱，還是讓大力揮著斧頭掘木麻黃樹頭的林伯仲汗如雨下。

省道上人車稀疏，帶著幾分空曠的寂寥，斧刃落在樹頭上發出「噗、噗、噗」的空洞巨響，成了陪伴他的聲音。

政府軍接收台灣後，不知怎的阿兵哥到處砍伐樹木，民間傳言是珍貴的盜去賣，一般的運回軍中當柴燒，大概是嫌麻煩，處處留下樹頭不管。

伯仲看著可惜，在萬丹落腳之後，還不知道從何討賺，靈機一動，開始掘樹頭劈成一節節的木柴，曬乾之後就可以賣錢，哪戶人家叫柴他就送過去，現今他有好幾家固定的客戶了，像開米交的許家、「鼎昌」的李家就是他的大主顧。

李家最近要辦喜事，需要的木柴數量龐大，每日天未光、狗未吠，他就來省道旁掘樹頭，直到天色暗赭赭才甘心回轉，這不僅有一大筆錢可賺，既然允了這樁工作，他就不能誤了事。

稍微停下來，抹去從眉毛淌入眼睛的汗水，他繼續奮力和堅硬的樹頭搏鬥，像隻工蟻矻矻終日，卻常常連中午一餐都省了，一來是貪多，多掘些樹頭就多些收入；二來是儉吝，每一角銀都是這樣汗流汁滴拚來的，卻跟不上飛漲的物價，白米、麵粉據聞幾乎天天漲，市場擺杏仁茶擔的福州師，他的油炸粿這十天不到價錢連跳了兩、三番，實在吃不起，想到那金黃油酥的油炸粿，伯仲口水吞得咯咯作響，還是把腰帶勒緊一點吧！安慰自己說，縱算是山珍海味，吞落喉還是化作糞便。

想到糞便，這在家鄉根本不是問題，人若在田裡，就地解決而且肥水不落外人田；若在家裡，也不過找個戶外草叢或竹林便溺就是了，哪像台灣這麼麻煩，厝頭家娘罔腰規定他非走到一百多公尺外的「公共便所」放屎尿不可，有時候尿急又想偷懶，他就在屋外對著牆壁解決，不過她根本是「虎鼻獅」，只要到屋後來，一聞到尿騷味就嘮叨不休，有時候嫌她管太多，就回嘴：在阮的故鄉，人人如此。

罔腰不僅送他兩顆「衛生丸」，還牽拖了一堆人：「莫怪恁中國兵是癩哥鬼，才落火車就在月台頂放屎放尿，這在日本時代哪會當容允，連民間每個月都有『清潔日』，家家戶戶要摒掃到清氣溜溜，區公所還會派專員來稽查呢！」

罔腰罵中國兵也不是一回兩回，舊年日本投降，政府派軍隊過來接管台灣，聽她說，地方仕紳還發動群眾和學生，去驛站拉布條迎接祖國軍隊，沒想到迎來的是一群頭戴草帽、腳踩草鞋、衣衫凌亂還肩揹飯鍋的兵仔，日本兵紀律嚴整的形象長期駐紮人心，猛然看見一群哪管眾目睽睽拉下褲襠就地放屎尿的軍人，當下豈止目瞪口呆，眾人心裡連呼「阿娘喂啊」「阿娘喂啊」。

厝頭家娘形容得再傳神，反正舊年他還在老家沒碰上，最近以來倒是親眼看過，幾個衣衫襤褸的兵仔揹著真真實實的槍枝，沿路搜刮民宅，罔腰有兩隻養在門口的鵝，阿兵哥一過來開槍就打，再當作戰利品帶走，不夠，又進到屋內抱走一床棉被，任誰也不敢阻止，厝頭家三郎還索性摀著牽手的嘴，免得她哭罵出聲惹來禍端，他則見怪不怪，在福建老家，不管國軍、八路軍，哪邊不是土匪？

罔腰雖然對「中國兵」很感冒，人也囉嗦了些，對他這個「泉州仔」倒是熱心良善，厝頭家三郎先爽快地把屋後的草厝租給他棲身，她還答應等他有了收入再繳厝稅。

一開始，他一個外鄉人，也不知何處可以賺食，她還好心地介紹他去「舀肥」。

這份工作，也是來到台灣他才大開眼界，「便所」不管是私人的或公用的，每隔一陣子就要「舀肥」，打開屎礐仔蓋，舀那滿滿堆積的排泄物，真是奇臭無比，長柄杓的竹竿再長光味道就可以薰昏人，也難免搞得一身髒臭。載水肥的牛車上那橢圓形的「肥桶」，雇主阿坤伯怕水肥滴漏外頭，還特地塗了一層瀝青，可是牛車經過處，那作嘔的氣味實在太令人「倒彈」，所以政府規定只能晚上十二點之後、清晨五點之前清運完畢。

水肥運到阿坤伯的田地，就倒在水頭的窟仔發酵一陣子，再順著灌溉水流進田中。

他好奇問過阿坤伯：「田底沃水肥，毋就真臭？」

「軀！那是會臭、臭到膾臭，我若落田挲草，轉去攏反腹膾呷。」阿坤伯笑咪咪繼續說道：「沃水肥雖然臭，毋過種出來的稻仔煮成白米飯，是芳貢貢、貢貢芳喔！」

這份工作沒有持續很久，最主要也是出在厝頭家娘。每次運水肥返來，罔腰不讓他進門，嘮叨他渾身臭到好像掉進屎礐仔窟，雖然抗議她太過「譀古」，她就非要他去溪溝從頭到尾清洗一遍不可，進門了，還要倒一杯米酒叫他端回去抹在身上消毒，一氣之下，他常常就把米酒灌入腹肚內消毒。

「舀肥」帶來這麼多麻煩，水肥車經過處，他又發現省道盡是廢棄的木麻黃樹頭，索性就改途了。不過短暫從事這個工作，倒讓自己悟出一個道理，原來香噴噴的白米飯，是由水肥灌溉的稻子而來；山珍海味入喉一樣化做屎糞，富如米交許家、「鼎昌」李家的屎礐仔，也不會比較香，同樣臭不可聞，多吃多製造屎尿而已。

伯仲就用這種方式安慰轆轆飢腸，不過人是鐵、飯是鋼，掘樹頭又是非常粗重的工作，長期有一頓沒一頓儉省過日，任他再怎麼年壯力強，在這窒悶得一絲風也無的炙熱中午，突然一陣天旋地轉，整個人就暈厥了過去。

他是被滂沱大雨淋醒的，雨水兜頭兜臉潑著，讓他幾乎睜不開眼也站不起身，幾番掙扎，才勉強撐著爬起。

穩了穩搖晃的腳步，拿起斧頭還想繼續掘樹頭，以前也頂著風雨工作過的，可是這回似乎不行，他整個人幾乎又摔跌在地，眼看風雨無意善罷甘休，痛惜起已經劈好的柴籬，這要花多少個日頭天才曬得乾哇？雖然眼前直冒金條，伯仲勉力撿拾散落地面的柴籬綑綁起來，連同斧頭，咬著牙根扛返租處。

人才回到屋內，他連溼透的衣褲都來不及脫下，又暈死在木板床上了。

還好罔腰來屋後貪圖幾根免費的柴火，看到伯仲把斧頭、柴捆扔在門前，這跟他向來把柴堆收拾得整齊妥當的習慣不同，又聽得屋內傳來陣陣呻吟，她趕緊喚來三郎，一起入內探個究竟，這才發現伯仲全身像烘爐般發著高燒，夫婦倆這下全慌了，深怕這個外鄉人死在他們家。

罔腰也不管有沒有對症下藥，就從家中牆上掛著的寄藥包仔拿了一包紅藥包，和水給伯仲吞落，鬧了大半夜，他居然就退燒了。

後來罔腰向左鄰右舍宣傳，寄藥包仔如何救回泉州仔一條命，半個月後賣藥郎回來添換藥品，這回，不必他再多費唇舌推銷，家家戶戶全掛上一個寄藥包仔。

退了燒的伯仲，開始咳嗽，咳到整個胸膛要爆炸了似的，喉嚨氣管風爐那般咻咻吼，雖然又跟罔腰拿了兩、三包止咳藥吃下，但是藥效一過，照舊哮喘到上氣不接下氣，他又捨不得繼續花藥錢，只好跟病情耗了下去。

然後，「鼎昌」的廚娘阿拾找來了，在屋外大聲叫他，伯仲抱病出來應門。

阿拾看到他，嚇了一跳：「泉州仔，你怎目睭窟仔像山凹，顴仔骨拄到天，是在破病噢？」

「阿拾姐目色好，一看就知影我在破病。」伯仲苦笑著回答。

「按呢就害了，你這幾天攏無去送柴，現現就要辦桌撓大鼎請人客了！」

伯仲感覺自己失職，十分過意不去：「阿拾姐，歹勢啦，實在真失禮，等我身體較好了，我隨即去剉柴……」

「哎！再兩天就要辦喜事了，哪會堪得等？我倒轉去問看要怎樣才好。」

廚娘離去後，伯仲越想越不安心，斧頭一拿，還是出門來，一路步行到省道旁，一邊咳嗽氣喘一邊掘樹頭。

傍晚返回租處，阿拾又等在門外了，跟來的長工正把屋簷下的柴堆盡數搬上拖板車。

阿拾看到他肩上的柴捆，吃驚道：「泉州仔，你身體無爽快，怎還去破柴？」

伯仲放下斧頭和柴捆：「阿拾姐，耽誤恁的工作，我心內真𣍐得過……」

「你真有一個責任心，毋過你人在破病也𣍐當勉強——柴我全部搬走，還未算的工錢我攏清給你。」

說著，廚娘把一疊紙鈔要交給他，伯仲才看一眼，連接也不敢接：「阿拾姐，連進前的工錢也無這呢濟……」

「這是阮二少爺的意思啦！最近厝內一寡仔工作攏伊在發落，伊講物件百項起，若照早前的工錢你無法度生活，阮有去別位調柴了，伊叫你好好養身體。」

伯仲心頭一暖，「鼎昌」的二少爺他見過一次，那回他送柴去，一個面目黝黑一看就知道是加禮婆的女子，帶著一個同樣黑皮膚大眼睛的小女孩，手上提著兩隻雞、一袋山芋，卑微地站在廚房外，混合著日語、台語和自己的語言，加上比手畫腳，原來她是要來祝福即將結婚的大少爺，阿拾姐以明白了的神情接下加禮婆母女送來的禮物，揮手示意她們可以走了，正閒閒對他說起，大少爺就是為了救她們才從馬上摔落的，這時李家二少爺帶著這對加禮婆母女折返。

他對阿拾姐說：「巴將，加禮婆是來送賀禮的，妳怎無通報一聲？」

阿拾姐愣了一下，訥訥道：「我想講，伊是咱『仲義寮』的甘蔗工，算來是下腳手人，毋免通報，而且自大少爺受傷，伊們母仔囝也來幾落番了……」

「伊這呢好意，俺有較失禮，好佳在我有拄著伊們。」

接著叫她入廚房收拾一袋白米、一桶火油還有一塊豬肉回贈，阿拾姐神情更加錯愕，不過還是照著吩咐去做。

加禮婆母女揹著二少爺送給她們的貴重禮品，歡天喜地、千恩萬謝走了，阿拾姐大概是仗著年紀，數落了她家少爺幾句：「二少爺你哦！會曉算𣍐曉除，糶米換番薯，番婆才掠兩隻雞一袋芋仔來，你給伊換一堆好物件轉去。」

「巴將，現此時物資缺欠，山頂的生活愈艱苦，伊送來的，可能就是伊們家上好的物件了，我感心的是這點。」

「只不過是加禮番，二少爺你也太過厚禮數了。」

「番還是人啊！而且有心，又有情。」

他那時兀自整理著卸下的木柴，不敢聞問主僕間的爭執，二少爺離開前卻主動對他和煦一笑，慰問了句：「辛苦你了。」

他惶恐地直點頭回禮，不想，沒多久阿拾姐從廚房端來一碗粉圓給他：「喏！歇睏呷涼的啦！是阮二少爺交代的，講你日頭下做到大粒汗細粒汗。」

彼時，就覺得「鼎昌」的二少爺很體恤下人了，不過怎麼也沒想到他會工錢加倍算給他，簡直是寒天雪地送碳來。

數日後，福州師也來探病，見他久咳不癒，又聽他說有時喘到快斷氣似的，看來短期內也做不了粗重的工作，親不親故鄉人，也不怕他搶生意，建議說，「街頭」這一帶還無人擺擔賣早點，不如他也來做這途，磨杏仁茶的技術他可以教，油炸粿就由他那裡割去賣。

正愁身體做不了主，這下可好，「鼎昌」二少爺多給了工錢，連同手頭的粒積，就轉途來做生意，物資漲，杏仁茶、油炸粿就跟著漲，不必再操煩做工所得，拚不過長了翅膀的物價。

在福州師夫妻的幫忙下，伯仲就在街仔路擺起杏仁茶擔。

不過生病之後，他從此帶了嗄龜喘嗽的症頭，時好時壞，就在生病那段時間，他也錯過了「鼎昌」娶新娘的盛事，都是後來聽說的：台南人嫁女兒很大器，數輛牛車承載嫁奩一路逶迤入萬丹，讓夾道看熱鬧的鄉人開了眼界；婚禮在教會舉行，民眾圍堵教堂外爭相一看府城來的新娘，連向來敬天拜神不屑阿凸仔教的厝頭家娘，也擠在人群中。

罔腰嘖嘖讚嘆，口沫橫飛對他說：「生目睭，無看過那呢媠的新娘，平平是查某人，連我都會神魂顛倒哦！」

子慶婚後，下人以一種有趣的眼光看待這對新婚夫妻，私下悄悄議論。

「咱大少爺實在真趣味，少奶奶行到佗，伊就跟到佗。」

「這算啥？我還看到少爺挽花插在少奶奶的鬢邊。」

這樣的談論，帶著少許的取笑，不過並無惡意，除了增添一些趣味外，其實人人依稀又瞧見了自己青春年少時的背影，而「翁生某旦，暝日對看」的話語，也就流傳開來。

這日晨間，玉茗正對鏡梳妝，聽見門外庭院人聲擾嚷，她長髮一盤，走到門邊探頭一看，子慶正在指揮園丁把原先耐陰的植物悉數砍除，她玄關處穿上夾腳木屐下階梯來，還有園丁挖鬆土壤準備栽種新樹，她一眼就瞧見了地上十數株的茶花幼樹，驚喜交集，一時憶起家中的庭園，兀自熱了眼眶。

看到她，子慶興沖沖迎來：「玉茗，妳知影我要在咱的花庭改種啥？茶花，妳有佮意否？」

瞅了子慶一眼，看來茶花對她的意義，他並不知情，怎會突然想到要改種茶花？

成婚以來，她逐漸清楚子慶的性情，些許浪漫、幾分俠氣，又難掩粗線條，晨間她對鏡梳妝，他興趣一來想幫她畫眉，怎知眉毛是一根根細繪，他拿著眉筆像毛筆大力一揮，她也不說他，望著鏡中半邊毛毛蟲直笑，害得他猛抓頭尷尬不已；飯桌上，他會忘我地直幫她挾菜，羞得她小聲制止也不聽，逼得歐卡桑反覆清喉嚨，他還大剌剌問道：「卡桑妳嚨喉無爽快乎？」不聞應答，反而聽見一旁伺候的傭婦噗哧笑出聲來，他一抬眼，才發現所有的人都盯著他看，以及歐卡桑「成何體統」的責備眼光。

不過，滿園砍樹改種茶花這麼重大的改變，似乎不符子慶的行事風格，他十分享受小小的嬉遊，卻不愛劇烈的變動，婚後聽他提起，當初送小叔去日本時，歐多桑原本有意命令他們兄弟同行，一來可以彼此照顧；二來也逼他讀書光耀門楣，他堅持不肯的理由竟然是：「子毓硬斗的理論讀會落去，我只愛看劍俠小說，而且離家千里遠，毋知偌久才會當轉來一次，我𫧃慣習。」

曾問他：「你和二叔仔感情毋是真好，為何放伊孤單一人去日本？」

「這也毋是出外做生理，一日半晡就會當轉來，我毋甘子毓去日本，毋過叫我離開多桑、卡桑和厝內所有的人太久，我自己先擋𫧃著。」

「劍俠小說的主角毋是雲遊四海？」

「妳在恥笑我！要行俠仗義，也無一定要去到天邊海角啊！四周圍就有足濟需要幫贊的人。」還反將她一軍：「我就想𣍐通，妳一個查某囡仔人，怎有那呢大的勇氣離開厝內去日本？」

這是父母的主張，她自然順從；正如她和他的姻緣，她也完全順服上帝的安排。一旦接受，千山萬水她亦能克服。

玉茗自顧耽溺心事恍神，子慶只見她反應怔怔，以為她不喜歡又說不出口，一下子失了興頭，嘀咕道：「我就佮子毓講工事太大嘛！也毋知伊去佗位運來這呢濟茶花樹栽，叫我種在咱的花庭，講啥物妳一定會佮意——我還是叫工人收工好了。」

玉茗心中一怦，原來是子毓的主意——嫁入李家後，叔嫂倆，也不知道在避諱什麼，除了有家人同在的場合，兩人不曾單獨說過話，堂前屋後偶爾相遇，匆匆一個招呼即擦身而過⋯⋯

她以笑容掩飾內心異樣的感覺，說出：「為啥物要收工？你𣍐記得了，阮家滿園的茶花。」

子慶一愣，「哎呀」一聲想起來了：「對哦！我怎這呢糊塗，還是子毓細膩，伊還特別挑選較大叢的樹栽，講今年的冬天還是明年的春天就會開花了。」

曉得茶花是玉茗所鍾愛的，子慶歡喜極了，直催園丁趕緊鬆土種花，晚冬或初春，他就可以陪伴她遊賞茶花了。

鳳如在隨身嫺招治的陪同下趕來了，氣急敗壞叱喝道：「停！停！攏給我停手！看恁啥人敢在這黑白挖、黑白掘？」

頭家娘跑來阻止種花，幾個園丁趕緊罷手，侷促地站在原地不敢亂動。

子慶一頭霧水，才要開口詢問原由，鳳如先頓足責怪道：「你哦！真正歁頭歁面！」

子慶還真的被罵傻了，怔愣當場，鳳如自顧把玉茗拉到一旁，婆媳倆咕噥低語，旁人也聽不清楚，但見彤霞飛上了玉茗的臉龐，有種醺醺然的酒意。

鳳如笑逐顏開，返回兒子面前，喜孜孜嗔怪道：「看你巧巧人，神經怎會這呢大條？自己的家後有身了，還敢動傢俬挖東掘西，也毋驚去動著胎神！」

大吃一驚的是子慶，看看卡桑，看看妻子，腦筋一下子轉不過來。

倒是從年輕就跟著鳳如的招治，曉得主娘就要做嬤了，先歡天喜地嚷嚷起來：「大少爺，恭喜喔！你要做老父了！」

眼睛逐漸移往玉茗平坦的腹肚，子慶訥訥道：「妳怎無講起？」

玉茗酡紅了整張臉，聲小如蚊：「你也無問起……」

子慶更加疑惑：「卡桑，我都毋知要問了，妳怎會想著要問玉茗？」

「哎喲！娶某，過來就是生囝，這是天地所設，毋是弟子做孽，我哪知影你連這種代誌也𣍐曉要問。」

鳳如以戲謔的口吻，嘲笑她那高興到有些糊塗了心竅的兒子，連下人也忍不住掩嘴竊笑。

眉開眼笑的鳳如，歡歡喜喜交代眾人道：「收工了，以後少奶奶的房間內內外外，𣍐使再動傢俬。」

那子毓苦心尋來的茶花樹栽，不就要被棄置不管了？

雖然彼時誤以為婚嫁的對象是子毓，也差些釀成軒然大波，幸好她順從上帝的旨意方化解於無形，領受了婚後的幸福，以及子慶無限濃情——不知，子毓可曉得這段波折？

不管知或不知，她美滿的婚姻是上帝所賜的恩典，那樁誤會，且深埋內心深處，就當作青澀年華的橄欖記憶。

是隱微的橄欖餘味，或者叔嫂情分？她真的不想辜負子毓的一番好意……

玉茗突然請求道：「歐卡桑，今日就把花種落去，較膾拍損花栽。」

鳳如微微一愣，想了想，說：「既然妳佮意這些花叢，我叫工人種在別位。」

「還是種在這就好……」

「膾用得！腹肚內的囝仔胎已經有元神，安胎神就未赴了！」

「歐卡桑，俺是基督徒，怎有需要相信民間的傳說？歐卡桑若真的膾放心，我會當先去別的所在閃避一下。」

鳳如雙眉不禁一挑，沒想到看似溫馴的新婦，竟然這般執拗，除了訝異，同時心中也生出尊長權威受到挑戰的不悅。

已經曉得玉茗對茶花的特殊感情，子慶開口為她說話：「卡桑，還是種在這好了，以後玉茗若想厝，我就會當陪她看花解心悶。」

感激地看了子慶一眼，玉茗柔柔回應道：「茶花真守信，以後每年的花期，在門口庭我就會當欣賞著茶花了。」

鳳如也記起了白家滿園的茶花，瞥了地上的幼樹一眼，原來這些是茶花，初嫁女兒想家的滋味，自己是過來人啊！何況玉茗家遠在台南……

鳳如兀自軟下心腸，這時招治也貼在她耳邊道：「主娘妳放心，工人動土進前，我會先用鹽、米、酒來戽過，就會當安胎神、避煞氣。」

子慶都開口為玉茗說話了，招治也會做妥善的安排，她若堅持不肯還得先變臉，何必？這是天大喜事呢！

交代玉茗道：「就照妳講的，妳暫時避開，我自然會叫工人把樹栽種落土。」

新婦要為李家繁衍後代了，她懷孕這段期間，就順著她一些吧！

又悄聲吩咐招治道：「妳恬恬去做安胎的儀式，千萬莫驚動頭家，玉茗會使毋知利害關係，我一定要顧好我的囝孫！」

鳳如的心思就掛在這些子子孫孫的身上，殊不知外頭的變化日劇一日，不是李家關在朱門高牆內就可以太平安康，福祚綿延，而外面的擾攘也終於延燒到「大營」裡頭來了。

國軍部隊隨著政府官員來接管台灣之後，外頭一日亂過一日，原本日本統治時，每戶人家的牲畜都有登記，全屬管制物品，有死掉的還得報備，然後由衛生官員監督掩埋，有那聰明的故意以熱燙燙的番薯餵豬，豬隻暴斃了就報備掩埋，然後夜半把豬挖出來宰殺成了「野密」，不僅補充了一家老小的營養，還可以私下通知鄰居來買豬肉，大家都有些油水潤滑乾澀的腸胃。

日本一撤退，牲畜不再管制，大家起先還歡欣鼓舞自己養的雞、鴨、鵝、豬終於歸自己了，誰知，軍官常常帶著兵仔直接進入民宅豬圈，開槍擊斃肥豬，然後抬上兵仔車，雞、鴨、鵝一起抓算附帶的贈品，丟下一元紙鈔，開走；去到柑仔店也一樣，民生物品悉數搬上兵仔車，連曬在店門口的菜脯也不放過，丟下一元紙鈔，開走。

那些兵仔，不知道是大陸太落後還是台灣太進步，看到甚麼都好、都要，日本統治時很高壓很嚴酷，抓到竊犯先剁手指頭再說，所以無人敢偷遑論盜，一般人家還是保持日治時代的日不閉戶、夜不鎖門，屋外的物品也隨意擺置，所以兵仔入侵民宅很簡單，沒人看見是偷有人看見是搶，連民眾進「郵便局」辦事擺在外頭的腳踏車，因為不會特別上鎖，也騎著就走。民間「賊仔兵」的稱呼，也在這時候傳開來。

後來，鄉里間還傳出一個不知真假的流言，說有軍官帶著兵仔到某個村庄，把男人全部趕到屋外罰站，再放兵仔入內強暴婦女。這下人心更加惶恐不安，一到黃昏，沒有女人膽敢戶外走動，男人見到單獨行動的兵仔也開始莫名敵視，而憤怒和不滿的氛圍悄悄但迅速蔓延中。

依鳳如的想法，這都跟「鼎昌」無關，雖然沒了日本勢力做依靠，其昌自會跟新政府打交道，民間缺糧、缺物資，農場佃農照舊按時送來米糧、蔬果和牲禽，李家自成一個富裕天地，她從來也不理會大門外的世界。

那日，跟平常沒有兩樣，南台灣的冬陽午後，乾爽而舒適，一個衣衫襤褸的兵仔，肩上還用扁擔挑著鍋盆棉被，晃蕩到「街後」這一帶來，兩扇朱紅色大門遮攔不住「大營」內的豪宅大院。

那個兵仔，先是在大門外探頭探腦，接著大剌剌闖了進來，一眼看上了三棧紅樓，歡歡喜喜進到裡頭，卻撞見藤作少將的遺照及一罈罈的骨灰甕，驚叫出聲，呸呸呸直吐口水，慌慌張張退了出來。

一臉不甘心的兵仔，又逛到紅樓對面那兩排L型的營房，總算露出滿意的笑容，挑了其中一間，正要把挑在肩上的家當放下，另一頭鍋爐間的工人即將炒好花生，就要鋪到石輪輾壓磨碎做成榨油的原料，工人中的阿仁出來要牽牛拖石輪，發現了這個鬼鬼祟祟的兵仔，趕緊跟過來，出聲喝問對方要做什麼。

兵仔嚇了一跳，瞄了阿仁一眼，接著露出不耐煩的神色，以家鄉話咕咕噥噥說了一堆，一邊兀自放下扁擔的所有物件。

阿仁一句也聽不懂，不過最近以來親見或聽聞「賊仔兵」的所作所為，本來就有一股氣，索性把地上的東西撿起來，全數塞還對方，同時沒好聲色道：「喂！你要創啥，這已經毋是兵營了！」

那個兵仔同樣聽不懂他在說什麼，不過對阿仁把物件塞給他的舉動反應強烈，他驟然變臉，氣沖沖把鍋盆棉被又擱回地上，橫眉怒目拔高嗓門向阿仁。

就算不知道對方在說什麼，光看他凶神惡煞的嘴臉，阿仁也曉得這個兵仔在罵他，他也提高聲量反擊道：「你賊較惡人哦！掩掩揜揜入來人的厝內，叫你走，還敢橫霸霸！」

見阿仁大聲回嗆，又不知道他在罵他甚麼，兵仔大怒，不由分說掄起拳頭就打了過來，阿仁眼窩狠狠捱了一拳，大駭，本能舉起手來抵擋，同時大聲嚷叫起來：「兵仔入來厝內拍人哦！兵仔入來厝內拍人哦！」

阿仁越喊對方越抓狂，狺狺作聲狠打猛踢，兩個人爭吵的聲音驚動了鍋爐間的其他工人，前腳跟後腳跑來探個究竟。

一直攻擊阿仁的兵仔，看到數人衝進來而且都是壯丁，自己停了手，雖然嘴裡還是狂罵不休，神色則轉為驚惶，匆匆拾起地上的物件，快步竄出門去。

看著那個兵仔倉皇離去的背影，有人問道：「阿仁，你怎會佮那個中國兵起衝突？」

「我哪有和伊衝突？伊侵門踏戶，連鍋仔棉被都搬入來，也毋知伊要創啥。」

有人回說：「哦！我有聽人講，那些賊仔兵看到空厝就占來住，變做自己的。」

「這哪是賊，根本就土匪了！」阿仁撫著被打的臉面，憤憤不平道。

既然沒有別的損失，雖然眼窩、嘴角都瘀青了，阿仁自認倒楣就算了，小事一樁，也就無人向家中的大人稟告。

也不過半天的時間，突然一輛軍用十輪大卡車風吼著直接衝進「大營」，後面緊跟著一輛吉普車，雙雙嘎然停在假山前，吉普車下來的軍官手一揮，十多名荷槍的士兵從大卡車跳下來，繞過假山來到中庭，整排齊列「鼎昌號」大宅前，軍官一聲令下，槍管全部對準廳堂內。

李家以前受日本軍方勢力翼護，幾時見過這種槍口對準自家的陣仗，上下亢自亂成了一團，李其昌出門拜訪區公所的張區長；會聽會說現今國語的子慶，運送火油去鳳山販賣也不在，子毓苦於語言不通，但見那位軍官威風凜凜站在堂廡前，他的兩位隨從，或者吆喝或者強拉一家大大小小站在廳門外，連工役僕婦一個也不能少，成列面對他和堂下的槍管，子毓駭異，李家幾時犯著了軍方？為何擺出這般肅殺的陣勢！

軍官鷙悍的眼神掠過女眷李老太太、鳳如，已經讓子毓心臟遽跳，深恐對方有什麼不利於她們的舉止；當他雙眼停在玉茗臉上，漸次移往她隆起的腹肚，子毓忍不住就挺身護在玉茗前頭了。

「請問，恁是佗一個單位派來的，厝內的查某人有的年歲大了，有的要生產了，有何貴事我負責就好。」

軍官聽不懂，但是子毓挺身一站的舉動，他感到被挑釁，狠掃了子毓一眼，對著空氣輕蔑叱喝道：「說國語！你們一大家子沒人會說國語嗎？」

子毓約略揣摩到「國語」兩個字音的意思，任他平日知識淵博辯才無礙，今日成了有口難言的啞巴，不得不後悔起當初因為莫名的抗拒情結，一口回絕了兄長一起學習北京話的建議。

急如熱鍋螞蟻之際，在子毓身後的玉茗，突然開口回答道：「長官，請問我們李家犯了什麼錯，為什麼你要帶兵包圍？」

玉茗這一開口，震驚了全家上下，她說的，正是現在政府所要求的「國語」！

子毓不得不略略讓身，那位軍官也驚奇地再次把眼睛調回玉茗身上。

玉茗衷心佩服父親督促她學北京話的遠見，早早預知了亂世保命之道。

軍官看著她，正義凜然道：「你們李家膽敢毆打國軍官兵，這是造反！你們要叛亂嗎？」

聽得玉茗渾身觳觫，這種罪名可以奪人命啊！

即使牙齒格格顫震，她也極力擠出：「長官，這一定是誤會，我們李家是守法的百姓……」

軍官一聲冷笑，往包圍李家的士兵喊了一聲，有個士兵應聲跑了過來，阿仁一看，心裡連聲喊苦，那不就是打他的兵仔？

一張烏青結血的臉躲也躲不掉，那個兵仔也一下子就認出阿仁來，軍官的隨從隨即對著嚇得發抖的阿仁一陣拳打腳踢，阿仁哀哀慘叫，子毓臉色盡變。

軍官獰惡環顧眾人，厲聲斥喝道：「還要說是誤會嗎？我們國軍在接收區自然會保護百姓，不過也要嚴懲有叛亂跡象的暴徒！還有哪些參與圍毆的？統統給我抓走！」

其實那個兵仔除了和阿仁有正面衝突外，其餘圍觀的，他哪記得那些臉孔，為了交差，又胡亂指認了三個人，士兵一擁而上就打人押人了。

李老太太、鳳如來不及拉住子毓，他已經衝過去攔阻：「恁怎會當黑白掠人！」

軍官一看又是子毓，一把奪過來隨從的步槍，以槍托照頭痛擊：「我不知道你們李家的底細嗎？日本走狗！」

在家人驚叫聲中，子毓翻倒在地，血也迅速沿著額頭傷口流淌而下，鳳如駭哭，軍官甩頭就走，四個工人被士兵以槍押著，硬拖上軍用大卡車，連同吉普車又呼嘯離去。

幸好李老太太還算鎮定，亂成一團之際，先親自替子毓止血包紮，再叫車伕送他去醫院縫合傷口；一方面叫鳳如和傭婦送臉色慘白的玉茗回房歇息，並要僕役火速請來醫生為她安胎；緊接著撥電話到區公所，找人設法通知到張區長和其昌。外頭的男人未趕回來之前，家中就由她坐鎮指揮，總算穩住了驚恐的人心。

其昌十萬火急趕回，和隨後到家的子慶，一同趕赴兵營道歉、交涉。民不與官鬥，父祖輩留有家訓，其昌深諳朝代更迭之際如何和新政權打交道，國民政府接收台灣未久，對日本殖民時代的地方仕紳勢力也還有幾分忌憚，張區長、米交的許謀又出面保證，李家對政府的接收工作一直很配合，絕對沒有叛亂的意圖，當然，還加上一大筆賄賂金，經過數天的折騰，兵營總算把抓去的人給放了。

可憐那四個工人是被抬回來的，早被營中的酷刑磨掉半條命，尤其是阿仁，傷及內臟，兩條腿也被打斷，沒拖上幾天就嚥氣了。

槍托所打的傷口，遠遠比不上子毓精神上所遭受的重創，阿仁守寡的老母撫屍向天慟哭的情景，成了他心頭不癒的破洞，什麼樣的統治者，可以任意打死無辜的百姓，摧毀一個家庭？從阿仁家出來，南台灣的冬天並不冷，但是他阿母的聲聲哭喊：「阿仁！阿仁！欲過年了，俺還要圍爐團圓啊！……」

淒厲勝過最凜冽的北風，讓子毓打從心底寒顫，早年守寡說是天意；而今喪子難道要歸咎命運？他再誠摯的安慰再優厚的撫卹，能夠彌補那心碎的母親嗎？

才回到家，又驚聞那受到驚嚇正在安胎的大嫂，原本再兩個月才會出世的孩子還是早產了，全鄉最好的產婆正在緊急接生，希冀保住大人和小孩，他冰霜凜冽的心一下子陷入夏日風暴。

男人都被阻絕在房外，只能空自著急；女人進進出出，神情忙碌嚴肅。

幸好子慶還能守在門前台階下，隨時得知裡頭的狀況，陪著兄長一起守候，子毓連焦急的情緒都要小心不能過度洩漏。

鳳如出來，看到門外的兩兄弟，不禁無奈搖頭，對子慶道：「查某人生囝就是按呢，生會過，雞酒香；生𣍐過，棺材板。」

子毓每根神經都揪著痛。

夜深了，大兄催促他先去休息，身為小叔，子毓似乎也沒有理由堅持留下。

回到自己的起居室，他終夜鵠候，一顆心彷彿烈焰焚燒，卻只能透過芒果樹林遙遙相望，從樹縫間窺得那頭屋內一夜燈火通明，人聲隱約。

妙恩平安落土，不便探望甫生產的大嫂，但聽大兄心疼地描述母女倆都十分虛弱，他從擔憂轉為憤慨，這是甚麼國軍？竟然讓人民飽受苦難！

子慶急忙阻止道：「恁大嫂和妙恩平安就好，你莫再講話惹禍了。」

「軍人毋是在保護國家和百姓？伊們變做刀砧咱是肉，隨在伊們剁，我連喝疼都𣍐使？」

「子毓，這是一個全新的政權，俺還在適應，啥物話會當講啥物話𣍐當講，還摸無頭鬃，總是謹慎為要。」

他忍不住頂撞道：「兄樣，你以往的漂撇咧？歐吉桑會當為伊的國家犧牲性命，自己的國軍加害自己的百姓，俺還得恬恬順從！」

子慶苦笑，回說：「子毓，你以後結婚，就會清楚我現此時的心情，考慮的，攏是某囝佮親人的安危。」

不待子毓開口，後頭又補上：「歐吉桑有國家犧牲性命；咱從來也無自己的國家，我只有盡量保護自己欲保護的人。」

子毓呼吸為之一窒，也終於明白，為什麼自從回到台灣，他老是呼吸不順，而且日甚一日，原來環境越來越窒悶。

曉得自己再也待不下去了，否則，他真的會窒息。

鼓起勇氣，子毓開口向雙親要求，等過完年，他要返回學校繼續未竟的學業。

鳳如不肯，好不容易從日本平安歸來，哪允許他又輕易涉險；其昌雖然不捨，到底依了他，直覺判斷台灣才是危險之地，而子毓不同子慶，一股讀書人的硬氣，新政權行事沒有一定法則，天威難測，這回還只傷了皮肉，下回難保不鬧出更可怕的事故，送出去，或許是保護他的最好辦法。

李其昌想得遠，也就不顧鳳如哭鬧，還親自陪子毓回日本，也順道護送藤作桑和侍衛官們的骨灰返鄉。

子毓進入紅樓悼念歐吉桑，默告他和多桑即將護送他們一行返回故土，自己也會遵照他最後一封信的遺願，留在日本完成學業。

輕拭歐吉桑留給他作紀念的武士刀，刀光森森，子毓不禁落淚，歐吉桑不愧是日本忠魂，生命再可貴，國家值得他捐軀。

那自己呢？既不是日本人，現在也完全不能認同中國人的身分了，不斷反覆自問，自己到底是誰？任憑宇宙浩瀚知識無垠，也要追尋答案，否則，他如何在天地之間安身立命？

阿仁被抓進兵營行刑致死的事，伯仲也聽說了，因為先前賣柴在「大營」出入，他也認識阿仁，一個古意老實的少年郎哪！遭遇竟然這麼慘。

還聽說李家的二少爺也挨了槍托，傷口縫了十多針；懷孕的大少奶奶驚嚇過度，早產了一名女嬰，還好母女均安……

伯仲的數聲感嘆，很快就隨著冷冷的北風消逝無蹤，亂世嘛！人命如芻狗，在家鄉，他經歷過了也看多了。

每天透早就在街路擺攤賣杏仁茶，看似一日重複過一日，實則他感受到了台灣這一年來的變化。

初來彼時，一路基隆流浪到屏東，雖然剛戰後光復不久，他看到了這塊土地的繁榮進步，社會有序、人民和善，好像四處有發展的機會，是一個可以留下來打拚的所在，他一心效法那一樣是唐山過台灣的李仲義。

現在不一樣了，聽說政府把白米、砂糖強制運回大陸販售，其他的民生物資也嚴加控管，民間缺米、缺油、缺糖，連火柴有錢也不一定買得到，這回竟然連財大勢大的「大營」李家也會遭遇死傷，社會上似乎騷動又壓抑著一股人人自危的氣氛。

福州師炸油炸粿的油，回鍋到烏黑黏稠勝過臭溝仔水了，還在用，向他抱怨那油炸粿不必賣到隔日就有一股油垢味了。

福州師兩手一攤：「一桶油偌貴你知否？換油，像在割肉！」

顧客也嫌他的杏仁茶不甜，福州師還偷偷教他：「糖？咱買膾起啦！膾甜？放糖丹啊！」為了生存，他只得照做，福州師還掛保證，放了糖丹的杏仁茶，吃了也不會死人，比在路上碰到軍警人員安全多了。

不過生意還是越來越難做了，先前會轉途來賣杏仁茶，是貪圖一個不必再擔憂物價長了翅膀，他可以跟著調漲價錢，可是現今失業的人太多了，吃得起早餐的顧客，一日少過一日。

連原本在酒廠做主任的羅先生，突然就被裁員了，以前他太太髮髻盤梳得整齊光滑，身軀還有花露水的香味，都會固定來他的茶攤交關，買早點回去給大人、囝仔吃；現在他常常看到她披頭散髮，菜籃裡放著幾把自家栽種的應菜、菠苓仔四處兜賣，再也沒有來光顧過。

大家似乎把肚子綁起來過日子，逼得他收攤的時間越拖越晚，苦苦等待顧客，常常擺到近午時分，早點變中餐。

市面光景也一天蕭條過一天，人心卻跟著物價浮動，大家似乎都有一肚子的牢騷，來茶攤吃個早點，除了臭罵他越賣越貴，油炸粿卻縮水了，杏仁茶也變稀了，還幹譙當今的政府是賊仔政府，無所不貪無所不吃：「真的是呷銅呷鐵，呷到阿嚕咪！」

旁人附和譏刺道：「不止！不止！有毛的呷到棕簑，無毛的呷到稱錘，有腳的呷到樓梯，無腳的呷到桌櫃，啥物回歸祖國，根本是狗去換豬來！」

不過也有人趕緊好心地：「噓！噓！飯加呷寡、話減講寡，連『大營』李家都會出代誌了……」

眾人會突然警覺地偃口噤聲，還無端看向空氣，彷彿周遭有鬼魅的眼睛和耳朵在窺視監聽。嘴巴雖然封住了，可是眾人囤積火藥似的滿腹憤懣，逐漸在社會零星引爆各式衝突。

厝頭家三郎說，他大兄一家人就住在高雄後驛一帶，當初就是貪圖火車頭進進出出的人多，才會移居過去擺攤做生意，最近同行的怨言越來越多，說近火車頭的「長明派出所」的警員「也要呷也要掠」，既要按月給紅包；長官來巡察或欲紅包漲價，照常驅趕刁難不給做生意，想要理論，動輒挨警棍，吞不下怨氣的，私下一直揚言有機會要給派出所的警員好看。

還有那些通勤的學生，因為火車班次少又不準時，只要沒搭上五點多那班，下一班就要拖到七點多甚至八點，回到家都是摸黑，所以一下課就死命跑往火車站月台，衝啊！衝啊！雄工、雄中的學生無論如何都要擠上車廂，維持秩序的站務員不滿，就夥同警員拉扯甚至毆打這些學生，想遏阻混亂的場面，學生不滿的情緒也日漸高漲，不斷發生口角或摩擦，站務員和警員下手就更狠更重了。

也不知道從什麼時候開始，伯仲驚覺周圍出現了敵意的臉孔，有一些原來的熟客不再跟他交關也就算了，從攤前經過時，還會故意大聲說：「我才毋佮阿山仔買物件！」

甚至有路人對他吐口水，嘴裡咕噥罵道：「外省豬仔！」

台灣人的和善到哪去了？他不偷不搶，跟本地人一樣認真打拚生活，雖然有做在杏仁茶加糖丹的惡事，怎就讓這些識與不識的人仇視起他來啦？……

過年前夕萬源從大寮來找他，也談起他和同鄉被當地人排斥的景況，原來有這種遭遇的不只他一個。

異地立足不易，萬源興起返鄉的念頭，邀他同行。

伯仲不禁感嘆，當初兩個堂兄弟不畏艱難渡過黑水溝，就是想在台灣這塊寶地發財致富，不過一年的光景，就成了鏡中花、水中月。

清楚自己的處境和萬源不同，萬源沒有後顧之憂，比較沒有定性，也吃不得苦，可以隨意來去；他是有家庭有某囝的人，就算不能富貴還鄉，至少也要認分打拚，掙錢養家。

邀不動伯仲，萬源這才吞吞吐吐說了，他身上的錢不夠打船票。

伯仲直搖頭，羅漢腳仔就是這樣，賺溜溜花了了，他替萬源湊足了船票錢，託他報平安，同時幫忙把他的辛苦攢積轉交給阿葉，要她省著花用，應該夠她們母女生活一陣子。

他還勸萬源成家，返鄉後就娶一個牽手生兒育女，萬源咧著嘴笑：「看你人在台灣心掛福建，真的是多囝多兒多操煩，還不如我，無某無猴賽神仙。」

第二樂章

1. 變亂

歲末，再溫暖的屏東也有幾分寒景凋年的過節氣氛了。

伯仲原本以為會孤零零自己一個人過年，三郎和罔腰來拉他跟他們一家人圍爐，蒸騰的飯菜香不只溫暖了他的胃，他鄉還是有人情味啊！

飯桌上幾個囝仔歡歡喜喜吃喝嬉鬧，依照傳統，三郎、罔腰夫婦也不會在過年期間打罵小孩，童稚盡情放肆的笑聲，讓整個屋宇充滿熱鬧的年味，光景再差，還是盡力張羅好平安送走年獸。

伯仲想起在家吃年夜飯時，阿葉最愛說的一句話：「二九暝，無餓死囝孫的。」今年家裡少了他，她們母女還是會好好吃一頓飯菜吧？多了一歲的惠玉，可曾問起阿爸？想到這裡，伯仲趕緊按了按發熱的眼眶，人哪！獨自在外，就是過不得年，只能盼望趕緊返鄉團圓的一天。

年還是熬過了，二月天，一日暖和過一日，連路邊的野花野草都藏不住春意，他想起了去年這時候來到台灣的雄心壯志，除了抽空去「萬惠宮」拜拜祈求媽祖保佑，也勉勵自己莫忘初衷，要學那些野花野草抖擻精神繼續打拚。

這天，伯仲收攤後，拿著高價換來的糖單出門，一路步行要去「屏東糖廠」換砂糖，四千元台幣才能換半張糖單，簡直是遇到強盜，但他不想再做杏仁茶加糖丹的虧心事，他猜就是因為這件事，要不然還有什麼理由，讓別人對他有一種隱約的嫌惡？

沿路卻看到人群東一簇、西一簇，紛紛亂亂不知道在議論什麼，神情相當詭異，好像是憤慨，又好像是亢奮，看到他這樣的陌生人路過，又自動壓低嗓門，甚至停止說話，以戒備的神情不住打量。

他慌忙低著頭匆匆行過，這些時日來碰到太多惡意的眼光，他一個外鄉人，尤其萬源也回福建之後，完全無親無戚無所依靠了，不要招惹是非，避開就是了。

伯仲從屏東返來，見萬丹街頭也有三、五成堆的人群聚集，並沒有隨著逐漸昏暗的暮靄散去。

才回到租處，又瞥見三郎和若干男人在隔壁的稻埕比手畫腳，激烈談論著什麼，任罔腰屋前喊他回來吃飯也不理，這實在不像平日溫和不多話的厝頭家。

他到底忍不住好奇了：「厝頭家娘，是發生啥代誌，厝頭家怎會講到氣勃勃，連暗頓也艙顧得呷了？」

罔腰卻不似平日的樂天隨和，眉頭打結冷淡回說：「我也無清楚，講啥物台北有憲兵開槍拍死民眾……」

乍聽嚇了一大跳，不過隨即寬下心來，事情是發生在台北，天高皇帝遠，槍子打到屏東也冷去了。

他沒特別放在心上，返回屋後租處，小心翼翼打開糖袋，珍貴地用手指沾了幾粒砂糖，粒粒晶瑩，送進嘴裡，哇！甘甜無比，明早的杏仁茶一定好喝極了。

夜晚，伯仲就著月光，舀水缸內的水清洗浸泡杏仁，準備明早燒杏仁茶的鍋鼎和柴火，忙碌之際，前頭卻傳來厝頭家翁某爭吵的聲音。

豎耳一聽，三郎的怒罵聲清楚風送過來：「駛恁娘咧！妳查某人在擋啥？明仔早我一定要佮眾人去遊行抗議啦！」

「我就毋愛你去啦！阿山仔在開槍刣人了，槍子也無生目睭，萬一……萬一……」罔腰尖銳的阻擋聲轉為無助的啜泣。

「啊！本來就活膾落去了，進前無偌久兩千元還會使糴一斗米，現此時賭買一包檳榔十粒，檳榔會使做飯呑喔？這種賊仔政府，咱百姓要怎樣過日子！」

「官廳大人想要怎樣就會當怎樣，咱老百姓有啥物本事管伊們？連『大營』都毋敢窸窣了，恁這些查埔人想要草螟仔弄雞公，真的毋知死活……」

罔腰哭哭啼啼，他原本想出去勸一勸，轉念一想，清官難斷家務事，古早人說：翁婆翁婆，床頭打床尾和。

伯仲索性不再多聽，備好所有的物品，早早就睡了，半夜他就得摸黑起來推石磨，磨好了杏仁茶，還得下鍋燒煮。

街道還暗摸摸的，伯仲就出來擺攤準備做生意了，他正蹲著起爐火要給杏仁茶保溫，聽到匆匆而來的木屐聲，一抬眼，意外看到羅先生，就算是以前光景較好的時候，他也很少親自光顧茶攤。

他趕緊禮貌地招呼道：「羅先，你怎會這呢早？」

神色倉皇的羅先生來不及客套，直接就對他說：「泉州仔，我看你生意先莫做了，暫時去避風頭……」

嚇得他抛下烘爐，一骨碌站起身來：「羅先，我是惹到啥物麻煩，你怎要我去避風頭？」

羅先生的聲音聽來急促又祕密：「台北有查緝人員拍傷賣私菸的婦仁人，又開槍誤殺路邊的市民，演變到『行政長官公署』的憲兵，竟然用機關槍掃射抗議的民眾……」

伯仲反而鬆了一口氣，雖然他敘述詳細，不過和罔腰說的分明是同一件事。

「這樁代誌，我也有聽厝頭家娘講起了，這是發生在台北嘛！」

「是在台北發生，毋過我有聽到收音機的廣播，代誌已經湠到全台灣了，嘉義的水上機場在相戰，連咱屏東也有起義部隊了，各地的民眾攏在抓阿山仔、拍阿山仔。」

聽得伯仲目瞪口呆，人也跟著慌張起來，街仔頭有收音機的人家，用五支手指頭就算完了，羅先生的消息一定是真的。

「泉州仔，局勢正亂，足濟人想要報復，你還是閃避一下較好！」

手足無措地看著賴以維生的茶攤，伯仲心裡直磨蹭，油炸粿再不賣出去他就得自己吃了，可是一大鍋的杏仁茶他怎喝得完，又加了貴參參的砂糖，收攤不賣，就得虧錢蝕本……

勉強壓抑內心的驚慌，他反過來安慰羅先生說：「艙那呢衰啦！人毋是我刣的，歹代誌毋是我做的，大家欲報復，怎會是找我？」

伯仲不可能剛好那麼衰的想法，讓羅先生一臉的無奈，也就沒再繼續勸說。

人家總是出於一片善心，伯仲相當過意不去，連聲致歉及道謝：「羅先，歹勢、歹勢啦！多謝你，我自己目色會放金，斟酌四周圍。」

「小心無蝕本，你千萬要細膩。」羅先生不放心，又叮嚀了一句，才趿著木屐走了。

伯仲繼續起好爐火傳妥賣早點的工作，天色也灰撲撲地亮了，不曉得是不是疑心生暗鬼，街道似乎特別清冷，平日一些早起的熟面孔都不見了，往常生意再差，也不會沒半個人來交關啊！

對街彈棉被的店舖總算開了一條門縫，伯仲看見老頭家探出頭來四處張望，正要出聲打招呼，對方倏然又縮回門內，並且重新閉緊了門縫，他張口怔愣，怎會這麼奇怪？……

隨著曙光熹微，街上有了走動的人群，不過不是平常熟悉的市街景象，人群似乎從四面八方逐漸聚攏到街上，也不像他昨天傍晚看到的三、五人各自成堆議論，這些人散漫為伍但隱然成隊，彷彿自動自發，又似號召而來，沿途不斷有民眾加入，個個神情慷慨激昂，他看到有些人還頭戴日本軍帽，手持木刀，就像要出征那般意氣洋洋走著，隊伍一路逶迤，朝屏東的方向前進。

伯仲在茶攤前伸長脖子好奇張望之際，隊伍中突然有人衝著他大喊：「阿山仔在那！」

心頭一凜，隨即想起羅先生警告他的四處都在抓阿山仔、打阿山仔，伯仲正想走閃一下，只見若干人就衝過來了，高聲怒罵：「外省豬仔！死轉去恁中國啦！」

當中有人舉腳狠狠一踹，茶擔翻倒，杏仁茶整桶潑洩而出，茶碗湯匙油炸粿摔落一地，伯仲第一個念頭要去救他的東西，第二個念頭保命要緊，不顧滿地的狼藉，他拔腿就跑。

有人在他背後喊道：「阿山仔逃走了！阿山仔逃走了！」

聽到背後紛紛亂亂的追逐聲、叫喊聲，他頭也不敢回，見路就鑽，死命奔逃。

不辨東西之際，一頭竄入窄巷內，背就貼著人家的圍牆了，根本無處可躲，伯仲想都來不及想，奮力一躍，攀牆而過。

翻過牆來，就跌進人家後院的菜園了，他翻身爬起，氣喘未已，訝然看見羅太太就蹲在菜圃下，手中還握著鐮刀，腳旁有割下來的應菜，正靜靜目注著他，原來他誤打誤撞逃進了羅家。

他張口欲求救，羅太太食指壓唇搖搖頭，又比向菜園一角的茅廁，伯仲會意，也聽見追到圍牆外的人聲了，他慌忙依照指示逃入茅廁內躲避。

羅太太繼續安安靜靜割她的應菜，有人從外面攀牆探頭往菜園裡頭張望，也看見了她，開口就問：「羅太太，妳有看到那個賣杏仁茶的阿山仔否？」

羅太太停下手中的鐮刀，回說：「我在自己的厝內無閒，要去佗看到阿山仔？」

牆外有人應道：「這是羅先伊家，伊的職位硬給阿山仔奪去，哪有可能藏阿山仔，來去別搭找了……」

那個攀在牆頭的人被拉了下去，嘈雜的人聲也逐漸遠去。

羅太太直到確定圍牆外沒人了，才趕緊去敲茅廁喚泉州仔，裡頭的伯仲卻因為緊張過度，嘎龜症頭發作，哮喘到快斷氣了似的，外頭的羅太太這下也慌了，驚聲喚來翁婿，羅先生破門把伯仲拉出來，又撫胸拍背，又灌溫開水，夫妻倆七手八腳，伯仲一番死去活來，症狀總算緩和了下來。

羅太太忍不住落淚：「做罪喔！找這個可憐人出氣……」

羅先生連連嘆氣，說：「現此時，大家風火頭，哪還有理智？」

等到完全平復了，羅太太端來一碗番薯籤糜若干鹹菜脯給他填腹，伯仲感激鼻酸，千恩萬謝。

吃完後，羅先生沉重交代道：「泉州仔，毋是我毋肯收留你，街仔頭會認得你的人足濟，我驚你逃會過這次，逃𣍐過下次，你還是得去別位找生路！」

直到日頭黃昏，羅先生才敢放他出去逃生。

暮靄沉沉，伯仲遮頭遮臉儘揀偏僻的小路走，可是前頭路途荒荒渺渺，他這樣漫無目的四處躲竄，能夠逃到哪去？急迫間，想到了同鄉林井，或許可以暫借他的住所避風頭。

踽踽涼涼遁向「街後」，街仔後原本就人煙稀疏，將晚未晚之際更斷了行人蹤跡，伯仲一路蹭蹬，心想林井較早期就來萬丹了，美軍轟炸台灣彼時又斷了腿，本地人或許會放過一個跛腳殘廢的，他若去他那裡，能不能逃過這一劫還難以預料，恐怕會先連累了他。

考慮到這裡，伯仲腳步更形彳亍，走投無路之際，心酸想起家裡的親人，當初若和阿葉菜脯根仔罔咬鹹，他不要狼子野心賣掉田地來台灣求發展，怎會落得今日狼狽逃命，萬一真的橫死外地，以後阿葉還有惠玉要依靠誰？

伯仲抬頭哀哀向天，穹蒼不語，而「大營」的三棧西洋樓就詭異地聳立在荒煙夜霧中……

李家的廚娘阿拾，自「大營」最深處一幢黑瓦平房祕密走出，這棟房子日本時代用來刑問重犯，有時就在屋旁的空地處決了，所以即使尚未分家彼時，平日就絕少有人會走到這一帶來，夜裡更顯鬼氣森森。

她手裡拎著的木桶，裝了一些用過的碗盤筷子，帶著必須封口的心慌一路要走回廚房，心底直咕噥，大少爺這樣做，到底對或不對——淡淡月色下，乍然瞥見一條黑影沿著圍牆暗處鬼祟行走，她駭聲驚叫，木桶跟著脫手跌落地上，發出碗盤碰撞聲。

那條黑影一聽見聲響，立即貼著牆躲在暗影中，發出急促的哮喘聲，阿拾起了一身的雞母皮，又不得不壯著膽子喝問道：「啥人？啥人覕在牆圍仔邊？」

伯仲這下辨認出來了，那是阿拾姐的聲音！

好似絕地乍逢親故，他一直緊繃著的神經突然迸裂，整個人土崩瓦解般嚎啕出聲：「阿拾姐！妳救我！」

2. 國殤

晨曦溶溶，蕩漾在水波般四處流動的春風中。

去歲仲夏才栽種的茶花，疏疏含苞了許久，連日來帶著小心的謹慎，重重花瓣悄悄舒展開來，到底不誤花信。

房外憑欄眺望枝頭茶花，玉茗忍不住輕嘆一聲，粗心的子慶，完全沒有留意到春風輕拂而過的茶花，鎮日外頭栖栖皇皇，忘了種花彼日，他相約賞花的諾言。

子慶瞞著雙親祕密收留了幾個外省人，也令她惴惴不安，不知道外面起了什麼變化，讓那些外省人必須藏匿在「大營」內求活命，出手相救的子慶，會不會惹來不必要的麻煩？

妙恩的嚶嚶哭聲傳來，玉茗轉身踩過門階回到房內，抱起搖籃裡醒來的女兒，對她喁喁說著兒語加以撫慰，妙恩躺在她懷中，星子般的眼眸靜靜望著她，還露出可愛的笑容，把她心底的惆悵和掛慮頓時驅散無蹤。

人人都說，妙恩鼻子以上像她，鼻子以下像子慶，是個美人胚子，雖然早產，在許久沒有新生命降臨的李家，眾人齊心呵護下，現在長得健康又活潑，粉粉嫩嫩的模樣，擄獲了全家上下的心，連曾太祖母都會邁著三寸金蓮親自過來探望，就知道她在這個家多麼寶貝了。

「我的乖孫醒了噢？」這時，歐卡桑門外脫鞋進入。

鳳如來看妙恩，抱著孫女逗弄，一邊和新婦閒聊家常，逐漸把話題拉到她來的本意。

「玉茗，子慶的個性，妳也所知，盡心對待別人，有時會做過頭，無顧慮著自身的安全。」以為歐卡桑發現了藏匿在「大營」內的那幾個外省人，玉茗心虛踧踖，正想著如何為子慶辯解，歐卡桑自顧說了下去：「照顧翁婿是妳的責任，妳要稍可約束伊，莫給子慶歸日在外頭拋拋走。」

似乎，歐卡桑還沒發現子慶收留的外省人，玉茗暗自鬆了一口氣，隨即一絲委屈湧上了心頭，她何嘗不希望子慶多陪陪她和妙恩，但是：「歐卡桑，伊查埔人無閒事業，我怎會當束縛伊的行動？」

鳳如嘆了一聲氣，說：「妳全然不知，政府強制徵收稻米，嚴抓民間激酒；俺私人的糖廍早就荒廢了；油車間的原料土豆也𣍐接續，連火油的產銷也是半做半歇。子慶和恁多桑歸日在外頭走傯的，攏是別人的代誌，和厝內的事業根本無底代。」

玉茗大感意外，一直以為子慶在為家中事業奔忙，事業本是男人的重心，再說家中大事有歐多桑作主，小事有歐卡桑發落，妙恩出世之後，自己全心照顧女兒，對家中景況向來不清楚，也不必由她操心。

鳳如憂心忡忡道：「還是日本政府在的時陣社會較有規矩，現此時四界亂糟糟，我毋愛子慶和恁多桑在外頭和眾人開啥物會議，要求政府解決啥物問題，黑卒仔呷過河，若惹厄上身就害了。」

子慶和歐多桑在外頭開會？這跟藏匿那幾個外省人有關係嗎？不禁問道：「歐卡桑，外頭到底是發生啥代誌，歐多桑和子慶怎會需要出去開會？」

鳳如嘆氣，帶著幾分茫惑回說：「唉！我也毋是真清楚，恁多桑也毋給我管伊的代誌……好像是台北有憲兵用機關槍掃射民眾，死傷足濟人……那是發生在台北啊！怎會演變到台灣各地攏出來抗議，我還聽招治講，高雄火車頭有學生和站長相拍，擺攤的販仔挵死警察——橫直，亂糟糟啦！連子慶和恁多桑都去參加地方人士的會議，要求政府公平調查這椿事件。」

玉茗心頭一駭，原來，外頭發生這麼大的事故……

鳳如緊蹙眉心，繼續說道：「也毋知憲兵為啥物會開槍拍死人，毋過伊們是官，像石頭；咱是民，若雞卵，民眾敢去要求官府，毋就雞卵擲石頭？」

歐卡桑越說，玉茗越不安，當她重新提起：「像頂擺，軍隊無緣無故就來侵門踏戶，挈機關槍包圍，害得子毓受傷，阿仁無命——這個政府根本是橫柴攑入灶，子慶和恁多桑哪有法度爭啥物是非曲直？」

玉茗一顆心更如古井轆轤了，是啊！那回不過是工人和士兵間語言不通的衝突，竟然可以羅織「造反」、「叛亂」的罪名，槍口對準百姓，還真的鬧出人命來，讓她真正看見了父樣口中的亂世。

「歐卡桑，妳就勸歐多桑和子慶莫再管外頭的代誌了。」

「我有嘴講到無涎，若有人肯聽，我就毋免來找妳了！玉茗，恁多桑我管伊袂著，毋過子慶應該會聽妳的，妳就勸伊莫再出去開會陳情了。」

原來，歐卡桑是要她勸阻子慶。

鳳如離去之前，看著玉茗懷中的妙恩，又說了一番話：「亂世求自保，憑俺李家，就算把所有的事業攏收起來，呷到妙恩伊這代，相同會當富裕生活，一家人趁好把門關起來過咱的太平日子。」

子慶一回來，她就轉達歐卡桑的意思了，只是把話說得委婉些，的確，朱門一關，危牆深聳，正是花飛鶯啼好時節，又何必過問紅塵是非？

子慶苦笑，說：「子毓要離開台灣彼時，心情鬱卒又憤慨，一直講大家攏在做鴕鳥。」

「鴕鳥？」

「聽講，非洲的沙漠有一種鴕鳥，若拄著危險，就會把頭藏在沙仔底，以為按呢敵人就獪發現。」

「……」她曉得子毓在譬喻什麼。

子慶感慨道：「其實，我本來也是認為莫聽莫問莫管，假作無代誌，就會當照常過日子——子毓早就看出問題了……」

「咁毋是？歐卡桑有講，俺就算毋做生理了，一家人的生活也無問題。」

「玉茗，俺無法度關在厝內過自己的日子了，統治者清清彩彩就會當對百姓開槍，這真恐怖啊！貪汙腐敗、不公不義變做普遍的現象，最近以來，四界攏有人出來反抗，自北到南軍警憲兵又拍死了足濟人……」

女人的直覺，讓玉茗更加驚惶：「按呢，外頭真正危險了，子慶，政府的代誌歸政府，你莫插手管政治了。」

「我毋是要插政治，我對政治也無興趣，先祖家傳：遵照聖經教示『凱撒的歸凱撒，神的歸神』，咱家是做生理的，需要和統治者維持良好的關係，毋過從來也無插過政治。妳未記得了，舊年政府舉行台灣各鄉鎮市市民代表普選，萬丹四大家族，俺是唯一無出來參選的。」

子慶句句屬實，她確實不能歸咎子慶是要插手政治，可是……

他繼續解釋道：「玉茗，地方上的會議，是響應『二二八事件處理委員會』，要求政府調查真相進行改革，俺膾當縮著毋出面。」

「你既然為本地的民眾抱不平，為啥物又要收留外省人，救伊們的性命？」

「俺李家只是較早來台灣！分啥物本地人、外省人，要緊的是人命，我會當救偌濟人就救偌濟人。」

這就是她的翁婿！雖然出身生意人家庭，卻帶著幾分劍俠精神……

子慶輕輕牽起她的手，誠懇要求道：「玉茗，我偷偷收留那幾個人，妳也知影那是在救人；這個地步了，我更加需要妳的支持，妳免驚惶，莫反對，好否？」

她怎能反對，陰錯陽差和他配成姻緣，婚後，她就深深愛上他的俠義心腸……

偎靠在他懷中，柔情似水回答道：「我支持你，我一定支持你。」

悄悄拭去泌出眼角的淚珠，再如何擔驚受怕，她不能阻擋他去做對的事，默默禱告道：主耶穌！請庇護我的翁婿！

藏身在「大營」內的，除了伯仲，還有國校老師石道存、周學光和區公所辦事員卜正。石道存、卜正是在上班途中遭到群眾追打；而群眾衝進國校抓阿山仔時，住在學校宿舍的周學光則逃了出來，因為學校、機關都在「大營」附近，混亂中，三人不約而同竄進來求救。

鎮日鎮夜困在這幢日式老屋內，數天下來，也不知外頭的局勢怎麼演變，有妻小的石老師更是著急，長吁短嘆，不停來回踱步，眾人不跟著煩躁也難。

黃昏過後，阿拾偷偷來送飯，他們抓著這個唯一和外界接觸的機會，圍著她一直追問，但是南腔北調，阿拾一句也聽不懂，只有來自福建泉州的伯仲，可以和她直接對話。

在家鄉讀過一、兩年書，擺茶攤又跟客人學會了幾句北京話，這時竟然派上用場，靠著破破爛爛的北京話加上比手畫腳，伯仲當起雙方溝通的橋樑。

大家最想知道的就是外頭的情況，阿拾無奈回應道：「恁問我，我要問啥人？現此時外面亂糟糟，啥物消息都有，根本無人知影是真還是假。」

妻子已經懷孕足月的石老師最心急：「那市井平靜下來了沒？」

阿拾把她所看到的情景說給大家聽：「起先，是一寡仔少年家和學生在街路行來行去，講在維持治安，今仔換做警察和兵仔四界巡邏，若看著三、五人做堆，就掠去問話抄身軀。」

卜正的湖南腔先說給石道存聽，石道存再轉達給伯仲，伯仲再半猜半翻譯：「伊們在問恁大少爺那有啥物消息否？現此時離開這是毋是安全？」

「阮老頭家、大少爺攏在佮地方人士開會，我也罕得看著伊們，哪知影有消息否？大少爺交代我要好好照顧恁，莫被人發現，也無講到恁是毋是會使離開。」

躲在裡頭的人，聽到的就是這些不成片段的消息；而外面真實的景況，卻越來越不好了。起義的部隊和退到屏東飛機場的憲兵隊持續戰鬥著，因為市長龔履端逃亡，後來屏東市成立「二二八事件處理委員會屏東分會」，議長張吉甫又稱病不肯出來主持會議，就由副議長葉秋木主持，會中並被推舉為臨時市長，他一方面呼籲和平解決爭端；一方面也率領青年繼續對抗憲兵隊。

萬丹的地方仕紳也一直在開會，響應及支持台北「二二八事件處理委員會」和「屏東分會」的決議，要求政府公平、公正善後，並且進行政治改革。

李其昌帶著子慶參加了幾次會議後，對於會場上亂糟糟的場面，以及各有盤算的發言，不禁暗自搖頭。

對子慶嘀咕道：「你一言、我一語，十嘴九尻川，是要怎樣成事？」

子慶則樂觀看待：「不管以早的日本政府還是現此時的國民政府，攏是百姓聽政府的，這次大家希望政府聽百姓的，民間頭一擺有自己的意見，總是還在學習，我相信大家最後一定會了解團結合作的重要性。」

可是離開會場時，米交的許謀就悄悄對李其昌說了：「台灣人𣍐和齊，還出奸細，我看這次猶原𣍐當自己做主……」

其昌大驚：「台灣人出奸細？」

「台北的處理委員會自己就意見𣍐合了，起先向政府提出四十二條，現此時黃朝琴、連震東那些人又另外提出無同的意見……」

「怎會按呢？俺要支持啥人才對？」

「你莫洩漏出去，有人偷偷跟我講，南京那方面在派兵來台灣了，以後莫再來參加會議，毋但無路用，恐怕還會惹出大麻煩。」

聽得其昌膽顫心驚，台灣不是回歸祖國了？派兵鎮壓百姓，那是日本殖民時代的做法呀！生意人的靈敏，讓他聞嗅到了許謀話中不尋常的訊息，所謂「日頭赤炎炎，隨人顧性命」，李家從父祖輩渡海來台創立基業伊始，雖然歷經不同朝代，除了上回和兵營擦槍走火鬧出阿仁的命案外，能夠一直和政府保持良好的關係，無非就是個「順」字，現在南京方面既然有派兵的風聲了，自家的性命、財產要緊，他又何必強出頭？

當其昌再次接到出席會議的通知，他不但藉故婉拒，也阻止子慶參加。

子慶不懂多桑為何態度遽變，據理力爭道：「多桑，外面的局勢愈來愈險惡，各地攏有衝突，高雄還傳來軍隊在火車頭對民眾開槍掃射，學生囝仔占領校園和軍警對抗的消息，俺要趕緊來去開會，和大家參詳對策。」

其昌一聽，更加害怕：「子慶，政府真正在動用武力對付百姓了，俺根本無能力管，你無需要再去參加會議了。」

子慶不以為然道：「當初政府來接管台灣，講咱是同胞，為何軍隊在刣自己的百姓？俺要代表民眾出來講話，反對政府和軍隊的做法……」

「人身肉體是要怎樣反對大砲機關槍？子慶，你莫再天真了！」

繼承了祖公仔業，其昌深知自己從來就不是大開大闔的大器人物，身處亂世，他但求守成、平安。

子慶對多桑臨陣龜縮的行逕不能苟同，又不能出言忤逆，只能悶悶回到後院，獨坐庭階前鎖眉深思。

玉茗抱著妙恩步下玄關，靜靜來到他身邊。

見他眉頭打結不發一語，忍不住出聲喚道：「子慶，你怎樣了？」

子慶躊躇了一下，到底說了出來：「今日本來應該要出門開會，多桑臨時毋肯去，也不准我去，毋過，聽講軍隊在高雄火車站開槍掃射民眾，守在校園的學生囝仔也真危險，怎會當毋趕緊去開會，呼籲政府阻止軍隊的行為？」

「小小一個萬丹恁幾個代表，政府哪有可能聽恁的話？」

「全台灣若團結起來，政府就會聽！玉茗，這關係人命啊！」

清楚他的脾性，只要牽涉到救人，他會盡力周旋。

果然：「玉茗，我等一下還是要趕去會場，妳莫對任何人洩露。」

她囁嚅阻止道：「毋過……卡桑無希望你出門，連多桑也無愛再去開會，一定有真深的緣故——你莫違背兩位老大人了……」

他抬起眼看她，帶著幾分委屈：「玉茗！妳講過，妳會支持我！」

那無垢的眼神，是男兒對人世間至性的真情，她怎能阻撓？但他要出去面對的是凶險難測的亂局啊！

垂眸迴避，氣短心虛道：「我當然支持你想要救人的心願……毋過，我和多桑、卡桑相同，會擔心你的安全……」

「老大人難免想東想西，妳怎也多愁多慮？恁按呢一直自己嚇自己，真像我細漢時，藤作桑講過的故事『老屋的魔厲』。」

子慶以日本的民間故事，逗她放下心中的不安，世上沒有魔厲，是大家自己嚇自己。

但她真的笑不出來，看著懷中的妙恩：「阮是你的某囝，怎有可能艙操心？」

子慶爽朗一笑，笑容宛如一絲雲翳也無的藍天：「我只是想要替百姓出聲，又毋是要去相戰。」

真希望他自私一些！

帶著幾絲酸楚，玉茗細聲答說：「你也要想到我和妙恩啊！你是阮母女所要倚靠的人……」

玉茗垂眸斂眉的楚楚模樣，讓子慶縈繞在外頭世界的心思拉回了她身上，當初一心娶回嬌嬌弱弱的她，就是此生此世要疼她惜她呵護她的呀！加上她懷中的妙恩，他一時也兒女情長起來。

把妙恩抱過來，俯視他的骨肉，抬起眼來凝視玉茗，他柔情回應道：「恁當然是我要照顧一生的人，玉茗，我𣍐因為對外頭的關心，減少一絲絲仔對妳和妙恩的愛。」

聽得她眼眶發熱，一股暖流也跟著流漾胸口。

將懷中稚女還給她，子慶繼續保證道：「等這次事件平靜了後，我從此照恁大家的願望，好好掌管事業照顧家庭，𣍐再插手管外界的是非。」

他都已經做出這麼重大的承諾了，她沒有理由再阻擋，只能委婉說道：「你自己萬事細膩，莫未記得我在厝內等你。」

玉茗這一關也過了，子慶露出笑容，歡歡喜喜回答道：「我𣍐給妳等太久，會議一結束，我隨即轉來。」

子慶意氣昂揚步下台階，玉茗抱著女兒忍不住癡癡跟在後頭，他一眼瞥見枝頭新開的茶花，順手一摘，轉身插在她鬢邊。

玉茗心疼埋怨道：「這是新叢，這季花苞真少，你毋知要惜花還亂挽。」

他笑得眉目盡是情意，在她耳畔低語道：「挽花趁花期，我是真真正正的惜花人。」

玉茗彤霞飛上了臉，和她鬢邊的茶花相互競豔，子慶纏綿地對她說：「下一季，我陪妳做伙賞花。」

「種花彼時，」她語帶嬌嗔道：「你就講過相同的話了……」

「我向妳保證，這次，我一定實現承諾，艙再給妳失望。」

子慶說得認真，她心頭暖流如注，笑靨也湖水般蕩漾開來，用力點了點頭。

子慶愛撫了一下妙恩粉嫩的小臉，女兒對著父親露出嬌憨的笑容，更加惹人疼惜，他以日語像在對自己說也像在說給玉茗聽：「一姬二太郎，應該再生一個弟弟跟妙恩作伴了……」

玉茗臉面紅潮更加激深，但掩不住眉梢幸福的醉意。

回過眼來看她，交代道：「妳等我轉來做伙呷飯！」

然後長驅而出，離開了庭院。

玉茗抱著孩子又追了幾步，還是勉強停下腳來，只從茶花的枝葉縫隙，目送子慶逐漸遠去的身影，終至不見。

悠悠回過神來，她低頭對女兒說：「妙恩乖！爸上愛呷媽做的壽司，咱去廚房做壽司，等爸轉來呷喔！」

妙恩發出咿咿哦哦的稚嫩聲音應和，天真地舞弄著她小小的手小小的腳，漫不解人間世事。

石道存掛心家中隨時可能分娩的妻子，趁著夜色，第一個潛離「大營」；他一走，年輕浮躁的卜正更待不下去了，捱到半夜，也跟著跑了。

有李家這麼安全隱密的所在可躲，阿拾姐也不會給他餓到肚子，伯仲原本還打定主意不會冒險離開，繼續安安穩穩睡他的覺。

但是周學光從石道存、卜正相繼走掉之後，就一直輾轉反側，不停嘆氣，後來一骨碌坐起來，嘟囔道：「在這兒，跟坐牢一樣難受哇！再關下去俺會發瘋，俺還是回學校看看的好，不曉得俺的宿舍有沒遭那群惡人破壞……」

周老師也離開了。

整個密室只剩伯仲一人，這下他也定不下心了，愣愣坐著發呆，直到窗玻璃塗上一抹曙色，方驚覺，再不走天就大亮了。

阿拾直到近午才發現那四個外省人全跑了，她心裡慌張又不能敗露事跡，只得四處探頭探腦尋找大少爺，急著稟告這樁事，和抱著妙恩要來廚房做壽司的玉茗就先撞上了，她趕緊把她拉到一旁，悄悄問道大少爺呢？

玉茗見她神色倉促，小心反問道：「妳有什麼代誌要找伊？」

「……」阿拾欲言又止。

她靈敏揣測道：「是毋是，和那四個外省人有關係？」

大少爺竟然把窩藏外省人的事告訴了大少奶奶！

阿拾反而鬆了一口氣，她不必獨自承擔所有的責任了。

趕緊坦白道：「我昨暝送飯過去，就有人毋肯呷了，我膾放心，頭拄仔去偷看一下，竟然那四個人走到無影無蹤，我趕緊要通報給大少爺知影。」

玉茗怕子慶瞞著雙親出去開會的事洩漏出去，就把話攔住了：「大少爺有代誌出去，等一下伊倒轉來，我才跟伊講就好。」

負責窩藏和送飯的重任，數天下來，對那四個外省人也有了幾分關懷，阿拾不免有些掛心，嘀咕道：「伊們按呢莽莽撞撞走出去，不知會拄著危險否……」

玉茗反過來安慰她說：「應該繪啦！伊們一定是外口較平靜了才會離開。」

阿拾乜斜了她一眼，大少奶奶就是台灣俗語所戲謔的「腳乾手乾，呷飯配豬腳」的好命人，平常時連大門也走不到，她哪識得外頭的世界？

還是不要回嘴的好，這是娶入門的嬌嬌女，跟她從小看著長大的四個少爺不同，橫直，大少爺救人的心意也做足了，既然他們自己跑出去，接下來就要靠天公伯仔可憐他們了。

伯仲離開「大營」後，也不敢返回「街頭」，心想「街尾」應該沒有人認識他，自己盡量別開口露出鄉音，先觀察街上到底平靜下來了未，再伺機行事。

餘悸猶存的他，閃閃躲躲就來到了媽祖廟一帶，不見平日廟前榕樹下聚集閒聊的耆老鄉民，不過進出廟門拜拜的信眾依舊，街景還算平靜，有少數店家開門做生意，也有若干行人往來其中，雖然景象有幾分蕭索，倒是不見阿拾姐口中維持街頭治安的青年學生，或四處巡邏盤問行人的軍警憲兵，莫非亂事已過？

連日緊繃的神經線總算有些鬆弛，這下他應該可以返回「街頭」了吧？不過也開始擔心起，幾天前被踹翻的杏仁茶攤，是不是有人趁亂拆去做柴火燒了，鍋碗盤瓢也被偷光了？

進廟裡去拜拜吧！當初一心要學那「鼎昌商號」的李仲義三兄弟，也在台灣白手打天下；現在只求媽祖保佑他這條命和他的茶攤，能夠平安脫過這一劫。

伯仲正要踏入廟內，從「中街」的方向，遠遠傳來霹靂啪啦的尖銳聲響，一路刺破街道的空氣穿耳而來，他心頭一凜，那不是槍聲？

街上也另外有人注意到了，奇怪地直往「中街」的方向眺望；不過大部分的人渾然無所知覺。

一對少年夫妻剛好廟裡走出來，從他身旁經過時，男人瞧向「中街」那一頭，對挺著便便大腹的牽手說：「『中街』彼爿親像放炮仔放得真鬧熱……」

那絕對不是鞭炮聲！他在家鄉遇過太多了，政府軍、土八路還有打劫的盜匪，他太熟悉這種聲音了……

就在疑懼交集一瞬間，軍用大卡車轟隆隆就一路挺進「街尾」了，伴隨著機關槍「答答答」掃射聲……阿娘喲！軍隊殺來了！……

伯仲慌駭，加上逃生本能，整個人栽進了廟門內，匍匐爬向門後，情急奢望這扇廟門能夠抵擋槍砲子彈！

他兩隻手哆哆嗦嗦攀著門板，驚悸、窒息地窺視廟外的殺戮景象，剛才和他擦身而過的那對少年夫妻被射倒在廟埕，離廟門比較近的善男信女在哭喊聲中雜沓逃竄進來，混亂中，只見前頭一輛大卡車，後頭跟著數台拖板車，同樣駕著機關槍，時停時駛，從容不迫地對著街心或驚愣或奔逃的民眾一路掃射，雖然也射殺了廟埕走避不及的信眾，卻沒有再進一步往廟門內射擊，就緩緩開了過去，往水泉、新庄仔的方向繼續前進。

整個過程不過三、五分鐘吧？伯仲卻覺得時間凝結了，生物無助的驚嚎、爆裂的肉身、飛濺的鮮血，隨之一具具癱軟在地的軀體，在他耳裡迴響、縈繞，在他眼中放大、放慢……他戰慄地喘息，恐怖地喘息，卻完全吸不到空氣……

直到從那幾乎致命的哮喘回過魂來，他試著要站起身來，兩條腿卻完全不聽使喚，反而一股熱水就從褲襠間奔洩而下，他抬頭望向神龕的天上聖母，肝膽俱裂地從喉嚨擠出一聲：「媽祖婆！救命啊！」……

這同時，玉茗把做好的壽司親自端上桌，心想，子慶或許已經悄悄返來，她抱著妙恩穿過芒果樹林，回到後院，卻是庭階寂寂，屋內也不見人影，她不禁雙眉微顰，說好了一起吃飯，什麼事耽擱了他返家？

直到一家人都坐在餐桌前了，還是不見子慶的蹤影。

其昌問了：「子慶咧？」

鳳如當然不知道，她看向玉茗；玉茗不能說實話，眼睛只敢看著懷中的妙恩，嘴裡含糊道：「伊可能還在無閒……」

其昌不悅：「呷飯就呷飯了，有啥代誌要緊到給父母等伊？」

歐多桑話中有責備的意味，玉茗心頭一緊，正想再為子慶掩飾幾句，小叔子暄突然冒出話來：「多桑，我有看到兄樣出門去，我還問伊要去佗位，伊干仔笑，毋肯佮我講，還交代我艙使給你和卡桑知影。」

玉茗神情一變，其昌、鳳如則大驚失色。

其昌惶急自語：「外頭亂糟糟，伊要去佗位，莫非……真正又去會場？」

鳳如嚴厲地掃了玉茗一眼，質問道：「我毋是交代妳要好好守著子慶，妳怎任由伊出門？」

玉茗知罪地低下頭去，其昌也顧不得責怪她了，趕緊起身對著門外叫喚年輕腿快的下人：「達仔！你趕緊去會場請大少爺轉來！」

下人銜命而去，大家也只能坐著等待，雖然鳳如要子豪、子暄先吃飯，兩個兄弟眼看大人憂心忡忡，也是有一口沒一口地吃著。

下人很快就折回，大嚷大叫：「頭家！頭家！有兵仔車沿大街路開槍掃射，民眾毋是死就是逃，根本無人敢過街啊！」

鳳如猛地抓住餐桌才沒有捽下椅子來；玉茗一張臉刷地成了白糊仔紙；其昌早已箭般衝出門外。

喊來一個又粗又壯的下人：「黑雄！黑雄！你去看街路平靜落來了未，想辦法去會場找著大少爺，押也要把伊押轉來！」

黑雄又十萬火急出「大營」。

回過神來的鳳如，也慌慌急急出了飯廳，站在廊廡下，雙眼死命盯著假山半遮半攔的兩扇朱紅色大門，冀望子慶的身影能夠馬上跟著黑雄出現。

子豪、子暄早已抛下碗筷，來到父母親的身邊，跟著他們一起佇候未歸的兄長，子暄還貼心地去牽卡桑的手，鳳如望了望已經長得比她還高的兒子，每一個都是她辛辛苦苦捏成養大的心肝寶貝啊！忍不住先流下了火燒火燎的淚水。

抱著妙恩，被犯錯以及懊悔緊緊攫抓的玉茗，也悄悄邁出了廳門，跟著一家人引頸企盼子慶歸來的身影。

黑雄這一去，卻是久久不見帶子慶返來。

鳳如再也按捺不住焦急，嘶聲咆哮這黑雄沒個責任心，其昌無奈，只得再另外派人去尋找黑雄和子慶，鳳如完全等不得，又派人前腳跟著後腳出去。

一口氣前前後後派了十二個人出門，急急如律令。

除了黑雄，其餘陸陸續續回報：「歸條路攏封鎖了，完全𣍐當通行啊！」「唐山兵凶戒戒，無人敢倚近喲！」「日頭下，歸個街仔路橫來倒去攏是死傷的人，根本無人敢出面處理……」

最後一個總算帶回一絲安慰：「黑雄講著急也無路用，叫我先轉來稟報，死傷攏在街路，大少爺可能還在會場的會議室，應該會較安全，伊會繼續守在那探聽，想辦法找著伊的人。」

現在除了等，暫時似乎也沒有更好的辦法了。

一桌的中餐，還有那看來精緻可口的壽司，全拋在飯廳內，一家人就站在廊廡下苦苦等待子慶歸來一起用餐。

分分秒秒實在難熬，但日頭逐漸往西斜是不爭的事實，黑雄出去已近一晡，仍不見子慶返來，連個黑雄也無影無蹤、無消無息。

其昌還算沉得住氣，勸玉茗先抱妙恩回房，也要子豪、子暄陪卡桑去休息，這節骨眼誰還聽從，鳳如從一開始的急怒攻心，隨著淌逝的時間轉為鈍刀割肉的凌遲，嘴裡不住喃喃祈求：「子慶，你轉來，你趕緊轉來就對了，卡桑膾怪你無聽話，也膾再責備玉茗了……」

玉茗雖然眼角噙著淚珠，全身蟲齧蟻爬似的幾乎站不住，摟著懷中女兒稚弱的身軀，她堅信上帝會庇護子慶平安歸來，也全心向天主禱告著。

一家人鵠候企盼，卻只見天邊最後一抹晚霞攸然隱沒，大門邊的紅樓沉沉落入暮色中，形成龐大的灰黑暗影。

在漫長難捱的等待中，突然子暄大叫一聲：「黑雄叔仔轉來了！」

眾人一陣騷動，廊柱壁上早已點燃的兩盞煤油燈，清楚照見了黑雄一路急奔而來的身影……騷動過後，隨即轉為靜默，黑雄後頭並沒有跟著子慶……

不待黑雄奔近，其昌早已衝上前去，一家大小也急忙跟上。

「黑雄！街路到今還未通喔？」其昌心急大喊。

黑雄氣喘如牛，一張黝黑的臉燈火下急成了豬肝色：「兵仔車離開了，大街路雖然亂毋過也通了……」

鳳如慘顏咆哮：「若按呢，你怎無把大少爺押轉來？」

「我有去到會場了，毋過大門口有兵仔顧著，無人會當入去內底……」

子慶被囚禁在會場不能返家？玉茗整顆心揪成一團，求救的眼睛望向歐多桑。

事態嚴重，其昌即刻就要採取行動：「我親身走一趟，看有啥門路入去救子慶出來……」

「頭家！守在會場外的不只我，我也有看到『水泉』李家、『中街』布莊的家屬，擠在門骹口一直哀求拜託，猶原艙當入去……」

鳳如大喊：「其昌，你趕緊去找張區長！」

「頭家娘，我還聽講……聽講……」

其昌也失了平日泱泱風範，嘶聲厲吼：「黑雄你有話就趕緊講啊！」

黑雄終於鼓起勇氣說出：「我聽講兵仔車也有來到會場外口，唐山兵一句話也無講，機關槍就向會議室門內掃射了……」

3. 崩坼

玉茗懷裡抱著一束鮮花，鞋跟一路輕輕落在青石步道，發出空洞的「叩、叩、叩」彷彿敲門的聲響，每一座墳墓卻依然緊緊閉鎖在冷硬的地底下。

墓園內，兩排整齊的扁柏洗滌過了那般蒼蒼翠碧，襯得墓園外那棵鳳凰樹盛開的紅豔恰似一簇簇的火焰，卻也禁不得一宵風雨，落了滿地無人理會的血淚。

行過步道兩旁一塊塊的墓碑，墓碑上的十字架，正是希望亡魂能夠安息在主的懷抱。

玉茗的腳步停在最後一個新墳，墳頭上，昨日留置的花束依舊芬芳冉冉，卻依稀聞嗅到一股逐漸敗壞的氣息，她換上今朝新剪的馨香。

鑲嵌在墓碑中央的子慶笑得逸興遄飛，澎湃的生命力彷彿就要從胸膛迸射開來，玉茗忍不住伸手輕撫，但溫熱的不再是他往日的青春胴體，而是她拂了一身還滿的淚水。

數個月過去了，她依然夢魘未醒，鎮日鎮夜空空茫茫陷落在擁有子慶的過往。

日時，她會下意識等著他走入飯廳，然後在她身旁坐落，一家人談談笑笑享受飯菜的暖香，他總是粗心地疏忽了歐卡桑不以為然的眼神，親手為她挾菜。

夜晚，她會習慣性傾聽院落的動靜，他的腳步踩過落葉發出窸窣聲，然後踏上台階，走過玄關，輕輕拉開紙門回到屋內，他會先蹲跪在榻榻米上，俯身以日語蜜柔低喚：「椿子！椿子！看我幫妳帶什麼點心回來……」

他嘴裡的氣息，絲絲呵在她頸項、耳朵，有種熱熱癢癢的感覺，加上好奇，雖然還緊闔佯睡的眼眸，忍俊不住的笑意卻已漣漪般蕩漾開來……。

她不能待在家中，只有來到墓園，墓碑上的十字架再一次刺穿她的心口，真實而尖銳的疼痛，才會讓那個來自空無的聲音再一次舂臼她已然粉碎的靈魂，然後一遍又一遍的回音：子慶，死了！死了！死了！死了！……

歐多桑買通會場的守衛已是事發後兩天，歐卡桑早憂急過度進了阿猴病院，沒人敢去想像遭到機關槍掃射的人拖上兩天的後果，歐多桑原本也不讓她去會場，但她堅持隨行，無論如何也不願意再忍受等待的煎熬。

但，任憑數日來自己千迴萬轉想像過，怎堪親眼目睹小小的會議室就是殺戮戰場？再見到子慶，他跟鄉裡頭另幾位仕紳橫屍會議室內，屍體被子彈穿射得支離破碎，她滿地亂爬，血塊肉堆裡翻尋，竟無法補綴個全屍歸。

遺體偷偷搬回家，悄悄置放在亂事乍起時子慶藏匿外省人的空屋，暗地裡請來熟稔的外科醫師，一針一線細細縫補子慶碎裂的身軀——彭孟緝！這個名字也永生永世鐫刻在她呼吸著的時時刻刻了……

聽聞，高雄要塞中將司令彭孟緝，先於三月六日就在鼓山一帶大肆掃射無辜民眾，高雄無日無夜槍聲不絕，街路上橫屍遍野，又將以雄中學生為主的青年反抗軍盡數殲滅，有的氣息尚存，全部裝入布袋綁上石頭丟入附近運河，讓死者永遠沉沒水底不見天日。接著，為了達到「殺雞儆猴」的目的，因為距離火車站不遠的「長明派出所」有警察被攤販刺殺；雄中又是造反的大本營，於是將所有叛亂嫌疑份子，悉數集中到火車站前進行槍決，倒下的人堆疊滿地，血流成河又在太陽底下乾涸結塊。

這樣的罪孽啊！上帝，我全心倚賴的主，祢為何袖手不管，還任由這個劊子手兩天後指揮軍隊進入屏東屠城？不但殺光負隅機場反抗的青年，那沿街男女老少盡數掃射的暴行，上帝，祢為何容忍？

聽聞，臨時市長葉秋木遭到逮捕之後，被認為是暴動首魁，割掉耳、鼻和生殖器官，再遊街示眾以儆效尤，然後和另外幾名暴動帶頭者，一起在郵便局對面的三角公園被槍決了。

聽聞，南京當局派來支援行政長官陳儀的二十一師，在基隆港登陸的，一上碼頭就對工作中的工人開槍，然後再沿街掃射，見人就殺；在高雄港登陸的，和要塞司令部的軍隊會合之後，開始「清鄉」，大肆搜捕所謂奸暴，以便確保治安，恆春地區就傳來，有地方仕紳和醫師被綁在電線桿上槍斃，曝屍太陽底下，沒有家屬敢出面收屍的消息。

整個社會風聲鶴唳，萬一子慶的事被發現，也可能被安上奸黨首謀份子的罪名，就算他已經殞命，還是會禍延全家，後事只能悄無聲息地進行著。

上帝！祢全然撒手不管？子慶何其無辜，他一直純潔良善，遵循祢的旨意行走在真理的路上啊！

她也全然撒手，從會場回來後，不吃不睡，甚至不悲不哭，只想跟著子慶魂飛魄散。

直到歐多桑親自來叫喚：「玉茗，子慶的身軀補好了，明日就要安葬在教會的墓園，妳要見伊最後一面否？」

她心底一顫，歐多桑的聲音為何如此蒼老枯啞？多日不曾抬頭看這世間的眼眸，終於定睛望向歐多桑，那是一張突然間就老化了的臉龐。

會場返來後她第一次踏出房門，投入夜霧中，一路無言跟著歐多桑，來到子慶停屍的房舍。

屋內，燈影搖曳，曾祖母就坐在子慶身旁，深眸凝視這早逝的長曾孫，難以言說的悲哀和不捨。

原以為自己已經喪失了所有的感覺，突然胸中一陣撕心扯肺的劇痛，悲啼一聲，整個人癱跪在床板前，一把摟住子慶的頭，他被子彈射裂了的臉，被仔細縫補過，但再也補不回他原來的面目，反而在外科醫師精細的手工下，似乎將他臨難之前的錯愕、驚怖一起縫在他變形的臉容上，想像他被機關槍掃射的那一刻，她淚如雨下，簌簌滴落他臉龐。

曾祖母出聲制止她說：「親人的目屎艙用得滴落死者的面，按呢，亡魂會感覺著親人的悲傷，伊會不安，會行艙開腳，玉茗，妳就給天使帶著子慶離開，安息在主的懷抱。」

想問子慶：我的眼淚，真的會燙傷你的靈魂？既然魂魄有知，是我把你推向死亡的蔭谷，你真的可以安息在主的懷抱？……

子慶只是一臉無言的殘破，多日來不知如何宣洩的哀痛，終於潰堤，她轉身號哭而出。

重重暗雲吞噬了月色星光，天地盡墨，她用全身最後的力氣以日語悲慟向天：「上帝！祢為什麼遺棄了我們？祢為什麼遺棄了我們？」

不支倒在台階下，暈厥了過去。

無言看著墓碑中央的子慶，玉茗還是想問他：纏綿病榻之際，你不是來到我魂夢中，誓言不再離開我？難道——你再一次失信？

她記得，她真的記得，昏昏沉沉之間，自己似乎被層層雲霧包圍，看不清楚來路，也不能分辨去向，思緒更是柔腸寸斷，唯一清清楚楚的意念：子慶，我跟你走！

可是，你在哪裡？

一聲又一聲呼喚：子慶！子慶！子慶……

在濃得化不開的雲霧中，真真確確傳來了：「唉……」的一聲嘆息相應和。

然後，真真確確一隻手握住了自己，掌心的溫潤真真確確直達心窩，依稀，彷彿——子慶就在身旁，以日語焦心回應道：「妳要勇敢活下去！妳一定要勇敢活下去！……」

不！子慶，我跟你走！……你一定要離開，我就只能跟你走！……

「妳要活下去，我答應妳，我不會再離開，我會照顧妳……」

原來，上帝並沒有遺棄她！

他知道她在等他返家，他也答應很快就會歸來，還說會信守承諾，不會再讓她失望……

子慶！回來，你回來啊！

試圖撥開埋斷前路的雲霧，一心尋找子慶的身影，幾度掙扎，極目徘徊……

大汗淋漓地，終於睜開了雙眸，首先搖晃入目的，是病房慘白的牆壁，等眼瞳能夠聚焦了，病床前除了歐多桑，還有從台南趕來的父樣、母樣，連遠在日本的子毓也出現在面前，正以憂傷的神情無言望著她，可是——子慶呢？

這數個月來，一顆心始終疑惑著，病危關頭，那幽幽的嘆息聲來自何方？誰握著她的手，要她勇敢活下去，並且允諾不再離開？……

凝視著墓碑上的子慶，是你沒錯吧？我們曾在天人永隔處魂夢交接——你若真的不捨，為何這段時日以來，不再跟我對話？你真的要留下我一個人，永遠揹負罪的十字架？……

由遠而近的跫音，是子慶！子慶再一次回應了她的呼喚——玉茗倏然轉頭，一路走來的，竟是子毓，懷中還抱著妙恩。

子慶離家彼日，也曾將妙恩抱在懷中——這個失去了父親的孩子啊！

妙恩已經認得人了，舞動著一雙小手，咿咿哦哦傾身要玉茗抱，她悲從中來，淚水又潸潸滑落眼眶。

長年在日本的子毓，以日語對她說：「大嫂，妙恩在家中一直哭，誰抱她哄她都沒用，我跟她說要帶她出來找妳，才讓她停止了哭泣。」

無父何怙，妙恩有處尋她，天地之間何處尋回自己的父親？這崩天坼地的憾恨啊！就算淚如江濤，也流逝不盡——玉茗泣不可抑。

在玉茗悲泣聲中，子毓神情節制堅忍，但語氣中到底掩不住哀傷和懇求：「大嫂，妙恩是兄樣人世唯一的骨肉，但是他再也不能親自照顧她成人，請妳務必珍重自己，為兄樣完成未盡的愛和責任，莫讓他再揹負更多的遺憾……」

說著，子毓把手中的妙恩交給了她。

子慶臨走彼時，也曾這樣把妙恩交到她手中——是子慶藉著子毓在懇求她，要她好好撫育他倆唯一的骨肉嗎？

她願意付出任何代價，讓時間倒回茶花樹叢前離別的彼日，捨生拚死也不會讓子慶出門；她也寧可倒在醫院那當時，就隨著他死去。

一切，只是徒然的奢望，獨活人世，無盡的悲痛是自己應得的懲罰，所犯的罪愆哪能夠救贖？

子慶！我答應你，再怎麼煎熬，我用今生彌補妙恩，好好撫養她成人。

接過妙恩，孩子純真無知的笑靨，讓玉茗再度淚如湧泉。

伯仲拎著木箱從社皮的村落出來，抬頭看天，日頭剛過了晌午，他若加快腳步趕到屏東市街，黃昏主婦下廚之前，他還來得及多補幾個破鼎。

盤算至此，伯仲兩條腿像篾箍箸那般疾速趕路，走不多久，眼尾突然掃到兩台三輪車由小路緩緩踩出，雖然隔著車伕，他一眼認出坐在第一台車的正是李家二少爺，第二台車抱著幼兒的少婦，不就是李家長媳？

一下子想起來，那條僻靜的小路可以通往教會的墓園。

那市井一直在放送的耳語，李家大少爺在二二八事件被打死，應該是真的了！

伯仲腳下一頓，目送著兩台三輪車逐漸遠去，車上的李家二少爺目光曾短暫掠過他身上，相信他不會認得他就是去年挑柴入「大營」的賣柴郎，不過他記得夏日炎炎，二少爺叫阿拾姐送來粉圓冰讓他消暑；更記得自己病倒後，二少爺體恤百物飛漲多給的買柴錢，他才能夠順利轉業賣杏仁茶。

而危難時刻大少爺出手相救，讓他逃過二二八事件那一劫，他更是永遠感激在心……那麼好的一家人，那麼熱心救人的大少爺，怎會遭受這種不幸？

收拾一下鑒糟的情緒，伯仲繼續向屏東趕路，可是整個腦海還是潮起潮落翻騰不已，那些不明事理的人，無故踹翻他的茶攤，還窮凶極惡地追打他，固然令人憤慨，可是罪不至於死啊！政府為什麼出動軍隊殺害那麼多人，連李家大少爺那樣的大好人，都不放過？

媽祖婆保庇，自己才能幸運躲過軍隊的槍口，亂事似乎也已平息，但台灣真的完全不一樣了，不再是舊年他初來乍到傳聞中的寶地；現在成了恐怖、悲傷、猜忌的社會。

二十一師進入屏東後，將暴動的首惡份子在市區遊街示眾，厝頭家三郎說要去看個究竟，可是出門之後就失蹤了，從此沒有再回來過。

有人看到三郎在離家不遠的地方，就被埋伏的憲兵押走了，急得厝頭家娘罔腰四處託人去憲兵隊探聽消息，可是風聲正緊，誰敢出面？連住在附近平時十分熱心的區民代表李瑞文，也龜縮了起來。

罔腰的大伯仔，早在因為參與攤販圍攻「長明派出所」的事件，被要塞司令部軍隊槍斃在火車站前了，她孤立無援求救無門，情急之下，揹著最小的女兒就獨自闖去憲兵隊了，不過只落得一路哭回來，左鄰右舍也只敢窺探，連出面安慰都不敢，深怕惹禍上身，聽說，罔腰在憲兵隊大門就被站崗的衛兵攔下了，直接驅逐，根本無人理會她一個婦道人家的哀求。

後來謠傳，是有人去憲兵隊密告，說三郎散播詆譭政府的言論還參加遊行抗議，他到底直接被就地正法，還是送去火燒島思想改造，也是眾口紛紜沒個準。

罔腰呼天搶地，是哪個夭壽無良的，陷害了三郎毀了她的家庭？事件爆發前後每個和三郎談過話的，都成了她懷疑的對象，他這個租住在家的外省厝腳仔，毫無疑問成了頭號嫌疑犯，不過她不敢對他公然叫罵，只是暗暗仇恨，一再示意要他搬走。

無端被猜疑實在不好受，何況家中沒了男人，他再住下去也不方便。真的要搬走了，罔腰又抱著孩子紅著眼眶來求他：「伯仲，看在以早我和三郎攏對你膾歹，也曾救過你的命，是你自願搬走的，千萬莫記恨，你有外省仔政府給你做靠山，我連一個要倚靠的查埔人都無去了，你莫再來陷害阮母囝。」

說完，罔腰放聲大哭。

他無奈、無言，這已經不是自己熟悉的那個熱心直性的厝頭家娘了。

帶著簡單的行李先行離開，拜託罔腰等他租到新的住處，再來把茶攤和用具全數搬走——但是連續數天，問不到有人願意把房屋租給他。

找不到新的落腳處，他只好暫棲天后宮，媽祖婆應該不會把他當作外人。

這個地方容不下他這個外鄉人了，他也灰心喪志地想回歸故里，人應該在福建老家的萬源，竟然又跑來萬丹找他。

兩人乍然在媽祖廟相見，他驚奇極了：「萬源！我都要轉去泉州了，你還來台灣？」

「千萬不可！老蔣的軍隊和八路軍仔刣到日月無光了，也毋知由佗流傳一句話『要興，福建兵』，現此時雙方面看到福建男，只要會行會走無在軟娘奶的，就算頭毛嘴鬚白，也強掠去做兵，我走都未赴了，你還要送肉入虎口？」

這下，連家鄉都回不得了。

不過，留在這個遭人排擠的地方，前途也彷彿煙霧，茫茫渺渺。

萬源還是一貫的樂天：「天無絕人之路，我身軀無錢，還會當靠船頂做苦力又渡來台灣，甘願做牛毋驚無犁拖，大寮我地頭熟，我欲再轉來找機會。」

萬源只需度身己，他還揹負著家鄉的妻女，福建戰亂，聽說她們的生活苦到不行，抓田鼠、挖樹根在度日，阿葉叮嚀萬源說：「你跟伯仲講，叫伊趕緊接我和惠玉來去台灣！」

這句話，讓他不得不振作起精神來，台灣壞，福建愈壞，他一定要在這裡生存下去，有朝一日才能將阿葉母女接出來。

也是媽祖婆有保庇，數日前他才去問過的打鐵舖阿火師，原本也拒絕他的，突然差他的後生來廟裡喚他，說願意把店舖後頭那間空著的草厝租給他了。

問阿火師怎麼突然改變心意？他笑笑，說：「聽講你無轉去唐山，還窩在媽祖宮，我驚媽祖婆怪大家刻虧你一個外地人。」

台灣人本性就是這麼善良！

他憶起了來到台灣後，受過許多人大大小小的幫助，就算二八事件他被台灣人又追又打，緊要關頭救他性命的還是台灣人，像羅先夫妻、李家大少爺……。

就算亂事已起，他躲在「大營」彼時，以為被踹翻的茶攤連同鍋碗盤瓢，老早被偷光搬空了，待他返來時，卻驚見一切原封不動，傾倒的杏仁茶固然乾涸了一地，但是連油炸粿也沒人撿去吃掉，初來台灣，就聽本地人自豪說過，日本時代台灣沒賊偷，他本來還不相信，家鄉連軍隊都是連偷帶搶的盜匪，此地遭遇這麼大的變亂，沒想到，善良的民風還是沒有完全泯沒。

隨著完整撿回來的茶攤，變亂以來，他對本地人無故追打他、排擠他的憤慨，漸漸從心頭消褪，受害的不只他一個，台灣人是經歷了一場血光之災。

搬進打鐵舖後，他去舊租處搬回茶攤、石磨及用具，打算重新擺攤賣早點，但是發現自己先前所積存的一些錢，好像成了空紙，根本趕不上漲翻天的物價，而且原料砂糖、杏仁在黑市才找得到，他縱算有管道，也沒足夠的本錢啊！

阿火師也阻止道：「你要賣早點給啥人呷？大家攏把腹肚縛起來了！我的鋤頭、豬耙今年賣𣍐出去，明年再賣；你的杏仁茶、油炸粿賣𣍐出去，會當放幾天？」

做吃的不通，可是他一個外地人，無田無地，就算肯做牛也沒犁可拖啊！還是索性也去大寮與天爭地，不過萬源曾說，溪埔地也怕颱風也怕雨，常常滿園心血化為烏有，萬一風強雨大連地都會不見……

苦惱之際，一個外地人提著一個木箱來到打鐵舖前，向阿火師招呼一聲後，風爐從木箱拉出來，再各拿出一罐黏土、圓頭鐵釘擺在地面，最後又從木箱拿出一根約莫一尺出頭上平下尖的鐵柱，用鐵鎚把尖端釘入土內，拉開嗓門一吆喝：「補鼎續火哦！破鍋仔鼎趕緊挈來補哦！」

就在打鐵舖前做起補破鼎的生意。

這勾起他的兒時記憶，娘親還在的時候，當門口響起「補鼎續火」的吆喝聲，她會端著破鍋破碗匆匆往外而去，他也連忙跟在後頭湊熱鬧，補鼎師傅就在他家門口的那棵老榕樹下，替婦人們修補灶腳的鍋鼎用具……

他也好奇地在一旁圍觀，只見補鼎師傅把圓頭鐵釘捶薄，穿過鍋子破洞處，糊上黏土，再啟動風爐把黏土烘乾，跟小時候所看到的依舊一樣。

突然有人往他肩頭一拍，他一回頭，是阿火師。

指了指正在補鼎的師傅，阿火師悄聲問道：「這款工藝，要學，會真困難否？」

「艙啦！比學拍鐵簡單濟了，我細漢的時陣，有一個師傅若來阮家門骹口替人補鼎，在等人客的空縫，還會教我按怎補咧！」

阿火師咧嘴一笑：「按呢，就輕可了！風爐工具箱我幫你做，你就會使揹著一庄行過一庄，只了行路工，艙像做呷的，得先拿本錢出來。」

就這樣，他做起了半流浪的補鼎生意。

今日湊巧在路上碰見李家二少爺，證實了市井傳言，伯仲心中感觸複雜，既痛惜好人早夭，又有幾分為自己僥倖，亂世人命如芻狗，就算「大營」家大業大，也保不住他們的大少爺，他一劫過一劫，在異鄉還能夠活到現在，妻女也正盼著要來台灣，想想，對當下的際遇也沒什麼好怨嘆的了。

心思至此，伯仲打起精神一路向前，希望趕在天黑之前能夠多做幾筆生意。

4. 修復

十月底十一月初的南台灣，沒有寒冬的蕭索氣味，長空澄碧，清風徐徐，是秋高氣爽的好時節，這讓鳳如彷彿歷經烈日風暴的心，在上天的撫慰下平靜了許多，尤其看著子毓忙進忙出的身影，恍惚之間誤以為是子慶，回過神來忍不住又落淚，心中卻也生出幾分安慰來。

子慶意外亡故，重創了她向來順遂的人生，當會場被軍隊以機關槍掃射的噩耗傳來，還等不到子慶是生是死，她不堪憂急先進了醫院。死去活來之際，她錯過了子慶遺體返家，然後悄悄殯殮諸事，其實她也不想面對，幾度在病房撞牆，甚至企圖自盡，嚇得招治緊緊守著她，寸步不敢稍離。

其昌來醫院看她，總是又勸又罵：「妳莫再鬧了，我要處理子慶的後事，又要顧全一家人的安危，心神負擔到盡磅了。」

他男人哪能理解，一個做母親的，怎能眼睜睜看著親生骨肉在自己面前夭逝？她根本不想活了。

直至遠在日本的子毓，也出現在病榻前，紅著眼眶哽咽呼喚道：「卡桑，妳要為阮堅強啊！」

梗在心頭的劇痛，一下子淚射而出，她一把抱住子毓，放聲嚎啕，哭到涕淚縱橫，全身癱軟，生之意志則在之中重新滋長。

走過失去長男最悲痛的階段，鳳如心理上越來越依賴這個次男。

子毓會回日本嗎？她不免驚疑。

他能夠從此留在家中就太好了！她這樣渴望著。

內心揣測難安，她主動找其昌，想討一個讓自己放心的答案。

其昌神情躊躇，沉吟著說出：「我也毋知子毓做啥拍算……眼前，會當按呢，一日過一日就好了……」

原來，他也不敢去碰觸子毓會不會回日本的問題！

「你毋問清楚，萬一有一天，子毓又講伊要轉去日本咧？」

「子毓學業尚未完成，恐怕伊……」

她整個急躁起來：「厝內發生天大的變故，伊應該顧這個家庭，還是顧自己的學業？總是要把子慶的擔頭擔起來啊！」

其昌嘆氣道：「這時難比彼時，台灣初光復，政府起先答應要將一寡仔小糖廠轉賣民間，後來又歸碗捧去，俺開掉的錢等於給官員剪去……菸、酒也全部收歸國有，李家三代造酒賣酒，今仔變做違法……」

「毋過子毓有轉投資遠洋漁船，收益也在看到了。子毓是讀冊囝仔，比子慶還有頭腦，伊若肯留落來做事業，俺李家一定會恢復以早的奢焱。」

「還在講啥物奢焱毋奢焱，一家人會當像眼前按呢平安過日，就要感謝主耶穌了。」

鳳如心中有怨：「主耶穌並無看顧子慶，上帝的旨意我實在膾明瞭，你需要的是子毓的協助，給一家人重新幸福過日。」

遭遇白髮人送黑髮人的摧折，其昌心境驟然老了，他何嘗不希望把子毓留在身邊享受天倫？子慶出事，他自日本奔回，雖然滯留至今，也一肩挑起家中事務的重擔，但是父子倆不曾隻字片語談過他未來的動向，好像這樣，所有的問題就不存在——鳳如到底要逼他把事情挑明了……怕只怕，答案不是他們所想望的……

鳳如突然又說：「叫子毓結婚好了！查埔人娶某生囝了後，心頭自然就會定著，伊就膾再想要轉去日本了。」

其昌心中一動，她說的也對！一個男人成了家，接下來天經地義就得衝刺事業，自然不會有太多不切實際的理想。自己僅剩如何修復這個家庭的願望，能不能栽培出一個東京大學的博士後生來光耀門楣，不再是他的目標。

得到其昌的首肯之後，鳳如乾涸了許久的心田，彷彿重新得到了幾許活水，整個人也跟著精神起來，各方積極為子毓挑選對象。

透過教會，尋得不錯的人家後，她更加煥發，要安排子毓去相親。

心情又焦躁又喜悅，她大清早就來到子毓起居的小洋樓，子毓也起床在窗下看書了。

面對母親突如其來的相親之議，子毓詫異地放下手中的書，笑容難掩尷尬：「卡桑，妳怎會雄雄想到這……」

打斷道：「怎會是雄雄？過了年你也二十二了，多桑在你這個年紀，恁大兄已經兩、三歲了。」

「我正在了解遠洋漁業，也想要投資木材業，結婚的代誌並無趕緊。」

「古早人講『成家立業』，查埔人事業要經營，毋過終身大事先發落，這才是父母上掛心的。子毓，你自己有意愛的對象否？」

子毓不說話了，此時，隔著紗窗，他看到了冬日暖陽才從東邊爬上來，帶著幾分惺忪映照著小洋樓外的花圃，交錯在扶桑、桂花、七里香之間的那幾株茶花，他親手栽植的，正值盛開時節，猶帶清晨霧露的嬌模樣，卻孤高半隱枝葉間，不同人間凡香凡卉，他失神了一下，臉面飄過愧赧的神色。

鳳如眼尖，心中一怦，深深打量這個向來不輕言心事的次男，帶著幾分刺探的神情詢問道：「還是——日本彼爿，你有在佮人交往？」

「卡桑，無這款代誌。」子毓斷然否認。

繼續揣測道：「日本彼爿無，抑是，本地你有佮意的人？」

「並無。」

「既然按呢，教會陳長老介紹的對象是……」

「卡桑，我暫時不談婚姻。」

子毓突兀地打斷她的話，讓鳳如微怔了一怔，這個後生雖然個性有稜有角，對長輩則一向恭謹，不應該這般失了禮儀。

他也立即致歉道：「卡桑，真失禮！毋過咱的漁船今早回航，我得趕去東港處理漁貨拍賣，以及船長分紅的要事，妳先給我出門，以後的代誌以後才講。」

看得出來他要閃避這個話題。

不過鳳如也不敢相逼，只要子毓神情一端凝，身上就有股懾人的威儀；不同子慶，總是給人明朗爽颯的感覺。

子毓匆匆出門去，鳳如看著他近乎遁逃的背影，生得了兒身生不了兒心，這個囝仔，心頭到底藏著什麼事？

收回眼光，失落地端詳屋內雅致的陳設，當初在廳堂後頭整理出一塊空地，蓋了這幢精緻新穎的小洋樓，原本是準備做為子慶的新娘房，後來要娶玉茗過門時，子慶得知新婦雅愛日式黑瓦建築，堅持整修他起居的舊屋做新娘房，這幢洋房也就一直空著，直到這回子毓從日本歸來，他原本的起居室已經老舊，其昌就把小洋樓撥給他使用了，無形中也透露了他在父母親心目中的地位越發重要。

何時，這屋子裡頭，才能夠住進她的第二房新婦？鳳如幽幽一嘆。

子毓怔怔站在港邊，日近黃昏，遙望海天茫闊，船影點點，他的心也是隨著海浪浮沉沉的小船，卻是船行海中央，茫茫不知何去何從。

在日本接到兄樣亡故的電報，不分晝夜趕回台灣途中，他還是不敢相信這個噩耗，比置身惡夢中還虛妄，直到面對天崩地坼的家人，劇烈而真實的刀剁之痛，讓他幾乎無法承受，兄弟倆要好了二十年，卻以這麼悲絕的方式斬斷手足！

面對驟然白了頭的多桑，痛不欲生的卡桑，內心滾燙如火山熔岩的哀慟和憤怒，他只能勉強抑忍，正如娭歐巴桑殷殷囑咐的：「我知影你和子慶的感情，毋過這個時陣，你膾用得只顧傷心，這個家庭需要你……」

自己強力托起墜往深淵的家人，坐鎮指揮如麻家事，先祕密為大兄發喪，接著整頓家中事業，進一步開闢新的財源。

這天翻地覆的一年，終於走到了尾聲，多桑和卡桑原本灰暗的眼神，也開始有了亮光，而這一點亮光，就隨著他的身影打轉，透出喜悅和希望，又夾雜著不安以及揣想……

父母親的心事他明白，但不敢面對，打理家中事業從來就不是自己的興趣，他喜歡讓靈魂翱翔在學問的蒼穹追尋真理的日光，中華民國政府接收台灣之後，自己整個研究重心移往國際法，學成之後，除了希望能夠追隨師長也留在校園作育英才，他要繼續探討台灣在國際上的定位問題。

但是他們才失去大兄不久，子豪、子暄的年紀也還不足以承擔重責大任，想回日本繼續讀書的心願，自己怎開得了口？

內心深處另一個折磨著他的矛盾，望著波起浪湧不能平靜的海面，苦楚地想著玉茗，他的長嫂……

回想當時，好不容易趕抵家門，面對兄樣補綴的遺體，震駭悲慟未已，多桑又遭遇卡桑、大嫂前後送醫住院的難題，一下子亂了方寸，下不了決定要不要殯殮大兄，或者等他生命中最重要的兩個女人出院再下葬……他當機立斷，力主讓兄樣入土為安，免得拖越久外頭傳言越多，節外生枝危及家人，也派人遠赴台南通知白家。

兩家人在大嫂的病榻前相會。多桑紅著眼眶鞠躬直說對不起，她母樣哭腫了雙眸，父樣也忍不住人前落淚。

自己能夠體會白家雙老的悲痛，割捨心頭肉讓她遠嫁屏東，圖的不過就是女兒能夠一生平安幸福，誰知轉眼成空……多桑滿心的愧疚他也感同身受，當時為了替大兄求得佳偶不惜奔波，以赤誠打動了白家，許諾的也是對這個新婦的疼惜和照顧，旦夕之間卻讓她姻緣路斷，孫女也天倫夢碎！……

更沉重的是，看她在高燒昏迷中，不斷囈語要跟大兄走，主治醫師也說她求生意志似乎非常薄弱，他強烈的不捨、擔掛，超乎了一個小叔對長嫂應該有的關心，吃驚之餘理智不斷提醒他，要知所節制。

那日，從卡桑的病房出來，再三猶豫，還是踏進了大嫂的病房探望她，她母樣連日病榻前照顧，累到頭枕床沿睡著了。

他靜靜凝視一直陷在昏迷中的她，雙眉緊蹙，面容不安，腦海中突然就浮現了彼時白家初相見，花叢間，她人面茶花交相映的清麗；茶室裡，他恍神打翻茶碗，她展顏一笑的嬌憨……

忍不住，自己深深掉落了一聲嘆息。

嘆息聲一下子似乎驚擾了大嫂，她突然連連呼喊兄長的名字，一聲急促過一聲，雙手滿天攫抓，既悽楚又無助，他心頭一酸，一把抓住她的手，焦心回應道：「妳要勇敢活下去！妳一定要勇敢活下去！」

這對她完全沒有任何作用，反而讓她更加狂亂囈語，聲聲句句都是要跟大兄走，緊抓著的那雙手抖顫而冰冷，他整顆心也跟著戰慄抽搐，衝口就說：「妳要活下去，我答應妳，我不會再離開，我會照顧妳……」

過後，他被自己嚇壞了。

原本以為好似初春萌芽的情愫，隨著兄、嫂兩人成婚，自己遠走日本，已然夭折枯萎……原來，他一直將她的倩影深鎖在內心最隱密的一角，釀成他人生不能開封的初戀苦酒……可恥啊！太可恥了，大兄才剛慘死，大嫂也跟著魂飛杳杳之際，自己怎可以有一絲一毫僭禮非分的念頭？……

大兄出事至今，他讓這個家逐漸走回常軌，自己卻穿不過內心的風濤，看她盈盈瘦骨，終日難得言語，眼裡卻有訴不盡的哀傷，失去幸福光彩的容顏，只有妙恩能夠給她一絲安慰的神色，反而更讓人心酸不忍。

有一個強烈的意念：留下來吧！不僅這個家需要他，他願意用這一生默默照護她和妙恩……另一個力道不相上下的意念：走吧！回日本吧！再待下去，只怕他如眼前汪洋大海的深情，會讓自己的理智滅頂……兩邊撕扯，就像拍岸驚濤，一顆心，片刻得不到平靜……

其昌直等到夜幕低垂，子毓總算回到家，他這才放下懸掛的心。

二八事件發生至今，社會上始終籠罩在恐懼的陰影當中，軍警持續搜捕有叛亂嫌疑的人犯，他變得有些神經質，深怕哪一個孩子出了家門，會像子慶那樣就回不來了，所以子豪原本在屏東農業職業學校就讀，在這種風吹草動的氛圍下，實在不放心他日日遠赴屏東市上學，索性就讓他留在家中了，跟著他二兄學習生意；子暄在由初級農業學校改制的第三初級中學讀書，雖然學校就在萬丹街頭，孩子每天一出門，他就掛念到他放學進門。

另一方面，他也聽鳳如說子毓拒絕相親，她一心要把兒子留在身邊，但他也擔心她把子毓逼急了，這個囝仔會做出他和鳳如都不願意面對的決定。

父子面對面，他委婉地幫鳳如解釋道：「婚姻是人生的基石，恁卡桑也是希望你安定落來，更加希望你擔起傳宗接代的責任。」

子毓憤慨答說：「社會混亂，人心不安，婚姻若會當使人安定，兄樣就𣍐來慘死……」

其昌宛如驚弓之鳥，慌忙制止道：「這種話，你千萬不可在外頭議論……子毓，咱安分守己做生理賺錢就好……」

面對多桑的退縮改變，子毓無奈的心情隱含悲憐，兄長的死，讓這個家庭，以及每個人的內心，都起了劇烈變化。

既然許多話題都成了禁忌，也時刻擔心隔牆有耳無端招禍，那就順從多桑的意思，單純談論生意就好。

於是子毓拿出公事包內的各種單據，開始和父親核對漁獲拍賣帳目；處理著一條條帳面上的數目字，其昌內心也才感到穩定、踏實。

夜深了，帳目也抓清楚了，當子毓起身收拾帳簿時，其昌沉吟著說出：「子毓，我看——以後掠數目的代誌，你和恁大嫂來做，數簿我直接過目就好。」

子毓一愣：「多桑，這是為啥物？」

其昌微帶感傷笑笑，沉沉道：「我老了，毋知佗一日就要蒙主寵召，安息在主懷……」

「歐多桑！……」

他反而撫慰道：「子毓，你莫驚惶，有生就有死，早慢，你總要送我最後一程——其實，會當平安順遂給序細為我送終，我今仔深深感覺，這是人生莫大的幸福……」

多桑話中的意思，令子毓不禁也轉為感傷，靜靜聽著他往下說道：「有一日，我回到天國了，恁兄弟攏會各自獨立，恁大兄先一步回到主懷，恁兄嫂孤單一人帶著妙恩，我的想法是，日後要將家產析為五份，伊這房長子長孫分雙份——子毓，你嬒反對乎？」

「這真公平！我怎會反對？」

欣慰地點點頭，又說：「你一向對人有量，何況還有和子慶的兄弟情分……恁兄嫂和妙恩，寡母孤女，俺一定要扶持伊們，你要幫助恁兄嫂了解厝內的事業，學習會計、管理的實務，以後各自分呷了，伊才有能力掌管自己的家庭。」

原來，多桑已經在為大嫂和妙恩的將來擘畫，這是他無可推辭的責任啊！

他完全承擔了下來：「多桑你放心，明仔日起，各種事務我會開始帶領大嫂了解。」

子毓開始引領他的兄嫂走出家門。

走出那兩扇朱紅色大門，自己就不再只是個居家女子，玉茗不得不擦乾原本終日濡濕的雙眸，放眼這個陌生的社會百態，開始用心接觸和學習，幸好，總有小叔從旁扶持。

兩人一起去東港魚市場處理漁獲，曙光剛現，一艘艘漁船就已經停靠港邊，子毓對玉茗解釋漁船黃昏出航，經過一夜的捕撈，凌晨天色未明就趕著回航，以便早市將漁獲賣出。

「歸暝掠漁？毋就攏無睏？」

「這就是討海人的生活。」

漁船隨著海水搖搖擺擺，她看著都有些眼花，一夜沒有歇息的漁工卻依然俐落地從船上卸下漁獲。

她感嘆道：「這些漁工實在真辛苦。」

子毓只是笑笑：「半暝仔妳就跟著我出門，趕來赴早市賣魚，毋是也足辛苦？這就是生活。」

他說得平淡，玉茗卻心頭一怦，這種討生活的方式，自己以前不曾想像過，而小叔不也長期負笈在外讀書，什麼時候，他開始熟悉並且習慣這是生活的一部分？

漁工把船上的漁獲卸岸後，就在港邊就地排列待價而沽，有若干魚販穿梭其中，對她來說，這也是全然陌生而奇異的景象。

靜靜看著正和船長交頭接耳討論賣價的小叔，他腳旁就躺著一尾又一尾成列的漁獲，討海人的辛苦就刻在船長風霜的臉龐，和子毓白淨斯文的模樣形成強烈的對比，玉茗覺得他很像從天上降到人間；而周遭一雙雙偷偷打量著她的眼睛，想來，自己跟整個環境也顯得格格不入吧？

想驅除被隔離的感覺，原本子毓要她站在較遠處觀看就好，玉茗一邊留意著鞋下血水交雜的濕滑地板，一邊緩緩走近子毓和船長，撲鼻而來的濃烈漁腥味，讓她幾乎作嘔。

子毓回頭關心道：「大嫂，魚仔味真臭臊，妳徛在較遠的所在就好。」

她矜持一笑，強忍反胃的不適，並沒有打算退卻。

自從子毓開始教導她接觸家中事業以及會計實務，她就了解歐多桑的用意，她是子慶的未亡人，日後要代他撐起這一房，自己一定要開始學習人間生計。

子毓無奈，但也不勉強她，漁市場是一個典型弱肉強食的地方，而玉茗就好像從天上掉落凡塵的仙子，初次品嘗人間煙火的怯伶伶模樣，怪不得會引來眾多驚奇的眼光；他不曉得，玉茗看他，也有相同的感覺。

玉茗指著他腳旁黑亮濕滑的漁獲，問道：「二叔仔，這是啥物魚？」

「喔！這是黑甕串，日本人還未撤退時，上愛用來做沙西米。」

船長感嘆道：「台灣人毋愛呷沙西米，價錢佮以早獪當比並。」

子毓解釋道：「俺有遠洋漁船在日本海抓黃鰭鮪，就是串仔魚，有時也會抓著黑甕串，就近在日本的港口卸貨拍賣，會當賣著比台灣較好的價數。」

玉茗仔細看仔細聽，用心學習，也驚嘆道：「二叔仔，你學法律的，怎會漁業也這呢清楚？」

「這要感謝張船長，不時牽教指導，自己也要加吸收一寡仔知識。」

她脫口而出：「你哪可能有興趣？……」

他迅速回答道：「這無關興趣，是責任，既然是厝內的事業，總要有人做。」

玉茗曉得自己失言了，也才明白，子毓為了撐起這個家，做了很大的犧牲，若不是子慶亡故，怎需他拋下日本的學業……

強忍衝眶的淚意，子慶未竟的職責她不得逃避，更不能推諉，這不僅是為日後著想，身為長嫂，她也要堅忍學習，承擔自己在家庭中應該承擔的責任。

子毓要去萬巒山上視察伐木場，原本顧慮山路崎嶇難走，意欲先送她返家，玉茗堅持同行。

領班派貨車下來接他們，山路曲折顛簸，又忽而陡坡忽而急轉，貨車宛如在跳曼波，才不多久，玉茗就暈車停在路邊嘔吐了，子毓不忍，要司機原路折回，她以手帕拭淨臉面後，還是堅持上山，他看到了她荏弱外表下倔強的一面。

為了分散她的注意力，車過滿山蔥蘢，子毓開始指說這棵是油桐樹；那株是桃花心木。山烏鶖的嘴喙好像點了胭脂；樹鵲成群炫耀宛如燕尾服的長尾巴；啄木鳥一身的翠綠還嫌不夠美，又戴著一頂紅帽子才時髦。

隨著子毓一路指指點點，玉茗目不暇接，也讓她暫時忘了暈車之苦。

她突然驚呼一聲，自己指向蒼翠的雜樹林間一棵金黃色的樹木，在冬日暖陽下煜煜生輝，以日語道：「那不是東京之樹？」

子毓也看到了，那是一棵銀杏，也以日語問道：「嫂嫂喜歡銀杏樹？那去過『青山通』的銀杏樹大道嗎？那裡金黃色的濃蔭遮斷了天空。」

「我都去東京驛附近看銀杏樹，那裡還可以聽見火車聲，想像我父樣帶我回台灣時，火車會一路穿行抵達台南驛。」

原來是思鄉的心情，這勾起了他的回憶：「在日本的前一、兩年我也很想家，我會一個人去坐在不忍池默想，小時候多桑帶我們幾個孩子去屏東公園的情景。」

「不忍池的冬季太蕭瑟，如果想家，那會讓人落淚，倒是春天櫻吹雪，池水飄盪著白色花瓣，很美。」

都曾在日本求學的共同記憶，讓兩個人的話匣子打開了，頭一遭，不是家務事也不是生意經，兩個人心無罣礙地以日語熱烈談論著熟稔的日本，以及求學過程的點點滴滴，一段少男少女的青春記憶，璀璨如一樹金黃的銀杏。

突然一台滿載木材下坡的牛車迎面衝衝撞撞而來，玉茗、子毓同時一驚斷了話題，司機早已快手快腳地把貨車斜進路邊草叢，還不忘對牛車主人招呼道：「陳仔，你的車擋仔在出煙了！」跟在牛車旁的主人下死勁拉住煞車把手，安在牛車輪的煞車木頭，因為過度摩擦真的在冒煙，還有燒焦的氣味，玉茗又是一嚇，牛車主人卻只是笑笑回答道：「哪有法度，歸車的木材，落崎無按呢擋，反車愈慘！」

雖然山路狹窄，貨車和牛車就順利錯車過去了。

玉茗也自日本的山容水意回過神來，重新落在這片山林有各式人等在討生活的現實中。

司機重新開往山上，自由自在交會於過往也轉瞬消滅，叔、嫂兩人又恢復拘謹的神色。

快接近工作站時，玉茗在車上就看到了不遠處山坡，有若干工人肩背橫著鋸下來的樹幹，一路扛下來，樹幹很長，工人們絡繹相接卻可以不相互碰撞，她不得不讚嘆每個人討生活的本事。

子毓避免洩漏地以日語為玉茗說明道：「這個伐木場才海拔五、六百公尺，專門處理相思林，木材會運到山下製炭；我們真正值錢的原木，是在高山上的伐木場，不過工作的危險性很高，不管原木鋸倒的方向，還是用牛車拖運下來，都要很注意，一個處理不好會出人命……」子毓看著前方突然大叫：「運將！運將！你停車了！」

司機緊急煞車，子毓匆匆下車去，玉茗也看見了，一個約莫十二、三歲的男童，竟然肩背上也扛了一根樹幹！

玉茗吃驚不已，也慌忙下車來，雖然男童雙肩所負荷的樹幹，比大人扛的細瘦許多，但也夠他一路歪歪扭扭、踉踉蹌蹌了。

工作站的領班才匆匆迎過來，子毓迫不及待就出聲斥責了：「林桑！你怎僱用童工？」一邊跑過去要接過男童肩背上的負荷，誰知男童竟然雙臂緊緊攀住樹幹不肯放手，還以山地話爭嚷不休，子毓錯愕。

領班也趕了過來，趕緊把樹幹扛過來，這次男童沒有抗拒，只是一邊跟著領班快走，一邊繼續抗辯著甚麼。

領班一聲不吭，快步把樹幹扛回工作站，卸下來，跟一小堆樹幹放一起，男童猶纏著他呶呶不休，子毓和玉茗也趕過來了。

子毓指著男童問道：「伊在講啥？」

領班嚥了一口口水，困難說出：「伊講伊有氣力扛材，拜託我繼續給伊做。」

「我不准！伊只是一個囝仔，做這呢粗重危險的工作，萬一……」

一個中年加禮婆扛著樹幹喘兮兮趕至，打斷了子毓。

才卸下肩背的重擔，加禮婆還來不及喘氣，對著子毓一直鞠躬懇求，嘴裡咕咕噥噥日語、番語交雜說個不停，子毓聽得十分吃力。

才回頭要問領班，領班已經自動翻譯道：「伊翁就是高砂義勇軍的軍伕，被日本調去南洋參加戰爭，雖然戰爭結束了，毋過伊翁無轉來台灣，生或死，無消無息，留五個囝仔，伊和伊的長子要賺錢飼家，求你給伊們繼續做工作。」

子毓完全愣住了，這些被日本送去海外戰場當炮灰的高山族！

玉茗忍不住插話道：「當然會給伊繼續做，毋過伊的囝仔還少歲……」

領班指著各自成堆的樹幹，無奈解釋道：「因為工人的工資，是照一天扛落來的木材秤重算的，伊們自己的腳手愈多，就會當加賺一寡仔錢。」

玉茗無言，為之憫然。

「我是因為同情……」領班又嚥了口口水，也不敢再擅自作主：「少頭家，這個囝仔——是不是要叫伊轉去，以後莫再來做了？」

子毓遲疑地看了看那對番人母子，他倆緊緊相偎，圓睜驚懼而無辜的眼眸求饒般看著他，好似刀口下的羔羊，他張開嘴，卻發不出指示。

行事向來果斷的子毓，玉茗頭一遭看見他的猶豫，不禁感嘆，理想和現實之間著實讓人左右為難。

跟著子毓走出李家大門內的世界，接觸了大門外的眾生百態，逐漸曉識世道艱難，原來，自己的遭遇並不是最不幸的。

叔、嫂兩人，日時在外頭忙著處理業務；夜晚也不得清閒，往往飯桌一撤，子毓就在大廳燈下教導玉茗如何記帳、對帳，他在扛起家中事業後才開始摸算盤，不如多桑純熟，不過也可以教導她如何利用算盤加減乘除了。

有時子豪、子暄會好奇跑來看看，子暄還好玩地撥弄算盤的算珠，子毓總是趁機對他倆說：「恁兩個也要學，以後這是恁的責任了。」

子暄咋咋舌；子豪則興趣勃勃，跟著問東問西。

有時鳳如抱著妙恩來轉個一圈，怕孩子讓玉茗分心，沒一下子又離開。

有時換其昌來關心玉茗學得怎樣了，順便提醒兩人不要太累。

等到驚覺怎麼人聲寂寂了，子毓從帳簿抬起頭來，這才發現夜已深沉。只見玉茗一臉強忍的疲憊，他不勝歉疚，她已經從白天忙到深夜了。

她淡淡一笑，回說：「和外面的人比起來，我的工作無算辛苦。」

子毓這才又驚異地發現，不知道是不是這段時日兩人時常港邊、山上跑，燈下的大嫂，看來不再那麼蒼白、嬌弱。

外頭闃黑，子毓手提一盞煤油燈走在前頭，引領著玉茗離開堂屋，穿過芒果樹林，一路回到後院的起居室。

他就停在小庭門前，把煤油燈交給了她，看著她隨著手中的燈火走入庭院，上了台階，回頭向小庭門外的他深深一鞠躬，然後回到屋內拉上紙門，他還可以看見紙門內她被燈火拉得長長的纖細身影。

帶著愉悅的心情，幫忙關好小庭門，子毓轉身離去。

一仰頭，冬末春初滿天燦爛的星光，他的心情更加朗闊，不禁張開雙臂迎著夜風，讓內心的快樂振翅翱翔，若能這樣無垢無求地相處下去，自己願意選擇留在台灣，默默守護著她，直至天荒地老……。

5. 抉擇

子慶亡故將近一年了，玉茗、子毓終於有了勇氣討論這個議題。這一天，叔、嫂兩人外頭返來，並肩繞過假山噴水池，一邊商議著要請牧師來家中為子慶做追思禮拜，卻見子豪、子暄站在水池旁，不知為了何事，正大聲爭執。

子毓出聲喝叱：「恁兩個！怎在冤家？」

兄弟倆轉過頭來看到玉茗和子毓，子豪還來不及摀住小弟的嘴，子暄已經嚷嚷起來：「二兄！三兄和我相輸，說你在佮意大嫂，是真的喔？」

子毓霎時臉容盡變……

玉茗不知道自己怎麼走回後院的，回到房內，坐在梳妝台前怔愣良久，日已偏西，晚霞襯得門外盛開的茶花紅赤赤，恰似她鏡裡的容顏。

細細回想起來，去年陷在天崩地坼的傷痛時，似乎有一對關切的眼眸，隨時留心著她；有一雙善意的手，每當她悲慟不能自已，即悄悄將妙恩抱開。

這段時日以來，子毓主動而積極地教導她學習各項事務，除了歐多桑的命令，他真的把她放在心中？想當初，誤以為要嫁的人就是他……

鏡中的玉茗，一下子褪了紅暈慘白了臉，自己怎會有這麼大膽可恥的心思？子慶魂魄未遠啊！……

晚餐桌上，少了玉茗和子毓，差下人去請，一個回說身體微恙；一個回說肚子不餓。其昌並不勉強，鳳如也只幾分奇怪，卻一眼瞥見子豪對子暄瞪眼，子暄偷覷兄長怪罪的臉色，神情沮喪。

鳳如詫異道：「恁兩個兄弟，怎在犀牛照角？」

子豪不說話；子暄則紅了眼眶。

這下，連其昌也發現兩兄弟不對勁了，微感奇怪道：「子暄，你怎樣了？」

「我講話惹大嫂和二兄生氣，伊們才會毋來呷飯……」說著，子暄淌下淚來。

其昌更加驚奇，追問道：「你囝仔人是講啥，會惹伊們這呢生氣？」

子暄畏懼地看了子豪一眼，不敢回答。

鳳如不快，轉而瞪了子豪一眼：「子暄毋敢講，就你講。」

子豪這下也畏縮推託了：「我是在和子暄滾耍笑爾爾……」

「啥物滾耍笑的話，會去牽磕恁大嫂和二兄？」其昌神情嚴肅。

「阿就……就……」子暄不得不說了：「三兄硬講二兄在佮意大嫂，我毋相信，就問二兄了……」

鳳如脫口驚呼：「有這款代誌？」

其昌來不及開口，她搶在前頭就問了：「子豪，你怎知影恁二兄在佮意大嫂？」

子豪幾分尷尬，幾分羞赧，訥訥低聲回說：「我……我就是知影啊！……」

原來是囝仔人空嘴餔舌！

鳳如更加不高興，數落道：「飯會當加呷，這種話，怎會當黑白講？」

子豪神情委屈，又不知道該怎麼解釋：「卡桑，這是一種感覺……」

她又要開口責備，其昌突然說：「子豪雖然有較莽撞，妳就莫再責怪伊了。」

鳳儀愣愣瞟了其昌一眼，又回過頭來看看子豪，這才留意到他臉頰的青春痘，唇鼻間的髭渣，胸中一怦，向來眼中還沒長大的兒子，原來已是青春少年兄，關於男女間的情愫——她沉吟不語了。

直至夫妻倆回到房內，鳳如再也按捺不住，劈頭就問：「原來你早就知影子毓在佮意玉茗？」

其昌否認：「我啥物都毋知，下暗我也是頭一擺聽子豪講起。」

「既然按呢，子豪囝仔人講囝仔話，我看你怎會親像相信的款？」

「子豪過了年也十八歲了，男女間的情愛漸漸清醒……」其昌反問道：「妳毋是也知伊講的是真毋是假，當場才會把話吞落？」

鳳如無言，子毓對玉茗的關懷，不無蛛絲馬跡可尋，只因自己深陷失去子慶的痛苦中，又想玉茗新寡，妙恩失怙，子毓和子慶一向手足情深，對她們母女難免多了幾分憐憫——如今仔細推敲，其實子毓早在無意間洩漏了他內心的真情。

但是，叔、嫂名分，子毓身受高等教育，禮教不容僭越的道理，他不懂嗎？

她哀嘆出聲：「這個子毓，實在糊塗！」

「子毓並無糊塗，伊是自己艱苦自己啊！」

其昌憐惜，終於全盤吐露：「當年子慶受傷，是伊陪我去台南與白家交陪，白家起先以為要嫁娶的對象是子毓，白長老也足佮意這個囝仔……」

鳳如更加驚訝，沒想到子慶娶玉茗彼時，還有這段曲折。

「這椿代誌，我也有坦白對子毓說明，伊表示長幼有序，當然是大兄先娶……想未到，子毓一直將玉茗放在心肝底……」

任由她做母親的一再勸說，子毓始終避談婚姻，原來，內心藏了個玉茗……

她既憂且急：「有情，也要有緣，姻緣錯過就錯過了，玉茗是嫂伊是叔，怎會當亂了倫常義理？」

「妳放心，倫常義理，子毓比啥人都還遵守，我只驚……」他欲言又止。

鳳如非要答案不可：「你驚啥？」

「有一寡仔代誌，藏在心肝底就好，一旦戳破，」其昌神情凝重說出：「子毓可能也留膾著了……」

她慌了，招架道：「我自明仔日開始就逼伊去相親，趕緊結婚，伊若對玉茗死心，自然就膾走！」

「鳳如，子毓的個性，妳也毋是全然不知，妳無愛伊去東京讀書，伊咁有放棄？日本遭受原子炸彈，伊咁有逃命？伊就是固執啊！」

「毋過伊肯放下日本的學業，代替子慶把這個家庭擔起來，伊就是有想到咱做父母的，會曉顧全大局！」

「伊替咱想，咱也要替伊想，妳要叫伊怎樣再和自己的長嫂，住在同一個瓴陘腳？」

鳳如這下心頭大亂，子慶已矣，無論如何她都要把子毓留在身邊……但是他意愛自己的長嫂，這完全不符倫常道德，傳揚出去，豈不成了鄉裡笑柄？……

她完全失了主張，一顆心就像放在火爐上翻烤，裡外盡煎熬。

鳳如睜著不寐的雙眸，多希望窗外石硯般的夜色，也能壓沉自己的眼皮。

男人實在很奇怪，其昌不也希望子毓留在家中？事情演變成這個局面，夫妻透暝商量解決之道都來不及了，其昌照常呼呼入睡，自己故意輾轉反側，唉聲嘆氣，他依舊鼾聲如雷。

實在熬受不住內、外交相煎，天色才曚曚亮，她蹭蹭蹬蹬就來到了歐巴桑的起居室。

屋內，從桌椅、洗臉台到眠床，都是上等紅檜木手工精細打造的，隨著歲月散發亙古的幽香，陳繻正讀著聖經，絲絲晨曦從雕花鏤空的窗櫺篩透進來，灑在她梳理整齊的髮髻上，透出一股寧謐而清明的光輝。

鳳如紊亂如麻的心緒，彷彿也抓到了抽絲剝繭的一線希望，忍不住就掉下淚來了。

面對啜泣不止的孫媳婦，李老太太闔上聖經，安慰道：「莫哭！莫哭！子毓是巧巧人，上帝也自有安排。」

鳳如一愣：「歐巴桑，妳知影子毓發生的代誌了乎？」

李老太太慈祥一笑，道：「咱查某人的天地就是家庭囝孫，妳一向也真好強，會當惹到妳啼哭淋淚的，除了子毓，還有啥人？」

歐巴桑的睿智，鳳如真是心服口服了。

一口氣把子毓戀上長嫂的不倫說了出來，一併托出內心的恐懼和苦楚：「這種代誌若傳揚出去，一定會被人批評是敗壞風俗，毋過我若反對，恐怕子毓就留艙著了……」

陳繻神態安然，緩緩說道：「新例無設，古例無滅，叔娶嫂，舊約聖經早有記載，摩西還制定為律法。」

鳳如一下子張口無言，訥訥半晌，到底無法認同：「毋過，歐巴桑，俺本地的風俗畢竟無相同。」

「俺是耶和華的子民，應該聽從聖經箴言，鳳如，恁外家是拏香拜拜的，難免妳也有一寡仔世俗人的想法，才會生出真多無必要的煩惱。」

歐巴桑一番開導，鳳如聽進耳內，但當初是「嫁雞綴雞飛；嫁狗綴狗走」，嫁入這個家庭才改為信奉上帝，本身的觀念根深柢固，心情也更加矛盾，不知道該不該接受子毓愛戀長嫂的事實。

左思右想、躊躇徬徨之際，子毓竟然先來找她了。

開口就是：「卡桑，我的學業耽誤足久了，應該回轉日本繼續讀冊。」

她最擔心的事發生了！

慌慌張張問道：「恁多桑咁知影你要轉去日本？」

子毓點點頭，回說：「我先跟多桑講過，伊也同意了。」

其昌！你不為自己想也要為我想啊！

鳳如哀哀叫出聲：「子毓，恁多桑糊塗，你膾使也毋知天地幾斤重，這個家庭正需要你，你哪通講走就走？」

「卡桑，子豪成人了，目色利反應俐落，真有做生理的頭腦，伊有能力把厝內的事業擔起來；大嫂內外的工作也漸漸熟手，一定會愈做愈好，妳放心就是了。」

既然他提起玉茗了，鳳如痛下決心說出口：「子毓，你和恁大嫂……卡桑無要反對了……」

沒想到，子毓一下子鐵青了臉，直接斬斷她的話：「卡桑！妳莫再講了！」

她但求子毓莫走：「只要你留落來，卡桑啥攏答應你……」

「妳莫逼我，這是無可能的代誌！」

「怎會無可能？你明明意愛玉茗……」

子毓終於失控，吼道：「卡桑！兄樣新死，我就妄想自己的長嫂，這是禽獸的行為啊！」

鳳如愣住了，看著不輕易流露內心情緒的子毓紅了眼眶，曉得自己錯著了這步棋，兀自先流下了眼淚。

子慶的追思禮拜舉行過後，子毓就開始準備回日本的事宜了。

隨著子毓去日本的時日逼近，鳳如吃不下、睡不著，頭痛，心更痛，又不知如何才能改變他的決定。

其昌私下苦勸，她一句也聽不進去，反而責怪他說：「囝兒是阮查某人拆腹肚腸生落來的，恁查埔人根本毋知疼，莫講這個家需要伊，我已經失去我的長男，若再任由子毓遠走日本，伊的安危，啥人要照顧？我干仔牽腸掛肚就無法度過日了！」

喪失骨肉，到底是做父親的還是做母親的比較痛，其昌不想跟她做情緒性的爭論，只是苦澀提醒道：「我早跟妳講過了，子毓的心事，一旦戳破，伊們兄嫂、小叔哪有可能再面對面生活？」

這是因為子毓覺得對不起子慶，如果玉茗願意主動留他，局面是不是就有翻轉的餘地？

這個玉茗！內心深處，一直對她難捨怨懟，變亂彼時，自己苦心叮嚀，她若肯遵從囑咐，攔阻子慶出門開會，是不是他就不會慘死？……

如今，又為了她，子毓要離家遠去！

經過子慶的事，兩個人都受盡失去至親、至愛的椎心之痛，只盼玉茗能夠將心比心，了解她做母親的苦情。

瞞著其昌和子毓，鳳如想再下一次險棋。

玉茗因為心有異樣，人變得更加敏感，早就捕捉到家中隱諱的氣氛，也約略聽聞子毓要再回東瀛，整個人迷惘了起來。

為什麼，子毓這時候要回日本？到底，跟她有關無關？

如果有關係，是因為子暄無意間的嚷嚷，讓他想要離家遠去，避免叔、嫂同處一屋簷下，無端生出是非？

如果沒有關係，純粹是想要繼續未竟的學業，那所有的揣想，都只是子豪孩子氣的臆測？

不管有關，或無關，子毓對她，應該是無心也無意，自己也不必再胡思亂想。

只是，如今他是家裡的中流砥柱，公、婆二人會放手任他遠颺嗎？……

然後，歐卡桑來了，兩人面對面，看著門外庭園盛開的茶花，當時子慶指揮園丁種花的情景，宛然還鑲嵌在眼瞳。

「彼時子慶叫人種花，囝仔還在妳的腹肚底；今日花開滿庭，妙恩已經失去了老父……」

隨著鳳如哽咽失聲，玉茗已然淚水盈眶，婆媳倆，相對噓唏，久久不能自已。

想到來找玉茗的用意，勉強壓下感傷，鳳如拭了拭眼眶淚水，才又接下去說道：「玉茗，子慶已經無去了，毋過妳青春守寡，妙恩紅紅幼幼，未來的日子還久久長長……」

歐卡桑突然說出這些話來，玉茗不知道如何回應，只是愣愣看著她。

「古早人講，別人的父膾疼別人的囝，毋過子毓無同，伊和子慶兄弟情分真深，一定會好好疼惜妙恩；毋過妙恩伊查某囡仔人，大漢總是要嫁人，〈創世紀〉有小叔娶寡嫂，為兄哥生囝立後的記載……玉茗，阿妳的意思……」

玉茗恍然明白來意，神色一凜，叫了聲：「歐卡桑，妳是以家長的立場來命令我？」

玉茗反問回來的話既尖且利，兒女的婚姻聽從的是父母之命，她再怎麼強勢，畢竟只是婆婆的身分，捫心自問，實在無權指定新婦再婚的對象。

只能溫言勸道：「玉茗，俺是軟餌查某，又拖了一個妙恩，總要有查埔人來倚靠……」

「我自己有能力撫養妙恩大漢！」

「我想要把子毓留下，也想要子毓為伊的兄哥傳後嗣……」

「小叔仔已經為這個家庭足付出了，也真照顧我和妙恩，伊無這個義務也無這個責任做這種犧牲！」

「假使，子毓也對妳有意愛咧？」

玉茗心頭一震，但是也不應該由歐卡桑來傳達啊！何況——

「伊已經選擇轉去日本了！」

「妳留伊啊！我也聽講，當初恁家以為妳要嫁的人是子毓……」

玉茗臉色盡變，因為激動身軀還止不住微顫，鄭重道：「我𣍐後悔嫁給子慶，伊一生的愛給我和妙恩了；子毓要轉去日本讀冊，伊的意思也表明了。」

「其實子毓伊……」

「歐卡桑，子毓有伊的選擇，我有我的選擇，兩個人的立場攏真清楚了。」

「玉茗！妳也作人的老母了，真正𣍐當體諒我的心情？」

玉茗慚惶，跪在榻榻米上向鳳如搗頭如蒜：「歐卡桑！失禮啦！失禮啦！」

鳳如卻只見她鐵石心腸、紋風不動！

怒氣陡然上升，質問道：「妳到底在堅持啥？」

「歐卡桑，我對不起妳，毋過這是小叔仔的婚姻大事，我也有我做人的原則和……」

不管子毓的出走跟她有關無關，子慶的死，她一生愧對歐卡桑，重話怎說得出口？玉茗把「尊嚴」兩字吞落，豎立在心田。

鳳如真的動怒了，往事一樁樁，當初有孕在身，她堅持要在庭院栽種花苗；苦苦交代她看住子慶，她偏偏縱放……這個不馴的新婦！看來，這樁婚姻，她也不會聽從她的安排……只是更加累積自己心頭的不滿和怨懟……

鳳如起身就走。

看著歐卡桑彷彿怒火焚燒的背影，玉茗長跪哭倒。

撐著甩開小庭門走出來，鳳如再也抵擋不住湧眶的心酸，棋局已定，她滿盤皆輸，子毓留不住了。

淚眼向著春陰的天空，從嫁入李家之後，她就跟著其昌一心遵奉上帝為唯一的真神，卻落得長子慘死、次子遠別，她如何再繼續依賴一尊神祇？

子毓返回東瀛已成定局，玉茗也苦盼他成行的日子趕緊來臨，好結束這一切的混亂。歐卡桑突然想強行撮合她和子毓的婚姻，莫說難堪錯愕，連之前對子毓的一絲絲綺思麗想，也織成了罪惡和羞恥的羅網，緊緊攫抓了她。

對婚姻，自己哪還有企求？雖然陰錯陽差和子慶結為夫妻，何其有幸，領受了他對自己全然的愛，即使他形體不再，她此生刻骨銘心。

第一次可以奉父母之命，往後的人生路，她要自己作主，無愛，沒有尊嚴，她就寧可守著對子慶的記憶……

子毓臨去日本前，來跟她辭行，叔、嫂再次面對面，共赴漁港、林場的親近信賴已杳，代之以生疏和尷尬。

子毓的眼睛落在紙門外的茶花樹叢說話：「我轉去日本了後，多桑和卡桑就拜託大嫂妳照顧了，妳和妙恩也要珍重。」

她點點頭，深深鞠躬回禮道：「感謝你進前的牽教，你自己在日本，也要保重身體。」

直到子毓下玄關離去，他幾乎沒有跟她正眼相對，神情慚惶侷促，也是被長輩強迫的無奈和難堪吧？

目送他走過花園出了小庭門，終至消失了身影，玉茗再也禁忍不住，眼淚墜落紛紛，或許，這就是最好的結局，隨著他的遠颺，叔、嫂同處一屋簷下的窘境也跟著風逝。

而自己的淚滴，就像清晨枝葉上的露珠，朝日一出，化為輕霧散逸空氣中，不留痕跡。

此後，玉茗就很少再哭泣，隨著歐卡桑主持家務，跟著歐多桑學習經濟，和子豪一起處理生意，開始稱職地扮演長媳的角色，她明白而且必須去承擔，這就是生活的面貌。

子毓離家之前，還給雙親一個建議，紅樓長期無人居住，整排的營房也一直空著，中國兵四處霸占民房，難保不再發生類似阿仁的事端，不如對外租給百姓。

鳳如反對：「俺李家自清朝到日本時代，毋是官廳就是兵營，今仔雖然無同朝代了，哪有淪落到給外口的百姓住入來濫雜的道理？也對不起開基立業的祖先。」

「卡桑，時代在改變，而且變得真險惡，啥物時陣要發生啥物代誌，俺兩片大門關起來也無法度抵擋，若租給民間去住，加一寡仔人氣，也會當減少麻煩。」

長時間籠罩在不安當中的其昌，子毓的構想，他聽進心坎去了。

子毓遠走日本之後，不顧鳳如反對，他真的把原先一間間的營房，對外開放租給一般人家住；也歡迎團體或機關長期租住三棧紅樓。

消息一傳開，鄉人莫不感嘆：「一代興，二代賢，三代落輪」，看來「大營」李家開始沒落了。

李其昌不管鄉裡頭的風言風語，以不高出外面行情的租金招攬租賃者，唯一的條件就是不能置放祖先牌位，或敬拜偶像。

二八事件時曾躲入「大營」避禍的石道存老師，帶著家人最先入住，陸陸續續，有做裁縫的、造煤球的……原本空置的營房，真的一戶戶人家搬了進來，連孤家寡人的卜正，擔心住在外頭不安全，也捨棄原先比較便宜的單身漢租處；最後住進來的，是林伯仲和他那逃難來台不久的牽手阿葉。

原本瀰漫著荒蕪頹圮氣息的營區，頓時生意盎然起來，加上貓叫、狗吠、雞啼，日時像個熱鬧的大雜院，晚來也人聲依稀，燈火微微，從圍牆看進來，「大營」不再那麼陰森恐怖。

不過三棧紅樓因為傳聞鬧鬼一直乏人問津，於是提供給教會神職人員使用。但人來人去，都沒有長居久住過，外頭也探聽不出真正的原因，阿凸仔的上帝鬥不過日本鬼，連神職人員都被掃地出門的傳聞，也就更加熾盛，「大營」始終籠罩著一層神祕的迷霧。

第三樂章

1. 掙活

「大營」出租的營區房舍呈L型，戶戶相連，大家共用一個院落，女人出來晾衣服、曬菜脯，造煤球的施忠他牽手土妹就在埕前曬煤球，石道存老師的太太淑文為了貼補家用，也在庭院角落圈地養雞，大家見面不免閒話家常；男人傍晚過後，也喜歡搬張籐椅或竹凳出來乘涼，鄰居嘛總會寒暄交談。

時間一久，不管甚麼身分或職業，講起話來南腔北調，大家熟稔了起來，加上都是出外人，也會相互照應。

這些鄰居，聽聞伯仲和他的牽手阿葉在台灣重逢的經過，個個稱奇，簡直是現代傳奇或戲台上的戲文。

阿葉說，老家有兩派軍人一天到晚在相戰，誰跟誰打她也弄不清楚，反正這些兵仔在村莊能拿的能搶的絕不放過，哪一派都一樣，連田野的蛇、鼠都被他們抓光吃盡，她只能刨土裡的樹根充飢，再不逃出來只有餓死一條路。

問她一個婦人家怎能從福建的深山林內，一路渡海尋夫來到台灣尾，長得瘦瘦小小的阿葉，一臉沒甚麼的神情回答說：「阮有一個親族萬源也來台灣討呷，伊轉去故鄉曾佮我講過，台灣鼻屎大，我就來了，路在嘴裡，船在基隆靠岸，我就沿路問沿路行，才行一個月就來到萬丹，也順利找到阮伯仲了。」

她說得輕鬆，但這不是傳奇或戲文，而是現實人生離亂人世，眾人都說，就是靠阿葉那雙特別大的赤腳，才能走出夫妻倆在他鄉異地重逢團聚的幸運。

伯仲聽到了只能苦笑，真的是「啞口壓死囝」，有苦也難言。

阿葉靠著一雙大赤腳從基隆走到萬丹，他也因為各個村莊補破鼎，四處有人知道他這個福建來的外鄉人，竟然就讓她一路問到了他的租屋處。

夫妻乍然在打鐵舖相逢，他一時還以為在作夢，直到回過神來，確定自己只看到阿葉單身一人。

詫異問道：「怎會只有妳一個人，惠玉咧？」

「伊嘜，我本來有把伊帶出來……」

阿葉話有蹊蹺，他急著見到惠玉：「囝仔在佗位？」

「船頭家看惠玉生得古錐，就叫我把囝仔分伊，伊免費送我來台灣，包我在船底的呷食，還給我一寡仔路費。」

他根本不敢相信自己的耳朵：「妳把惠玉分人，自己一個人來台灣？」

阿葉一臉的無辜：「你偌久無寄錢轉去了，兵仔又一天到晚在相刣，我一個查某人無依無靠，要怎樣照顧那個囝仔，好佳在拄著好心的船頭家，若無，我和惠玉也是活活餓死。」

自己辛辛苦苦渡海來台灣，無論遭遇任何困難，內心想的就是在家鄉的她和惠玉，忍飢挨餓甚至幾度差些沒命，也是懷抱著將來能夠給她們母女溫飽的一絲希望繼續打拚，完全無法想像，阿葉做母親的，怎忍心賣掉親生骨肉？

本身也是養女的阿葉倒是看得開，如果她餓死了，難道惠玉就能獨活？看那船頭家是有一些粒積的人，惠玉能夠讓他收養，總比跟著她好多了，而且她冒險逃來台灣，也還不知道能不能找到他，自身難保，如何再拖著一個囝仔庀？

兩個人的想法南轅北轍，他始終不能接受她賣女求活的做法，每當夫妻間發生爭吵，就吼她說：「獅仔嘴！獅仔嘴！連自己的查某囝都呷到無身屍！」

阿葉悻悻然反唇相稽道：「你時常無米給我落鼎，若再加一個惠玉，我毋就真的要把伊煮來呷？」

於是，口角就演變成全武行了，阿葉時常被打到叫救命，從後頭的草厝逃到前面的打鐵鋪。

阿火師夫婦勸架的次數一多，也開始煩了，而且店裡頭爐火熊熊，打鐵的火花四射，阿葉這樣東突西竄實在太危險，於是就叫他們搬家了。

搬進「大營」之後，伯仲和阿葉還是吵吵鬧鬧，鄰居起先會出來勸架，後來對他們那一戶傳出的爭吵聲，逐漸聽而不聞，「翁婆翁婆，床頭打床尾和」，瞧！阿葉的肚子不是一天一天大了？

隔年，阿葉順利生下她和伯仲在台灣的第一個小孩，而且還是兒子，夫妻倆歡天喜地，林家香火有傳了。

兒子天生嬌貴，日哭夜啼，擾得大家不得安寧，還好鄰居都不計較，做裁縫的家有高齡老阿嬤，還拿了桂花枝、柑葉、三塊小石過來給阿葉，教她放在澡盆為兒子洗浴，說是可以安囝仔神；還教伯仲要取個賤名對沖一下，日後囝仔才會好育飼。

老大人的智慧，伯仲緊記在心，去區公所報戶口時，隨口就對戶政課的卜正說：「這個囝仔，每日都吱吱叫哭膾煞，就叫連吱好了。」

卜正：「啊？」了一聲。

隨著大陸戰事吃緊，陸陸續續有政府機關攜帶軍民先撤退來台灣，卜正也在逃難潮中，據他說，家中七仙女只有他一個男丁，父母變賣家產，好不容易才把他送上撤退的船艦。兵荒馬亂之際，加上認識的字也不多，沒能如願去學校教書，不過被安插來坐辦公桌，每個月可以領公家的薪水和配給，還是羨煞苦到不行的伯仲，悔恨自己太早來台灣，如果撐到現在才跟隨政府撤退，就可以受到不一樣的照顧了。

雖然大家是鄰居，但是伯仲的閩南話，碰上卜正的湖南腔，還是雞同鴨講，後來卜正總算聽懂了一個「ㄍㄧ」字，突然想起本地的小孩常指著天空飛掠而過的軍機，大喊「飛連ㄍㄧ！飛連ㄍㄧ！」，他剛好又會寫飛機的「機」字，這個字筆畫多實在不簡單，他帶著炫燿的心情寫下了「林連機」這個名字，拿給伯仲看，心想，不枉你們這些鄰居尊稱我一聲卜先生。

伯仲要的是「吱」不是「機」，可是卜先生不論大小橫直就是衙門裡的官爺，得罪不起，他不敢把正確的字寫給他看。

於是，長子在戶籍登記上就成了「林連機」，日後這個孩子不學好，他就懊惱是名字取壞了的結果，怨嘆自己當年不該懦弱，沒有更正卜正的錯誤。

從阿葉獨自逃來台灣一直到長子落土，這一年多來生活苦到極點，伯仲也遭遇過二八事件，但是躲個幾天，風頭一過，只要勤奮節儉，他還是可以一天過一天；不像現在，鎮日惶惶不安，一家人隨時可能餓死。

市面上物資奇缺，而且狂漲的速度，即使李哪吒再世腳上裝了風火輪也追不上，大家生活本來就不好過，這下更是叫苦連天。

石道存老師是整個租住在「大營」最有學問的人，他會把報紙上的消息說給大家聽，國軍在大陸各地一直打敗仗，像阿葉這樣逃難過來的人，海嘯般一波又一波湧入這個小小的島嶼，台灣根本養活不了一下子暴增的外來人口。

物資缺乏之下，社會上普遍惜物，看似還能用的東西絕不輕易丟棄，伯仲補鼎的生意反而更好，而且還擴大經營範圍，許多人會將壞掉的農具甚至雨傘、畚箕，都拿來要求他修理看看，自從來台灣，就是學會了窮則變、變則通的本領，靠著一雙手摸索嘗試，竟然真的修好了許多物品，而且越做越熟練，看著客人雀躍地帶著原本不堪使用的器具離開，他也因為額外的收入歡喜不已。

一村走過一村，一地流過一地，辛辛苦苦工作賺錢，好不容易積存了三萬元，伯仲把錢裝入布袋揹到米店換米，老闆竟然只給了他九升米，他當場傻眼。

心有不甘下，仗著也曾幫米店補鼎彼此相識，伯仲訥訥問道：「頭家，你怎干仔給我九升，我一布袋的銀票毋值一斗米？」

米店老闆陳財微微冷笑，隨意撈起布袋內的紙鈔，說：「伯仲，你毋知影乎？這鄭成功只是空紙，還不如毛紅土紙，你若到下晡才揹來換，可能只賭八升了。」

九升米，能夠撐多久？他賺錢如龜，怎比得上貶值如飛？伯仲邁出米店的腳步，比背上的米沉重多了。

阿葉不知，看伯仲揹米返家就心花朵朵開了，淘米下鍋時簡直樂不可支，煮了一鍋又香又稠的涔糜。

伯仲勃然大怒，直罵她浪費，阿葉不理，她難得飽餐一頓，連機又在抽奶，她老是腹度空空，飢餓難耐。

但是涔糜多煮個幾餐，米甕的白米就急速變少了，加上伯仲狂罵，阿葉也心慌了起來，鍋子內的米越放越少，水越裝越多。

米甕見底時，阿葉所煮的，連稀粥都不算根本就是米湯，想要從那一鍋水舀到飯粒，一支飯勺就像在大海游過來游過去，恨得伯仲直罵：「妳這個查某人，就是無頭殼，顧前無顧後！」

這種米湯，阿葉就算喝撐了肚子，除了一直放尿根本不會飽，沒有足夠的奶水餵連機，這下連機更是日夜吱吱哭，阿葉不得已，只好也餵他喝米湯，騙騙他的胃，結果連機四肢細瘦異常，卻有一個小鼓般的肚子。

而自從上回一布袋的錢換不到一斗米之後，伯仲也學到了教訓，現在錢根本不值錢，存起來只是放著貶值，出門補鼎補雨傘，他當天或隔日返家時，索性就把賺來的錢拿去換米或鹽，能換多少算多少，阿葉要等到黃昏甚至隔天黃昏，才有一小撮米可以下鍋煮食。

伯仲心裡十分憂悶，阿葉賣了惠玉才能夠來台灣跟他團聚，他好不容易才有了連機這點血脈，可是看來他是保不住妻兒了，連他也有可能餓死。

出門四處補鼎補雨傘，需要體力，他為了多留幾口有飯粒的米湯給阿葉和連機吃，自己都處在飢餓狀態，不但走到腳軟，甚至曾經暈死在路邊。

有時生意不好，還得一路漂浪到鳳山、高雄一帶營業，隔天再往回走，這其間，他也不會花錢買塊路邊攤烤得香噴噴的大餅充飢。

夜晚借宿在廟裡，廟公有時會施捨一糰飯庀，或半碗稀粥，如果什麼都沒就只能喝水填肚，夜半餓到身顫吐胃酸，或嗄龜喘嗽發作時，不能撐到天明再見到阿葉和連機的恐懼就襲上了心頭。

只要能夠平安返家，還能帶回一點點米糧，在外頭所受的罪，他也就不說了。

他不說，阿葉還是感受得到生活的艱難，半夜沒有奶水餵哺孩子，連機哭，她也一直流淚，哀聲叫喚：「伯仲！伯仲！你和萬源要來這彼時，毋是講台灣錢淹腳目？」

他能說什麼？只好自嘲：「台灣錢濟到不只淹腳目，已經淹到鼻孔口，我要給錢淹死了，毋過錢毋值錢，物食照常買艙起。」

阿葉怨道：「一家人要餓死了，你還有心情滾耍笑！」

「這我比妳還清楚……我會當跟著妳和囝仔啼哭淋淚乎？……」

阿葉無言，懷中餓到扁扁的連機其實也沒多少力氣可以哭了，又軟綿綿睡著，滿心的悽惶無助，自己反而哭出聲來。

伯仲心酸，無奈，但只能硬著聲音斥責：「囝仔才哭煞，妳莫哭來亂了……」

她想要壓抑哭聲，反而抽噎不止，伯仲深嘆一口氣，這種日子，何必勉強她不哭。

突然，阿葉說了：「伯仲，若要啉泔湯攪鹽過日子，俺轉來去福建就好，至少人親，土親。」

「現此時啥時勢，由著妳要來就來、要走就走喔？我聽對面的老師講，船隻由台灣運歸船的米、糖或鹽過去大陸，根本無空船載人，船隻再由大陸運人過來。物資，只出無入；人口，只入無出，俺要怎樣轉去唐山？」

阿葉還是盼望著：「要到啥時陣才會有船班？」

他也只能空口安慰：「等啦！就是等，等候時機……」

「……」欲言又止，還是嚅嚅囁囁問出口：「萬一，還未等著船班回轉故鄉，俺一家人就先枵死在台灣了……」

伯仲心頭痙攣了一下，這是他一向說不出口的恐懼，只怕，就要成真……

挺了挺單薄的胸膛，擔起這個家是他男人命定的責任，他對阿葉保證道：「妳放心，除非我先死，若還有一口氣，我艙目睭金金看妳和連機餓死。」

2. 變革

面對飛漲的物價，民間普遍過著苦日子，伯仲一家人在飢餓中掙扎到六月，突如其來的大地震：政府要發行新台幣，舊台幣四萬換一元。

民間一陣天搖地動，事關身家財產，「大營」內的住戶也議論紛紛，不知這對自己有利或有害，不自覺就群聚到石道存家門口了，但搶著出來發言的是卜正。

「這是政府的德政，都是為了人民，物價越來越高，這叫通貨膨脹，大家生活都不好過，政府這次幣制改革，就可以讓物價穩定下來。」

石道存不以為然回應道：「政府在大陸也幣制改革啊！法幣變成金圓券，越改越貶值；再說，台灣的通貨膨脹也沒大陸那麼嚴重，台幣剛發行那時，一升米大約兩角，現在四千多元，就算這三年貶了兩萬多倍，也沒有四萬換一元的道理。」

兩個外省人抬槓，石道存台灣剛光復就過來，又在本地娶了太太生了小孩，他的話大家似乎比較認同。

卜正年輕，又在地方政府機關工作，不喜歡石道存搶了鋒頭，更不贊同他當老師的帶頭質疑政府的改革，以半帶恐嚇的語氣說了一段話，他濃濃的鄉音實在不容易聽懂，還是得靠已經略通台語的石道存翻譯給大家聽：「四萬換一元，是政府一定要貫徹的政策，而且規定年底之前，大家要去銀行兌換完畢，你們不趕快去，到時候所有的錢都變成廢紙！」

眾人一陣騷動，半信半疑的人轉而問石老師，卜先生說的，是真的嗎？

石道存無言，但點了點頭，大家的情緒轉為恐慌，卜正露出一抹權威的笑意。

四萬舊台幣，只換一元新台幣，「大營」內最悽慘的，要算做煤球的施忠一家人了。

從日本時代就開始做煤球，兩代人辛苦攢積了一些錢財，就是盼望有一天能夠買一塊大大的地，除了蓋住家，土妹只要想到整個大埕曬滿一顆顆排列整齊的黑色煤球，夢裡也會偷笑，嫁給施忠這些年來，搬入「大營」之前，被所有的屋主嫌他們做煤球又髒又亂，不斷被趕不斷搬家的委屈心酸，也跟著煙消雲散。

其實土妹不叫土妹，她的勤儉，「大營」內的住家無人不知，每日天未光、狗未吠，就跟著施忠起床攪拌煤渣、泥土做煤球，偶而有煤渣掉落地面，她一定撿拾得乾乾淨淨一粒也捨不得浪費。

因為忙著做煤球、曬煤球，整天一張臉都是黑一塊、灰一塊，來交關的客人有時會問起，她羞澀一笑，趕緊以手擦臉：「土煤啦！面膏到的是土煤……」

美濃客家妹的台語口音，又老是一張沾著煤泥的花臉，大家開始叫她「土妹」，她欣然應答。

施忠看過二二八事件的悽慘景象，嚇到沒膽，更怕兩代人的粒積真的變成廢紙一堆，既然政府叫人民換新台幣，他哪敢遲疑，就把家裡面額不一的「鄭成功與荷蘭軍海戰圖」，以裝稻穀的麻布袋一袋一袋整理好，還去跟李家的廚娘阿拾姐借了一台手推車，將麻布袋堆疊整齊，推到銀行換「台銀總行與台灣地圖」。

土妹在家望眼欲穿，推著滿滿一車舊台幣出門的施忠，返家時卻兩手空空，土妹驚疑交加，一雙腳就追了出來：「錢咧？換轉來的錢咧？」

施忠一臉不知從何說起的奇怪神情，土妹更加著急，聲聲催促下，他這才慢吞吞自口袋掏出一疊薄薄紙鈔，正面圖案跟舊台幣一樣是孫中山的新台幣：「哪！就是這些了！」

怎麼才背面圖案不一樣，一車的舊孫中山就變作一疊的孫中山啦？兩代人的心血，她多年的辛苦……土妹舌頭一咬、白眼一翻，昏死了過去。

後來聽說土妹鬧著要自殺，她婆婆勸、罵無效，三個孩子哭、求沒用，施忠說的幾句話，卻讓生性儉吝的土妹打消了死意：「俺的家賄已經去了了，妳還要我開一條錢替妳買棺材辦喪事喔？」

聽到這段傳聞的人覺得好笑，卻笑不出來，因為每家人只要有些積蓄的，情況都差不多，一布袋又一布袋的鄭成功買不到等值的物品，固然讓人幹譙；轉眼，積蓄變成薄薄若干台銀總圖，那才真叫人欲哭無淚。

只要想到那一塊錢是用四萬元換來的，沒有人捨得花用，褲帶越勒越緊，咬著牙根儉吝過日；那些原本怕賣越多賠越多的商家，眼看市面上買氣奇差，開始急著把囤積的物資拿出來販售，所以剛換新台幣的時候，物價雖然還是很亂，後來就真的慢慢穩定了下來。

家無隔暝糧，伯仲一家人反而最不受影響，只是以前舊台幣狂貶買不起一日三市的米糧；現在換成昂貴的新台幣他根本賺不到，補三個破鍋子不值一角銀，一樣買不起米糧。

千里渡海來台的所有美夢，彷彿水中泡影終歸破滅，阿葉一直吵著要返回故鄉，伯仲斥責她：「妳賣了惠玉才來到台灣，現此時才一直亂要倒轉去！」

「以早聽人講台灣土軟，好出產好過日，今日才知影台灣是冇地，歹賺呷，有啥好留戀？死，也要死在自己的故鄉！」

伯仲感嘆不盡：「台灣原本真的是寶島，我拄仔來的時陣抱著真大、真大的希望……毋知這幾年，台灣怎會變做按呢……」

「既然這個所在無希望了，就轉來咱福建，咱已經等了又等，船班應該也通了乎？」

阿葉還在癡心妄想回轉鄉里，一直隱忍不說的伯仲，不得不把這幾天從石道存那裡聽來的，據實以對：「妳好死心了，我聽講，連大陸的頭人蔣介石都逃命來台灣了，故鄉這條路，斷了，斷了！」

「你的意思，無要轉去故鄉了？」

「毋是我無要轉去，大陸彼爿邊和台灣這爿，真的完全斷絕了……」

「我毋管啦！爬也要爬轉去！」

「佗位有路給我爬？」

「樹不離根，人不離本，你連林家的祖墓也毋管了？」

「我連自己這把骨頭，恐怕得留在台灣拍鼓了……」

「你留你的死人骨頭在台灣啦！我要轉去，我一定要轉去！」

阿葉放聲悲哭，嚎啕過後轉為幽幽啼泣，暗夜裡，聽來特別淒涼，無助。

伯仲黯然，但無心管她，完全沒有退路了，現在要想的，自己和阿葉如何帶著兒子在台灣活下去。

舊台幣四萬換新台幣一元，李家受到的衝擊反而不大，「鼎昌商號」第一代創業人李仲義兄弟，唐山過台灣白手起家，歷經政治變遷，從大清帝國的屬民一夕之間化身日本帝國的皇民，就傳下「政治不能碰、錢鈔不可靠」的家訓，所以李家代代攢積的是金磚，在換新台幣的過程，現金雖然也略有損失，以李家雄厚的財力，只傷到皮毛。

真正讓李其昌惶惶不安的是，在六月換新台幣之前，政府就已經下令要地主和佃農換約，日後租額，只能以田地全年收穫總量的千分之三百七十五為限。

自從子毓重回日本，家中掌管事業的主力，轉移到子豪身上，政府關於田租的改革，他感受深刻而且憤憤不平。

「土地是咱的，咱和農民的田租要占收成的幾成，大家講好就好，政府憑啥要管？」

二二八事件的傷痛鐫鏤在心，深怕子豪年少氣盛嘴巴招禍，其昌連忙斥止：「飯會當加呷寡，話你就減講兩句，政府是官咱是民，要怎樣佮伊們相牴？」

「伊們一紙命令，俺就要乖乖聽話喔？多桑，俺這呢濟土地，損失無法度估計！」

他怎會不知道，當年先祖留下一千多甲的土地，雖然經過兄弟分家，他這一房還擁有六百多甲的土地，日本統治之後改由會社製糖，就因為他擁有廣大的甘蔗田供應原料，加上憲兵隊的指揮所就設在「大營」內，會社社長對他禮遇有加，他李家不但得以投資製糖廠；也沒有遭受民間小農戶所哀怨的「第一憨，種甘蔗給會社磅」、「三個保正，六十斤」的種種苛扣剝削，連帶他們農場的佃農也得到較高的利潤。

國民政府來了之後，糖業不但全部隸屬公家，照樣甘蔗收成後一車車運到糖廠過磅；照樣價格、重量官方說了算；還不許蔗農吃自己種的甘蔗，抓到就罰就關。

就因為他地大產量多，糖廠官員對他還保有幾分客氣，就算承租的佃農或農場的蔗工偷甘蔗吃被逮到，他總能順利把人交保出來。

現在政府規定要減租，他所能支配的產量劇減，以後連他也會失去和糖廠周旋的憑藉。

子豪又說：「俺出土地農民出力，這是大家歡喜甘願的，田租契約怎會由政府主張，俺若毋換會按怎？」

其昌何嘗不是滿心不甘。

去社皮、公館一帶巡視「仲義寮」的甘蔗園，剛收割過的平野一望無際，這是父祖輩留下來的家業。正是黃昏時刻，往霞光燦爛的屏東方向望過去，可以看見巍然聳立的糖廠煙囪，這根煙囪，從昭和十二年就矗立在屏東的天空下，就算後來改制為製糖株式會社統一製糖，李家也還占有某些優勢，自己人來接管之後反而整碗捧去，怎麼——現在連他跟佃農打契約收租的內容，也全歸政府管啦？

越想越憤慨，怪不得民間哄傳這個政府是賊仔政府。

其昌不滿想道，反正鄉裡擁有龐大田產的地主還很多人，在地方上也都很有地位和影響力，自己不必要第一個順服，就看另外的地主作何反應再來打算。

換約一事，從「仲義寮」巡視回來後，李其昌就使出了拖字訣。

誰知，整個環境越來越嚴峻，先是全省戶口總檢查，陸陸續續傳聞各地有人被抓被關甚至被槍斃，沒個正確的消息，謠言四處流竄，人人自危。

沒多久，省主席陳誠宣布台灣全省實施戒嚴。

李其昌既震驚又迷惑，二二八事件當時，行政長官陳儀也曾在台北實施戒嚴，現在台灣又不像大陸有戰事持續進行，為什麼還需要全島戒嚴？莫非，會發生比二二八事件更嚴重的事？……

子豪和鳳如不以為然，都勸其昌不要自己嚇自己。

鳳如講了句日語：「『像針一樣小的事，不要形容得像棒子一樣大』，政府戒嚴政府的，俺只要無違反規定，照常過俺的生活。」

子豪也說：「多桑！咱艙去集會、遊行、請願，也艙三更半暝還在外口流連，戒嚴對咱並無影響，和農民換契約的代誌無同款，這咱馬上就呷虧了，政府掠咱的拳頭母撞石獅，伊當然無要無緊，疼的人是咱啊！」

鳳如也附和子豪的話，說：「就是啊！土地是俺的，平常時交甘蔗俺也是徛在農民這爿，替伊們爭取利益；官方取締伊們偷甘蔗，也是俺在出面排解。俺是這些佃農的靠山，只要約束伊們莫講出去，政府哪知俺有換契約抑無。」

鳳如就會用日本諺語數落他誇大戒嚴的嚴重性，忘了本地人說的「十嘴九尻川」，佃農人數那麼多，換約又對他們有利，不肯跟他們換，又要人家保守祕密，豈會甘願配合，只要有人心生不滿，風聲怎可能不走漏？萬一被政府逮到他們李家沒有遵循法令，又會受到怎樣的懲處？

光考慮到這裡，奇昌就惴惴不安了。

嘆了口氣，數落道：「恁會曉算膾曉除，咱有才調和糖廠濟接，也是靠這些佃農交給咱的收成，這是互相幫贊爾爾。改契約減租，現現對伊們有利，有幾個農民會去考慮，咱有損失伊們也失去靠山這款厲害關係？」

子豪年輕見識淺，鳳如是個婦道人家，整個社會則籠罩在肅殺的氣氛中，他到底要不要順從政府的減租政策？緊急時刻，也沒個真正可以商量的對象，子慶已矣，子毓遠在日本，想到這裡，其昌不禁惻然。

不久之後，省政府召集地方首長和仕紳到台北開會，萬丹地區包括區長張山鐘、區民代表主席李同益、還有許謀和他在內的幾位大地主都奉令成行。

臨行，其昌內心忐忑，政府這般大費周章，到底暗藏什麼玄機？

先去找老友許謀探聽虛實和商量對策，許謀也說，這個政府還讓人抓不透，不像日本統治時有一定的規矩法制，一切小心為要。

「我還聽講……」

「聽講啥？」

「……你莫傳揚出去，聽講這個政府在大陸會敗給共產黨，是因為失去農民的支持，所以一定會強逼咱地主把利益吐出來給農民。」

其昌不服：「既然是因為按呢，政府在大陸為啥毋做？」

「其昌，你莫戇了，在大陸，地主就是這些大官虎，哪有可能割自己的腳後肚？在台灣無同款，損失的是咱，土地愈濟損失愈大。」

這不就應了台灣一句俗語「用別人的本錢做生理」，當然可以橫衝直撞，毫不心疼。

他憤恨未已，許謀更驚人的話還在後頭：「這還毋是上慘的，聽講，共產黨就是把土地分給農民，農民才會對共產黨死忠兼換帖，我驚……」

其昌立即猜到他沒有吐出口的話，又驚又怒：「伊們敢！」

「你親目睭看三、四年了，這個政府在台灣，有甚麼代誌毋敢？」

把許謀要大家小心的看法帶回家，一切會更糟的臆測，其昌只放在胸口兀自驚疑；講出來，可能又要落得妻、兒一番誚皮。

聽完許謀的意見，子豪倒是樂觀以對：「地方人士的意見，政府總是要聽看嘜，區長張醫師的土地也赡少，伊一定會出面爭取自己的利益。」

鳳如也交代道：「事關俺的財源，你赡用得太軟餌，更加赡用得放恬恬，一定要表達反對的意見。」

其昌從來不相信民可與官鬥，子慶無端慘死就是最痛的教訓了，不過這回被召喚的人多，不是地方領袖就是有頭有臉的人物，仗著這股氣勢，或許真的可以在政府官員面前說上幾句話，來減輕損失？他一直催促自己也往好處想，許謀的揣測，應該——只是個人的揣測吧？

倚仗人多勢眾的氣勢，原本還抱著幾分期待去了一趟台北，聽了省主席陳誠的公開談話，其昌回來之後，二話不說就決定和所有的佃農換約了。

他態度丕然一變，不但出乎鳳如和子豪的意料，也不能接受。

鳳如又氣又急，跟著是一連串的追問：「恁去台北開會到底是怎樣？你恬恬攏無講話喔？區長和代表主席有出來反對否？其他的地方人士咧？」

子豪更是憤懣，內心認為多桑未免太軟弱，只是嘴巴不敢公然頂撞。

面對鳳如的質問，子豪的不滿，他不想多加解釋，別說小小萬丹區長和代表主席大氣不敢吭一聲，全省被召喚的幾乎是夾著尾巴逃回去。

只要想到陳誠臉上的神情和他說的話：「三七五減租一定要確實施行，我相信困難是有的，刁皮搗蛋不要臉的人也許有，但是我相信不要命的人總不會有。」

其昌不寒而慄。

那是隨時要抓人、殺人的威嚇——不是威嚇，二二八事件和子慶的死，已是永遠揮之不去的恐怖陰影，現在又是戶口總檢查又是戒嚴令，這個政府，擺明要人民乖乖聽話！

寧可失去萬貫家財，他再也禁不起親人的安全出任何差錯。

換約過程，子豪固然吸吸不休；換約完畢，他還是意氣不平，對政府多所批評。

其昌心煩，少年人，吃無三把蔗尾就會搭胸，不識這個政府行事的鋩角，他擔心這個後生萬一惹禍上身。

於是，有一天父子倆做完禮拜從教會出來，他看著走在前頭的張長老和他的女兒，就說了：「子豪，你年歲也有了，多桑的意思要你準備娶某生囝。」

他急著讓子豪定性，不要老是莽莽撞撞，口無遮攔，少年人就是要娶妻生子有了家庭責任，才會成熟穩重。

聽多桑的口氣，早已胸有成竹，婚姻大事當然是父母主意，不過子豪還是有幾分不安：「多桑，阿對象是……」

其昌以下巴往前一示意：「喏！就是頭前張長老的大查某囝，伊和你差三歲，個性溫純乖巧，真受長輩疼惜，以後一定也會當扞家得人和，我和張長老拍過招呼了，你若無意見，我就請媒人去講親事。」

子豪一聽，露出歡顏，偷瞥了一眼走在前頭那嬌小可愛的身影，他早就留意到了這位長相柔美的女孩。

微帶幾分靦腆，子豪回答道：「多桑既然要我娶某我就娶——毋過，二兄也還未娶，我做小弟的，怎好意思趕在頭前？」

看子豪的模樣是肯了，至於子毓，其昌帶著嘆息回答道：「要等恁二兄先娶，可能會拖延到你的婚事，多桑會寫批向伊解釋，也叫伊轉來參加你的婚禮。」

抬眼仰望刷著雲絲的藍天，子毓，你可知多桑對你的思念，也是綿綿無際的長空？他鄉異國，你到底要滯留到何年何月？

3. 異國

西元一九五三年，東京的天空正飄著入冬的初雪。

終戰後，由「帝國大學」改名的「東京大學」染了霧霰般的一層白，飛雪跟著烏鴉停佇在哥德式校舍，以及褪盡秋葉的銀杏枝椏上，加上是假日清晨，空氣中飄散著寂寥敻遠的靜謐。

子毓一襲長風衣，微縮著脖子從不忍池越過不忍通出校門，他看了看腕上的錶，與陳紹和約定見面的時間還早，不急著趕電車，他決定還是先去教堂。

踽踽走在微有積雪潮濕的斜坡坂道，教堂就在斜坡上方空曠處，尖塔在轟炸中受損，牆壁也留著戰火的遺痕，教堂和整個東京一樣都還在復原中，但不妨礙莊嚴的聖樂自裡頭傳出，就像日本人以堅忍的精神在廢墟重建家國。

子毓抖了抖風衣的雪花，悄悄走入教堂，一大早還沒有做禮拜的人，他的腳步聲特別清晰，一直低著頭但留心著門口的千晴，揚眸回眼看他，微微一笑，樂音也停頓了一下，但隨即又接續下去，他也坐了下來，沉默凝聽她練琴。這是他們一年多來的默契。

自子慶死後他就不再上教堂了，他熱情、善良而浪漫的大兄，無端死於軍隊槍口下，他就不再相信上帝。

會來到這座山坡上的小教堂，認識了聖歌伴奏的千晴，純粹是偶然。

當年為了那不能公諸於世的情愫曝光，匆匆逃回日本繼續讀書，碩士學位拿到後，留在東大一邊教書一邊進修博士學位，藉著忙碌來麻痺自己。

但一入睡，玉茗就走入夢徑，他也沿著夢徑不停不停跑向她——乍然驚醒，研究室窗外那幾株茶花，月光清暉下在窗玻璃搖曳著倩影，此時內心的孤寂，一如斷根的蘆葦，也徹悟女詩人小野小町所描繪的：「自從我心置我於妳漂浮之舟，無一日不見浪花濕濡我衣袖」那種絕望的心情。

多桑信中告知子豪要先娶，望他諒解，他對信苦笑，相思將陪他終老，自然不能耽誤下頭兩個小弟的姻緣，反而因為家有喜慶，自己才找到了回家的理由和勇氣。

子豪原本預定在一九四九年底成婚，他也打算如期回到台灣參加婚禮。這一年，十月中國共產黨領導人毛澤東在北京主持中華人民共和國開國大典，十二月中華民國帶著大量的逃難軍民撤退到台灣，多桑信中雖然不敢多加透露，但隨著子豪的婚事一延再延，還有日本新聞所報導的，他也曉得家鄉發生了劇烈的變動。

直到隔年年底婚禮才舉行，他總算回到了闊別將近三年的台灣，見到了家人，也見到了玉茗。

她清麗如昔又有所不同，成熟優雅的韻味摻雜了幾絲滄桑蕭瑟的氣息，更加牽動他的每根神經，既歡愉又痛苦，每晚在夢徑不停不停跑向她，遠不及清醒世界這真實的一瞥，但兩人的互動不多，他甚至敏感到她刻意疏遠，而他也是表面冷淡，自己在夢中何等熱烈而無畏啊！比起來，又不如永遠不要醒來的好。

凝望著千晴那融在樂音中姣好的容顏，心酸憶起子豪婚禮過後，自己要再次離家的那一晚，也許家人都珍惜轉眼即將結束的團聚時光，飯後自然就聚在一起說話聊天。

卡桑親自溫來清酒助興，多桑舉杯向他：「陪多桑啉幾杯，下擺毋知我要等待何年了。」他喉頭一滿，深感愧疚，卻只能無言而恭謹地喝下杯中轉為苦澀的液體，眾人也突然安靜了下來。

多桑發現他的話壞了氣氛，強作歡顏喚道：「玉茗，有酒，也要有音樂才對。」

玉茗恭順應答了一聲，坐到鋼琴前，不脫么兒稚氣的子暄，突然冒出一句：「大嫂，我每禮拜日攏有去教堂，請妳莫再彈聖歌了。」

眾人哄堂大笑，玉茗也笑開了顏，沖淡了離別的愁緒，她回眸看大家，眼角餘光似乎停駐在他身上，輕輕說道：「按呢，我來彈一首〈博多夜船〉。」

他心頭一怦，不是因為玉茗難得彈日本小曲，是她也曉得這首歌對他還有多桑的特殊意義嗎？

多桑露出真正的笑容，也興起了意趣：「好！好！足久，無聽過這塊曲了，妳來彈，我來唱。」

眾人一聽多桑要唱歌，情緒重新鼓脹起來，玉茗也開始在黑白琴鍵彈起〈博多夜船〉。

多桑清了清嗓門，隨即跟上節拍以日語唱起：「為了來相會，穿越了松林哪！往來博多的，愛麗莎夜裡的船火幽然可見，船火幽然可見。癡戀的夜船，在夜裡回來啦！天將亮時起浪了，愛麗莎纏綿的戀情宛如波濤洶湧，宛如波濤洶湧。波浪翻騰，在玄海廣漠的四野啊！隻身孤零而歸，愛麗莎未了的船戀情事，未了的船戀情事……」

深情相戀的人，只能趁著黑夜船隻歸來片刻相會，又要在天色未亮前分別，在茫闊的海面孤單返航……多桑飽含風霜的聲音，特別能唱出那番淒清。

自己用力壓抑著才能不讓淚水泌出眼角，藤作桑懷鄉的苦情，多桑失子的哀傷，原來一直蟄伏在曲調中，而這，何嘗不是自己內心的寫照……回日本去吧！再如何難以割捨，愛戀，只能隱藏在幽微的夜夢裡……

真的回到東京了，又時常無端就陷入空茫的冥思，或許，魂魄還流連在台灣海峽吧？

一個清冷的假日清晨，無魂無魄飄蕩到山坡上，佇立遠眺，也沒留意不遠處教堂傳來的練琴聲，直到聖樂停了下來，〈博多夜船〉虛幻揚起，他心弦一震，猛然轉頭看向教堂，歌聲自裡頭真實流出，那是一個稚嫩甚至帶著清甜的女聲，跟夢裡多桑、藤作桑蒼涼的嗓音完全不同，自己卻一路跑進了教堂。

唱歌的少女被他急促的腳步聲驚擾，一下子樂音和歌聲戛然而停，他語無倫次求道：「別停，別停下來……請繼續唱……」

那少女凝眸深瞥了他一眼，真的繼續彈唱，他也慢慢挨著長椅坐了下來，靜靜聆聽女孩唱道：「波浪翻騰，在玄海廣漠的四野啊！隻身孤零而歸，愛麗莎未了的船戀情事，未了的船戀情事……」

女孩長髮直披而下，穿著一襲簡單素雅的洋裝低頭彈琴，竟然有幾分玉茗的神情模樣……頭一遭，他失去控制自己的能力，在一個陌生少女的面前，止不住滑出眼角的淚珠。

一曲結束，他匆匆拭去淚珠，帶著歉意起身向少女致謝：「謝謝您！太冒犯您了！」

女孩也起身回禮，開口問道：「對不起，您是……」

「我來自台灣，在附近的東大讀書兼任教，這首曲子，突然讓我想起了我的家鄉……」

怕自己的唐突冒犯了對方，讓他多解釋了幾句，然後，他在這個陌生少女的雙眸看到了理解的神色，還同情地點了點頭，這時他也看清楚了，少女眉眼間竟然真的神似玉茗，而那青春無瑕的模樣，他想起了白家初見玉茗的那一日，茶花裡的容顏……

少女輕輕一笑：「原來是東大的先生。」

隨著笑靨露出了兩顆俏皮的虎牙，他卻湧起了莫名的失落，這只是個偶遇的日本少女。但少女眉眼間的似曾相識，卻讓他再也待不下去，草草回個禮：「嗨！打擾您了！」

轉身要離開，少女的聲音從背後傳來：「先生，如果您還想聽〈博多夜船〉，下個禮拜日請早些來，我願意再為您彈奏。」

他腳下一頓，畢竟沒有回頭，默默走出了教堂。

到了下一個假日，研究室內一片清寂，耳畔卻盤旋著不知是少女或玉茗所彈奏的〈博多夜船〉，還有藏在心田宛如根植的多桑、藤作桑歌聲，在靜得令人發慌的室內，交錯為燙傷靈魂的相思和鄉愁。

他逃也似的奔離，不知不覺一路就來到了教堂，而少女露著虎牙的甜美笑容，也暫時撫慰了他燒灼的心靈。

兩回、三回……他和千晴逐漸熟稔，知道她姓淺井。

後來進一步曉得，她父親原本是一家鋼鐵株式會社的負責人，在東京大轟炸時遇難；為國英勇出征的長兄，也在中國華北戰死。原本幸福的家庭就此瓦解，經濟也陷入困頓。

終戰後，二哥無奈去大阪依親半工半讀，當時才十三歲的她也被迫中斷學業，原本彈奏鋼琴的手，和母親一起到煤渣工場做工維持生計。

千晴看著自己粗糙的雙手，說：「家中的鋼琴早就賣掉了，來教堂伴奏是我唯一可以接觸鋼琴的機會，也是我一個禮拜最快樂的時光。」

在他記憶的眼瞳，千晴時常和玉茗重疊，如果不是因為日本擴張的野心，她原本是個被父母兄長嬌寵的無憂少女；台灣並沒有挑起戰爭，又是誰奪走了應該屬於玉茗的幸福？

對於千晴，他混雜著疼惜和悲憐，有時也留下來，一起做完禮拜再陪她回家，順便帶一些市價飆漲的食物到她家，她的母親總是千恩萬謝。

有一回，他從黑市購得乳酪和鹽漬鯖魚，得到這麼貴重的餽贈，淺井太太甚至流下感激的淚水，說起戰後這些年來，家裡早就忘了乳酪和鹹鯖魚的美味。他突然想起了卡桑，以前的淺井太太應該和卡桑一樣，也是個高貴的婦人吧？……

「先生，我二哥從大阪回來，家母中午準備了黑輪鍋食，這種天氣吃起來特別暖和，她邀您一起來享用哪！」

千晴的邀約打斷了回想，漂泊在〈博多夜船〉的他回過神來，原來樂聲已靠岸，千晴美麗的眼眸正殷切望著他。

子毓站起身來，說：「不了，我約了一個朋友見面，現在就要過去。」

千晴的眼睛落在教堂外轉急的飄雪，問道：「這麼重要的朋友哪！下著大雪，還要趕去赴約……」

「是一個台灣同鄉，上回就約好要帶我去見一個人，不能因為天氣就改變。」

「哦！原來是台灣的同鄉。」千晴重新露出活潑的笑容：「我母親說，先生自己一個人在東京，又對我們這麼好，她感激又過意不去，很想為您煮一些本地的料理，先生有空一定要來我家呦！」

子毓允諾道：「好！我下回如果留下來做禮拜，就跟妳一起回去。」

當要離開教堂，已到門口，偶然一回頭，發現千晴站在原地怔怔出神，波光瀲灩的眼眸卻凝結在他身上，不安，隱約掠過子毓心田。

但他沒有再多想，急忙投入雪地，趕去見一個他要一睹廬山真面目的人。

落雪稍停。

子毓和陳紹和並肩而行，兩人邊走邊談論著讓他假日冒雪前來一會的人，因為專注在話題上，也讓人暫時忘記砭骨的寒冷。

「廖桑為了台灣的民主自由，他和他的家人真的很犧牲。」

提起廖文毅，陳紹和總是充滿敬意，一再盛讚。

在陳紹和介紹廖文毅之前，他不是完全不知道這個人。

二二八事件子慶慘死，他撂下學業返台，期間政府發布「二二八首謀在逃叛亂犯」的通緝名單，他第一次看到廖文毅的名字，後來又陸陸續續在報紙上讀到關於他的新聞，根據報導，這個人是造成台灣動盪不安的首惡份子；回到日本後，媒體上有關廖文毅的消息也不少，卻隱約透露同情和支持。

二二八事件發生屆滿三週年，他默默哀悼大兄，獨自舔著那還在淌血的傷口，卻從報紙上得知有一群台灣人在京都召開紀念會，並且由廖文毅發表台灣獨立的主張。

在「東京大學」讀書的台灣人很受注目，何況他又有教職在身，謝雪紅來日本發展時，也透過人脈來拉攏他，先人不從政、不做官的家訓深植在心，加上國民政府來台灣後的所作所為，也讓他無法認同自己是中國人的身分，對附屬在中國共產黨下的台共組織和謝雪紅這個人，他無意接觸。

對於廖文毅和「台灣民主獨立黨」，他同樣抱持冷漠的態度，但陳紹和不死心，一再來找。一開始，他不客氣指出：「二二八事件，台灣全島的菁英份子都拉不下一個陳儀了，被殺被關，現在就憑著一群被政府通緝的叛亂犯，就可以讓台灣獨立？」

「廖桑被通緝後，」陳紹和回應道：「國民政府派兵每天去騷擾他太太，廖太太擁有美國籍，不得已向駐台副領事喬治．柯爾求助，柯爾告訴她沒關係，妳插一支美國國旗在屋外，果然，士兵就不敢再去騷擾廖太太了……這個政府就是欺善怕惡，專門打殺善良的台灣人，卻連一支美國國旗都怕，所以台灣只要能夠得到國際強權的支持，尤其是美國，一定可以獨立。」

他心頭一凜，憶起多年前部隊派兵包圍家中的情景，婦孺遭受極度的驚嚇，玉茗還因而早產。

廖文毅妻子的遭遇，觸及了他內心最柔軟的那一塊，當陳紹和又補上：「一支美國國旗可以遏阻士兵騷擾廖太太，但是自從國民政府接收台灣之後，可以任意抓人、殺人，台灣人的保障和權利在哪？實在令人憤慨！」

玉茗孤苦的身影瞬間在心海捲起千堆雪，他真的被撼動了，他那無辜死在槍口下的大兄啊！……

後來，陳紹和說希望介紹他跟廖文毅認識，他點頭答應了，因為好奇。

這個人，被報紙宣傳為暴徒、漢奸，罪大惡極，如何讓類似陳紹和這樣的知識份子死心塌地追隨？

日本有句成語形容那種賭上自己命運的叫「乾坤一擲」，台灣發生二二八慘案之後，在窒悶的氣氛下近乎躡手躡腳地生活著，這是最不挑動當局敏感神經，個人生命最安全的保證，甚麼因素，讓廖文毅願意賭上身家性命，帶頭從事台灣獨立運動？

他想見見這個人。

兩個人行走在有薄薄積雪的路上，陳紹和帶著他拐進一處有著飲食店的幽靜巷弄，繼續說道：「你今天願意來跟廖桑見面，我很高興，其實你和廖桑的家庭背景有相同之處，廖家祖先從福建渡台發跡，成為雲林當地的大地主，父母親都是虔誠的基督徒，並且奉獻土地給西螺基督長老教會興建教堂，我相信你們可以一見如故。」

子毓心頭一動，原來廖文毅跟他有這麼類似的家庭背景。

但他反駁道：「雖然從清朝開始，我家就和當權者維持良好的關係，但那只是為求自保，父祖輩告誡子孫不從政、不做官，廖桑卻似乎十分熱衷政治，還參加了政府的選舉落選，莫非他如報紙所報導，是因為求官不遂才反抗當局？」

「李君，你研究的是法律，法律講求真相和是非，台灣的媒體大多是當權者的傳聲筒，怎可以相信？廖桑家富甲一方，日本統治時代就受到禮遇，他的父親還被提拔為西螺區長，廖桑本身是博士、教授，也曾在政府機關任職，他如果是報紙所報導的那種人，要過榮華富貴的生活，有什麼困難？」

陳紹和的話合情合理，子毓沉吟深思。

「實在是廖桑看不慣國民政府橫行霸道、貪汙腐敗，不僅跟當初台灣人民回到祖國懷抱從此自由幸福的憧憬，相去太遠，連以往日本統治時代井井有條的社會紀律，一併瓦解。二二八慘案發生後，廖桑和他的二哥提出建言，也是希望在體制內改革，沒想到反而被當局列為首謀叛亂份子……」

陳紹和停下腳步，子毓一看，那是一間設在普通住家的居酒屋。

戰後，東京興起一般人家在住屋前兼賣燒酒和食物的生意，因為比只供喝酒的酒舖方便，逐漸變成社會人士聚餐小酌的場合，雪地裡，店前所掛的紅燈籠，店內方爐燒烤食物的香氣，令人感到一股暖意。

陳紹和帶著子毓往裡頭走，一個已脫去外套身著西服的中年男子，立即從座位上起身迎了過來，先以台語招呼道：「紹和兄，辛苦你了！辛苦你了！」

接著熱絡地伸手向子毓，一邊以流利的日語致歉道：「是李君吧？對不起，為了擺脫特務的監視，下雪的天氣還約您在這麼僻靜的小店見面。」

子毓趕忙跟他握了握手，以台語回說：「無要緊！無要緊！在東京住足濟年了，也真慣習這種天氣。」

藉此端詳了一下這個在台灣被宣傳為「萬惡罪魁」的廖文毅，竟然俊秀斯文，眼神透露了讀書人的聰穎睿智，子毓不得不佩服媒體染白為黑的本事。

聽到子毓以母語和他對話，廖文毅笑開了顏，親不親，故鄉人。

接過服務生送來的燒酒，親自為子毓和陳紹和斟酒：「來來來，天氣寒冷，啉一杯仔燒酒較溫暖！」

廖文毅令子毓感到他是個誠懇的人，十分具親和力，三個人邊喝酒吃食邊聊天，身子暖了，心也熱了，話題也跟著打開了。

子毓直言質疑道：「廖桑，你們的組織為何想要鼓舞台灣獨立？中華民國政府已經實際統治台灣了，你們既無武力亦無軍隊，有什麼力量對抗？」

「戰爭結束之後，根據盟軍最高統帥麥克阿瑟所發布的第一號命令，蔣介石統帥接受在台灣的日軍投降，既然舊金山和約在去年的四月二十八日生效了，在法理上，蔣介石的軍和政就不應該繼續留在台灣，這是非法占領，非法統治，我們要給全世界了解這點。」

「舊金山和約生效前七小時，日本和中華民國才簽訂中日和約。這兩份合約的內容我都有稍微了解一下，關係台灣的未來，這兩份和約都沒有明確的規定，只記載日本放棄對台灣和澎湖一切權利、權利名義和要求。法律條文講究的就是明確，像舊金山和約就清清楚楚記載日本承認朝鮮獨立。」

廖文毅和陳紹和很受鼓舞地對看了一眼，廖文毅接著歡喜說道：「原來李君研究過這兩份和約了，可見你也非常關心台灣的未來。」

子毓避重就輕道：「我讀法律，國際法也是我研究的一部分。」

廖文毅以同是教友的身分，台、日語夾雜微帶激動道：「李君！咱是主內弟兄，請你莫逃避對台灣的愛佮責任，上帝講，傾聽聖靈在你內面微小的聲音，又講愛是一個決定，咱身為知識份子，應該要先徛出來，民眾才會覺醒，大家做伙打拚，來建立屬於咱台灣人自由民主的新國家。」

子毓心頭一震：「屬於咱台灣人的國家？……」

「李君，你無感覺台灣人真可憐，荷蘭人來，咱就給荷蘭人統治；鄭成功來，咱換給漢人統治；滿清來，咱又改給滿州人統治；日本人來，咱成做日本人；中華民國政府來，咱又變做中國人……你咁有問過自己，台灣人到底是啥身分啥地位，為何𣍐當做自己的主人？」

廖文毅句句如利斧，當頭直劈他一向極力禁錮的心靈……

回到學校，已是暗夜，但天上有一輪皓月，映照了地上的積雪，反射的亮光讓大地一片銀白，就像他一向暗黝的心靈，也有了幽微的光芒。

浪蕩在日本和台灣之間，其實，這麼多年來，他不斷不斷苦悶疑問，自己不是日本人，又不能認同中國人，難道他只是天地間一縷孤魂？

今天和廖文毅的一席話，他豁然開朗，自己就是台灣人，只是一直龜縮在甲殼內，不敢探出頭來認證自己的身分。

月光下，他好像剝下了重重的甲殼，整個人無比輕快，似乎就要飛躍了起來，這是不再禁錮生命的自由氣息啊！

子毓露出這些年來真正的歡顏，雖然校園雪地無人，但明月洞鑑，生命不再是風中的飄絮，他和六百多萬的台灣人要爭取自己當家作主，這是他未來的人生明確的奮鬥目標了。

冬盡春臨，家家戶戶忙著過除夕迎新正。

租在「大營」的住戶，雖然被規定不得貼春聯、放鞭炮、拜祖先，不過還是歡歡喜喜準備圍爐，慶祝闔家平安團圓。

就算是最窮的伯仲那家人，阿葉也年年重複同一句話：「二九暝，無餓死囝孫的」，辛辛苦苦撈浮萍餵大的番鴨，上了除夕夜的餐桌，連機難得吃到一張嘴油油亮亮；卜正掛在嘴上的：「有錢沒錢，娶個老婆好過年」也終於成真，前不久他才透過媒人娶了個山地姑娘，算是成家以來夫妻第一次共同過年；石道存把孤家寡人在台灣的周學光接到家中一起吃年夜飯，兩人對坐喝個幾盅淑文自釀的黑豆酒，一解鄉愁⋯⋯。

同一院落的所有人家，雖然物質簡陋，一樣過了個溫馨熱鬧的年身為厝主的李家，即使是虔誠的基督家庭，也不能免俗地要有一桌豐盛的年夜飯。但是一家圍爐團聚，心裡缺了子慶這一塊，桌上少了子毓這一席，總無法讓年節的喜樂氣氛濃郁起來。

連續幾年如此，鳳如難免嘀咕，其昌嘴裡雖然沒說甚麼，做父母的其實隨著滯留異國的遊子，魂夢繞天涯。

子毓總算想到了年節闔家慶團圓時父母心裡不好受，來信安慰他們說，博士論文即將送出，若順利獲得學位，他會回台灣一趟，其昌和鳳如還是難免惆悵。

但總歸只是隱隱的牽掛，一家人新正時節依然歡喜慶平安，登門造訪的陌生人則投下了一顆震撼彈。

來客眼神如鷹，嘴邊掛著牽強的笑容，口中操著流利的國語，聲調平穩而客氣：「令郎李子毓是個很有才華的年輕人，前途未可限量，您就勸勸他吧！不要跟廖文毅這個叛亂犯，政府正在通緝的首惡份子接觸。」

「廖文毅這個匪徒在日本組織叛亂團體，搞甚麼台灣獨立意圖顛覆政府，這是唯一死刑，跟他往來不會有好下場，令郎是聰明人，以前他就不跟共匪同路人謝雪紅接觸，這才是正確的做法。」

透過子豪的翻譯，幾乎震掉了李其昌的三魂七魄，客人早已從容告辭而去，他猶未自驚嚇中回神。

隨著年歲漸增見聞漸廣，也已為人父的子豪，看出了端倪，分析道：「多桑！你先莫操煩，既然政府知影廖文毅在日本，為啥物毋把伊掠轉來台灣槍決？可見就是無伊的法度啊！政府𣍐那呢好心，挑工派人來警告咱，一定是二兄在日本真安全。」

做父母的心已經揪成一團，這話哪聽得進去：「祖先留落來的家訓，莫管政治，莫接觸政治人物，你這個兄哥，就是𣍐聽話啊！」

子慶拴在身旁，自己不過一個疏忽，兒子寶貴的生命從此杳逝；子毓遠在日本，怎知他要闖出甚麼大禍？

這回，其昌不等鳳如提出任何要求，就主動寫信給子毓了，也顧不得他即將獲得的博士學位，明明白白要他結束在日本的一切，返回台灣定居。

隨著信件寄出，其昌不住禱告，子毓，你就聽話這一回吧！當初體諒你叔、嫂難再同處，答應讓你離家遠走，但這麼多年過去了，你不也該釋懷、放下？回來吧！回到自己的家鄉，回到多桑身邊。

陌生人是來示警或恐嚇？不只其昌惶恐猜疑，「大營」李家上上下下受到莫大震撼，宛如即將大難臨門。

連多年來都在家中小教堂做禮拜的陳繻，也在寄娘的攙扶下，邁著三寸金蓮走出家門，由鳳如陪同到教會為子毓祈福。

一家人如弦緊繃，玉茗也深受驚嚇，失去子慶，是這個家永遠的傷口，看到全家上下再次繃緊神經，似乎連呼吸也小心翼翼起來，她也跟著心悸，時常一顆心無端怦怦劇跳，真的，這個家再也禁不起任何風吹草動。

去歲，母樣罹病，她帶著妙恩返回台南探視，只聽得母樣病中夢囈，無一句不是日語。

父樣心疼道：「恁媽媽嫁到台灣來，隨著無同的統治者，呷艙少的苦齣，伊——應該真思念自己的故鄉……」

自己還在想該怎麼安慰父樣，他感慨回眸，瞥眼緊緊依偎在她身旁的妙恩，似乎胸中一慟：「妳也在改朝換代的變化，失去了幸福……」

「父樣，我還有妙恩！」

「這才愈教人不忍心啊！……」父樣喉頭一哽，眼眶就紅了：「是我害了妳，當初，我若堅持為妳選擇子慶的二弟……」

是我自己選擇不要的啊！她差些衝口而出，第一次為顧全家聲，第二次想保留尊嚴。

幾年光陰就這樣過去了，妙恩也小學二年級生了。當初的不悅和尷尬趨淡，她和子毓叔、嫂相處的點點滴滴，經過時光的淬鍊逐漸粒粒晶瑩如珠，他真的無私幫助過她，尤其，她常常會不自覺跌回車行山路，那棵煜煜光輝的銀杏樹，叔、嫂共同回憶屬於東京的青春年華，那真是一種毫無雜念的愉悅……。

在家中危懼交加的時刻，身為長嫂，自己不能吝於對這個小叔表達關懷和提醒的善意，更何況，他是子慶最鍾愛的小弟。

一個轉轉難以成眠的夜晚，玉茗終於下定決心起床，打破這些年來刻意的疏遠，她燈下寫信，要子毓千萬小心，千萬珍重……

兩封信，越過了太平洋，先後來到了子毓手中。

他看見了多桑的殷望；大嫂的關懷；同時感受到了他們的恐懼。

多桑在信中責備他不該違背先人家訓，但他完全不認為自己是在碰政治或政治人物，只不過憧憬廖桑主張的台灣人自己當家作主；也嚮往自己的家人，別人的家人，可以活在自由喘息的國度。

隨著二次世界大戰結束，民族解放運動風起雲湧，新興國家如雨後春筍一個個冒出頭來，為什麼台灣人就不可以選擇建立自己新而美麗的國家？國際法也是民族自決原則，禁止使用威脅或武力原則，為什麼台灣人就得生活在高壓恐怖的外來統治當中？

任寒天冰封，也有大地回春的時候，他將跟所有為台灣前途奮鬥的人結合，為這棵希望之樹吐出新芽。

不過子毓也更清楚了，陳紹和所言為真，特務鬼魅般無所不在，處處監視著在日本活動的台灣人，他行事要更加祕密，不露痕跡，才不會連累家人為他擔驚受怕。

他回信給多桑，而且曉得這信必定會經過檢查，信中當然極力否認和廖文毅或「台灣民主獨立黨」有任何瓜葛，不過是廖文毅的朋友曾來東大就教國際法，他的博士論文指導教授高橋要他代勞，學術歸學術，他不能無理拒絕。

信中又故意透露，拿到博士學位後，自己會續留日本全力發展，請多桑千萬放心，等於暗示他在日本很安全；至於玉茗，他對她的問候就附在信末了，一切，盡在信箋之外。

等不到子毓回台灣的承諾，李老太太陳繻只能安慰其昌、鳳如說：「一切上帝自有安排。」其昌無言，子毓雖然滿紙慰安卻句句虛言，把展開的信箋重新摺疊起來，卻無法摺疊自己的擔憂，子毓！你要拂逆我到幾時？

4. 轉折

春天從銀杏枝頭的嫩綠悄悄露了臉，初融的積雪卻讓路面泥濘難行。

子毓小心避開一簇簇的水窪，手上用報紙包裹的，是高價購自黑市的醃製鮭魚片，淺井太太三番兩次的邀請，實在不好一再拒絕，希望這樣的伴手禮，博得老人家的歡顏。

千晴家在彎彎曲曲的小巷弄，門前籬笆的扶桑花先探出頭來迎接客人。

登門拜訪，淺井太太果然歡喜不已，但千晴不似平常的開朗，接待他進門的笑容甚至有些僵硬。

子毓也聞嗅到了屋內的煙硝餘味，雖然淺井太太一直親切地招呼他，東拉西扯話家常，試圖沖淡有些緊張的氣氛，但遮掩不住千晴二哥雨龍冒火的眼睛。

他不常見到雨龍，都是聽千晴說的，家道中落後，二哥不肯放棄學業，又不願增加母親的負擔，就獨自到生活費比較便宜的大阪半工半讀，是個有志氣的青年人。

雨龍外表本來就給人斯文不多話的印象，但今天，他似乎因為極力按捺怒氣而顯得特別陰鬱。子毓揣測，自己似乎來得不是時候，千晴和他有所爭執嗎？

飯桌上，除了一鍋冒著暖香的鍋物外，淺井太太把他送來的鮭魚片也烤得赤香上桌，還珍貴地切成一小塊、一小塊。

「雪融的天氣特別冷，大家趁熱吃吧！」她熱絡地招呼大家，同時幫每個人挾了一塊鮭魚片，感激道：「這是先生送來的，讓您破費了……雨龍，你也吃一塊，現在難得嚐到這種美味……」

雨龍突然筷子一放，忿忿說道：「就為了鮭魚片的美味，連做人的尊嚴都不要了！」

「二哥……」千晴委屈紅了眼眶。

淺井太太也顯露不悅的神情，制止道：「雨龍，你不要再說了！」

雨龍卻豁出去了的神情，突然轉而向子毓，恭謹地跪伏叩頭，出聲懇求道：「先生！請您不要再跟千晴往來了！」

子毓不僅錯愕，還有些手足無措，怎麼，爭端的源頭是自己？

千晴哭了出來，啜泣著要拉兄長起身：「二哥，你不要管我和先生了，先生是善人……」

淺井太太也責備道：「雨龍，你太過分了！」

「妳是我的妹妹，我怎麼可以不管妳？先生若是善人，他就不應該繼續耽誤妳未來的幸福，妳已經拒絕了多少門婚事？媒人知道妳在跟東大的教授來往，也不敢再來提親……」

在他們一家人的爭執聲中，子毓逐漸弄懂，原來他和千晴的交往，已經妨礙了她的婚姻之路。

社會風氣本就保守，千晴又是個年輕美麗的小姐，就算大家同是教會的兄弟姊妹，純潔的往來，也會引起外界諸多的聯想吧？想到這裡，子毓也感到歉疚不安了。

雨龍逼視著他，問道：「先生，你認識千晴也兩年多了，至今沒有任何表示，是想就這樣拖延下去嗎？」

「我……」

「二哥，先生對我沒有別的意思，你不應該這樣嚴厲地問話！」

淺井太太也哀怨附和道：「是啊！人家先生是東大的教授，我們現在的家庭景況——唉！雨龍，你就不要再為難先生了……」

「雖然我們家破落了，但歐多桑生前也教過我們做人的骨氣，我們不能為了貪圖您不時的濟施，誤了千晴的青春；街坊鄰居也在嘲笑我們妄想高攀您啊！先生，我求求您哪！請放過我們一家人……」

一路彳亍回到東大，日近黃昏，春天的暮靄特別深濃，千晴的淒楚自抑；淺井太太的卑微自輕；雨龍的忿懣自艾，也在子毓的心頭交織成一片茫霧，更教人迷惘。

沒有返回宿舍，直接把自己關進研究室，將晚未晚的暮色中，他孤獨地凝視窗外殘冬初春裡猶睥睨枝頭的茶花，這些年來和台灣相隔迢遙，時空距離不但沒有沖淡伊人倩影，相思反而在內心盤根錯節，所以，他忽視了千晴。

在迷離一片的心頭，此時，千晴嬌嫩清雅的容顏清晰映現，回想這兩年多來，她無言的愛卻不求對等，那是一個少女最深最真的情意啊！

推開玻璃窗，殘雪裡獨自綻放的茶花，那抱香枝頭的孤傲身影，和記憶之眼的玉茗合而為一。

信，只是安慰兩老，給當局過目，既然跟隨廖桑從事台灣獨立運動，日本就是他的長留之地了。本想孤獨終老，何不就此成全淺井太太和雨龍的心願，千晴這個純美可愛的少女，也值得他付出啊！彼日，人面茶花相照映的邂逅，就永遠埋藏在夢境吧！……

當櫻花在日本國境之南一路往北點燃絢爛的春光，子毓又至千晴家造訪，並誠摯地向淺井太太請求：「請您答應我和千晴小姐的婚事吧！」

不敢奢望的夢想竟然成真，淺井太太高興到手足無措，一邊問道：「先生，這是真的嗎？您沒有開我這個老太婆的玩笑吧？」

同時回頭呼喊：「千晴！千晴！先生向妳求婚呢！」

看這個光景，一切會照他所安排的進行。

他向淺井太太鞠躬致謝道：「感謝歐巴桑答應我和千晴小姐的婚事，我會請東大的高橋教授來正式提親，他是我的博士論文指導教授，多年來一如父執輩地督促和照顧我。」

「太好了！太好了！……雨龍知道了，會多高興啊！……千晴的父親和長兄，也會感到榮耀的……」淺井太太擦拭眼角欣喜的淚珠。

子毓如釋重負，抬起頭來，恰好瞥見從房間出來的千晴，臉面有種奇異的蒼白。

她定定看著他，當著母親的面直接就問了：「先生，您為什麼要向我求婚？」

「我們真的交往兩年多了，不也應該有個結局？」反而他有幾分心虛。

淺井太太插嘴道：「是啊！千晴，這是個美滿的結局。」

千晴沒有再追問或回答什麼，但眸光閃爍不定。

接下來幾天，千晴那對陰晴閃爍的眼眸，不時浮現在子毓腦海，他有些不安，但不願意多想，只想快快讓兩人的婚事拍板定案，請高橋教授出面為媒就得積極進行，於是他登門請託。

夜晚，當高橋教授夫婦送他到門口，他鞠躬致謝離去，走出圍籬，回過頭去，高橋夫人還在對他揮手，他仍然看得到她唇邊溫暖的笑容。

當他請求高橋教授出面做媒，師母替他高興極了，直說：「終於找到自己的幸福了哪！」

他也揮了揮手，轉身走向歸途，一路明月的清輝伴隨著他，也洞澈了他內心的稀微。

高橋教授答應為他作媒，他和千晴的婚事會順利進行，但他沒有一絲歡愉的感覺，尤其師母提醒他說：「結婚是人生重大的轉折，也是雙方家庭的大事，你家人在台灣，雖然現在市面上物資匱乏，傳統的訂婚彩禮我會盡力幫你張羅，不過彩禮金要送多少，得由你的父親大人決定。」

見他沉默不語，師母會錯意，溫和笑道：「戀愛和婚姻不同，既然打算結婚，就是落到現實生活層面來，瑣碎繁雜的事情很多，你還是趕快寫信稟告父母親，並同他們商量吧！」

寫信稟告多桑和卡桑，玉茗也會跟著知曉他要結婚了……當年，卡桑要撮合他倆，不僅讓他逃回日本；聽說，她也斷然拒絕。

這麼多年過去了，自己終於要走上婚姻這條路，她會有什麼反應？或者，只不過又一個小叔要成家了……

一顆心似乎打了千千結──是自己的選擇，只能面對了……

深夜，滿心蕭索地坐在書桌前，天地闃寂，只有稀微的燈色映現窗玻璃一團紅色茶花花影，如血，手上的鋼筆幾度沾墨幾度乾涸，卻不知如何在空白的信紙落筆。

直到月亮掉落西邊，他才在信紙上慢慢寫出：「父親大人膝下：孩兒長年滯留日本，累及您和卡桑操心牽掛，實為不孝！幸可以告慰雙親者，孩兒已然準備成家，對象是一東京少女淺井千晴……」

一字一艱難，他用力含凝著眼眶的淚珠，以免滴落信紙上，拖著沉重的筆尖繼續書寫。

接到東京來信，李其昌先是不敢置信，反覆閱讀，最近以來盪到谷底的心情，也隨著一遍又一遍確定喜訊無誤，一下子飛上雲端。

他實在太高興了！自從情治人員登門他就陷在震駭忐忑當中，子毓又不顧他十萬火急的催促執意留在日本，身為一家之長，不能過度表露惴惴不安的心情，實則驚恐的鬼魅無日無夜如影隨形。

尤其前番子毓信裡提到，獲得博士學位後要留在日本發展，讓他既礙眼又刺心，正如鳳如說的，他們哪裡還在意這些，歷經子慶的事，他們只求骨肉皆平安。

他這樣躲在日本一年又一年，子豪已經有一對兒女，子暄也訂了婚將在年底嫁娶，他的終身大事卻拖到年近三十。午夜驚醒，思量到這個後生可能會一輩子做羅漢仔腳，不禁打從心底顫震，這是為人父母的噩夢啊！沒想到，就傳來了好消息……

最可喜的是，上回子毓信中辯解他跟台獨份子沒有特殊關連，更沒有涉入台獨運動，一切只是情治人員的臆測，原本他一直不敢相信，現在子毓願意結婚還有了對象，想來，總不會有那種傻子，娶了妻子有了家庭還冒著生命危險去跟政府作對的吧？心頭那塊壓得喘不過氣的大石，總算搬開了……

喜從天降，鳳如迫不及待到處宣揚好消息，一下子李家上下、親戚朋友都曉得子毓要結婚了，甚至連「大營」的那些厝腳仔，都風聞李家二少爺要娶個日本小姐，這成了傍晚眾人聚在院落談論的新聞。

從新正以來，一家人好像陷在流沙中的心情終於脫困，這些時日一直顯得嚴肅的李老太太，也恢復了平日的雍容，笑咪咪對家人說：「婚事來得真巧妙，子毓確實是一個有智慧的囝仔。」

又說：「娶一個日本小姐，路頭遙遠，俺要真心疼惜。」

歐巴桑的話，句句說進鳳如心坎。

子毓太才情了，大鵬總要展翅高飛，他就不會像子豪、子暄能夠留在父母身邊，從未成年就獨自遠走異國，她這個做母親的，似乎老是望著他的背影，尤其最近幾年，若不是那根親情的線還隱隱牽連，感覺好像逐漸在失去這個兒子。

現在，總算有個日本小姐讓他願意結婚，對於這個尚未謀面的準媳婦，她已然滿心好感滿心歡喜，一定會將對方疼惜入心，子毓一旦成家，定心定性了，應該就會願意回來團聚。

鳳如滿心的期待，對即將去日本的其昌說：「俺方便女家，就在東京先把婚事定下來無要緊，毋過最好叫子毓轉來舉辦婚禮，若會當，從此以後和新婦留在厝內，按呢上圓滿。」

其昌調侃道：「還無三寸水，就想扒龍船，我還未起程，妳就想到子毓帶新婦轉來住永久了，無定著對方嫌路頭遙遠毋肯來台灣。」

「俺是娶新婦，毋是給人招囝婿，當然是『嫁雞綴雞飛、嫁狗綴狗走』，你看玉茗伊老母，也是一世人住在台南。」

鳳如說得理直氣壯，又透露道：「這一直是我掛在心肝頭的願望，現此時有可能實現了。你去到日本，要苦勸子毓帶新婦轉來台灣，這，才是伊的家啊！」

其昌不想壞了她的好心情，只是，內心另有隱憂，子毓曾透露長留日本的意思，現在找的對象又是當地的小姐，莫非，他真的不打算返鄉回台落地生根？

這樣的臆測，當然不能讓鳳如知道，否則，喜事也成不了喜事了。

子毓在信中請求他儘早到達日本，其昌當然也希望快快替他定下這門婚事。

家裡辦過多次喜事，其實一切也駕輕就熟，但或許是子毓的婚姻大事拖太多年了，現在好不容易有了著落，他和鳳如產生一種補償心理，雖然是去日本文定，還是希望讓子毓風光體面，張羅聘禮的時間也就變得非常緊迫。

身為長嫂，歐卡桑忙著備辦聘禮，玉茗也跟著忙進忙出。

又一個小叔要結婚了——自己的想法應該僅止於此……她也壓抑著不讓別的意念浮出來……但是，總有忙完的時候，總有不在人前的時候，只要背過身去獨自一人，為何，心情茫茫如墜深海？……

遁回後院，想安撫那莫名的情緒，才推開小庭門，滿庭一棵棵的茶花樹叢，無遮無攔撞入眼簾。

一下子，往事也像深海浪湧襲捲而來，子慶帶著園丁忙著栽種樹苗的身影，似乎伸手可攫；而每棵茶花樹叢背後，似乎都隱藏著子毓的臉容……

而今，只剩庭園寂寂，花季將過，樹上盛開過頭的花朵難掩疲態，多的是已然枝頭枯萎，甚至整朵凋零樹下的花屍。

往事襲捲過後更加空虛失落，紅顏未盡褪，驀然回首，卻是繁華已過，青春年少的美好時光再也回不去了，她不禁哽咽出聲……

隨即用力拭去滿眶淚水，為何感傷呢？沒道理啊！子毓終於要結婚了，她要歡喜為他禱告，祝他夫妻長長久久，幸福美滿……

妙恩步下玄關，隔著茶花樹叢，稚嫩的聲音呼喊道：「媽媽，我的作業寫好了，會當開始練琴，妳毋是要教我巴哈彌撒曲？」

玉茗迅速回神，茶花已非當年新栽，子慶已矣，待花開滿園再攜手共賞的信約，已成隔世宿諾；而子毓彼時為她尋覓樹苗的用心，更是山在虛無飄渺難以揣想，也無須再放在心罈陳釀了——浮生千萬緒，往事，就任由歲月流逝吧！

穿過茶花樹叢，迎向妙恩，牽起她的手：「是啊！媽媽要教妳彈彌撒曲，俺入來去了。」

好好教育妙恩，陪著她成長，這才是自己真實的人生……。

李家準備了兩大箱文定用品，包括貴重的布料、金飾，還有聘金，其昌準備啟程前往日本的前一晚，突然接到東京來的電報，子毓出事？眾人嚇壞了。

其昌慌慌張張打開一看，是子毓打回來的電報，只有簡短幾句：「父親大人：原定和千晴小姐結婚一事暫緩，訂婚禮也先行取消，孩兒即刻趕回台灣，屆時再向您和卡桑說明一切。」

虛驚一場，其昌由急轉怒：「亂來！實在太亂來了！」

一向修養不差的他簡直七竅生煙，這個子毓！什麼時候變得這麼草率，這麼兒戲？

鳳如護雛心切，對子毓荒唐的行徑固然十分驚訝，反而試圖緩解其昌的怒氣：「你先莫生氣，子毓一向也毋是濫糝的人，伊會按呢反起反倒一定有原因的，你就耐心等伊轉來向你解釋。」

電報就潦潦草草這幾句話，誰知道發生了甚麼天大地大的變卦，現在除了等，他還能怎樣？看著兩大箱聘禮，其昌的心情逐漸轉為沉重，子毓！盼婚事真的只是暫緩，你再怎麼才情，作父母的還是望你像一般人嫁娶成家，孤孤單單的人生路，歹行啊！……

當家中為了天外飛來的電報亂成一團時，子毓早搭上返回台灣的班機。

坐在機艙內，飛機穿行在濃霧中而顛簸震動，好像要解體了似的。

真正瀕臨解體的是自己吧？即使人已在東京飛往台北途中，他依然沒有真實感，整個腦門跟著震動的飛機轟轟作響。

他努力拼湊著理性的思考，為何不是按照原定計畫和千晴訂婚，而是藉著飛機的雙翼急匆匆飛回台灣？——啊！那個櫻花如煙似霧的春日……

千晴和他一起來到石神井川賞櫻，她穿著一身綺麗的和服，既端莊又迷人，日本人把一年一度的「御花見」當作春天的盛事，即使戰後這幾年亦無損傳統，音無橋下沿著河岸，處處可見盛裝打扮的賞花人。

不過，即將訂婚，一般說來女方會比較避嫌，千晴卻突然邀他出來賞櫻，他有幾分疑惑，但沒見過她那麼堅持，也就跟她同來趕赴這場春神的花宴。

沿河櫻木夾岸，兩人緩步穿行樹下，花瓣滿枝椏，有的伸往天空燃放最璀璨的春光，有的垂向地面奔流如花瀑，氣概凜人，景致不是柔美，而是壯麗。

他讚嘆道：「我一直覺得櫻花是一種奇異的花木，那麼粉嫩的花朵，應該是嬌嬌弱弱，卻燃燒生命那般綻放最燦爛的美，然後，一日一夜之間又全部凋謝散落，其實壯烈得令人驚心動魄。」

「我們日本人說花要櫻木，人要武士，我們喜歡櫻花帶來美好的春天結束嚴酷的冬季，更喜歡它豪爽的性格毫不遲疑地開落，人生就要像櫻花瀟灑走一回。」

「這樣的人生未免太刀刀見骨，我們台灣人認為死皇帝不值活乞丐，活著，才是第一要務。」

千晴望著如海的櫻花，帶著沉思的神情說：「我不在乎生命的短長，只要過程精采，符合理想，即使生命或美好的事物一如櫻花來去匆匆，這一生也值得了。」

這麼深沉的言語，似乎不該從一個曼妙如春光的少女口中吐出，他心頭一怦，轉過眼來端詳她，她澄澈如水的眸光竟有一抹悲傷的神色。

她直眸相視，不容他閃躲問道：「先生，您坦白告訴我了吧！為什麼要娶我？」

他愣了一愣，勉強回答道：「我不是說過了，我們交往好久的時光了，我也應該給妳還有妳的家人，一個交代……」

「為什麼要用婚姻交代？這關係先生一生的幸福啊！」

「也關係妳一生的幸福啊！千晴，妳要相信我，我會努力給妳幸福。」

「先生是個赤誠的人，我相信您會很努力，問題是，您從來也沒愛過我啊！」

「千晴……」

沒想到她會這麼直接了當，他為之錯愕，任口才便給一下子也吐不出話來。

「從第一次和您相識，我就注意到了，即使您的眼睛對著我，眼神卻總是穿過我，望著我的背後，彷彿我背後還有另一個真正讓先生傾心的女子……時間一久，我越來越肯定，您眼瞳中的女子不是我——先生，您愛的是她，對不對？」

吃驚到無以復加，長期囚禁內心的苦情，沒想到少女敏銳的心思早穿透了他封閉的心牆——面對那雙純潔的眼眸，他無從遁隱，否認的言語更說不出口。

而千晴也從他的無言得到了印證，神情一黯，喃喃說道：「多麼幸運的女子啊！可以得到先生這麼深刻的愛……」

「……其實，她從來也不知道……」

「既然先生全心愛著她，為什麼不讓她知道，不去追求她？……」

「不要再說了！」他幾近暴烈喊道：「那完全不可能！」

千晴愕然止口，他也發現自己失態了。

試著收拾亂麻心緒，勉強解釋道：「千晴，妳還太年輕——不管妳懂或不懂，人間世事諸多無奈，不是心裡想，就可以去做……」

「千晴真的不明白，就算不能像櫻花一樣乾脆，先生也不是沒有勇氣的人，既然敢要承擔無愛的婚姻，為何不敢追求心愛的女人？」

她苦苦追問，自己若執意隱瞞，難道要埋下日後爭吵的導火線？畢竟，她有權選擇是否要跟他攜手共進禮堂。

再怎麼不願意，他也不能不袒露傷口了：「因為……因為她是我的長嫂……」

「啊！原來，先生犯了不倫……」

「一開始，她只是我兄長愛慕的對象——她的中文名字，就是日文白色山茶花的意思……」茶花下的邂逅，駐下了永世的深情，卻是無望的愛戀，兩人成就了叔、嫂名分……那場台灣的浩劫，兄長也成了眾多哀哀無告的槍下冤魂，讓一向圓滿的家庭留下了永遠的憾恨，她與出生未久的女兒一夕之間成了寡母孤女……。

一向努力圍堵的記憶，潰堤般在口中江河滔滔過後，整個人也幾乎在劇痛中滅頂，他喘息，不停地喘息，企圖阻攔匯聚的海流從目眶洩洪而出。

潸潸落下淚來的是千晴：「想不到——先生家也和我家一樣，遭受戰火無情的波及，奪去了親人的生命。」

那不一樣啊！台灣並沒有發動戰爭，政府、軍隊對付的是普通百姓！

還來不及說分明，又聽得千晴幽幽嘆道：「最可憐的是椿子，至少我和我二哥都長大了，我們懂得母親的苦，一直想分擔她的重擔和悲傷——椿子不但默默承擔一切，一個人陪伴年幼的女兒成長，她要多麼壓抑自己啊！……」

一聲「椿子」，他渾身一凜，素昧平生，因為玉茗身為女性悲哀的遭遇，讓千晴彷彿故舊也感同身受？

她繼續說道：「先生既然深愛著她，怎忍心她此後的人生孤單無依，伶仃以終？」

「千晴，我不是禽獸啊！」

「長兄新亡，您會有這樣的心情，可是這麼多年過去了……就像我多桑和長兄剛逝去時，一家人悲痛無措，最終還是得接受現實，活著的人總要過下去……您長兄那麼愛椿子，若魂魄有知，也會希望她能夠幸福吧？而不是只有孤獨和寂寞陪伴著她……」

「我相信這是她的選擇——聽聞，當初我卡桑也詢問過她的意思，跟我一樣，她也拒絕了……」

「那先生您自己呢？這麼多年來，您可有向她表白，而被她親口拒絕？」

「……對她的感情，我從來極力隱蔽！」

「求先生暫緩我們的婚事，回去台灣一趟吧！當面向她表白您對她的深情，若她完全無意接受，我就可以和先生結婚，內心再也沒有任何罣礙。」

「這是何苦，難道妳不相信我要娶妳的決心？」

「我一直深愛著您，只要有一絲絲讓您真正得到幸福、快樂的機會，我都不願意放棄。」千晴懇求道：「先生您也要努力追求啊！不要像個懦夫，一直沉溺在永無止境的思念和痛苦中……」

違反父親不許家人乘坐飛機的禁令，內心的急迫，逼使子毓必須盡快回到台灣。飛機果然不到十個鐘頭就抵達台北松山機場，和搭乘輪船必須在海上逗留三天兩夜的時間，快到令他吃驚，也讓他措手不及。

飛機逐漸下降，俯瞰台北城處處燈火點亮家家戶戶的溫暖，他反而心虛情怯起來。

通關的腳步延延捱捱，反覆自問，自己真的就這樣莽莽撞撞跑回家鄉去面對玉茗，不顧一切吐露內心長久的衷情？

出得航站之後，一股腦逕飛台灣的勇氣滴滴漏失，不安點點增添，不知道是不是該鼓起餘勇搭夜快車南下。

躊躇之際，想起了前陣子回台灣探視父母親的陳紹和，他需要找個人聊聊，緩衝一下心情。與陳紹和電話聯絡上，他極力邀請到士林家中過夜，電話中無可無不可地支吾，陳紹和就代為聯絡計程車並指示路途了，計程車一路載著子毓抵達士林陳家。

陳家是三代同堂的大家族，親、堂同住三合院頗為熱鬧，惟缺陳紹和的妻小。

年過三十的陳紹和以日語淡淡回應道：「我既然獻身台獨運動了，沒有家累最好。因為母親重病不得不回來，不過已遭特務盯上，這回若能順利脫身，我可能不再回台灣。」

子毓啞然。

陳紹和灑脫一笑，以台語反問道：「阿你咧？毋是聽講你要結婚了，怎會雄雄倒轉來台灣？」

「我……我轉來了結一樁放足濟年的心事……」

打量子毓神色，陳紹和敏感揣測道：「是感情的代誌？你毋是和千晴小姐交往真久了？」

「……」

「原來——你台灣另外有意愛的人？」陳紹和神情轉為凝重：「你若在台灣娶某生囝，是要怎樣繼續追隨廖桑為台灣獨立建國打拚？」

「推動台灣的獨立、自由和民主，是我一生奮鬥的目標；毋過，我快樂抑悲傷，由這個我所思慕的人主宰。」

「……看來，你愛得真深，也愛得好苦，照講，我應該祝福你——國民政府一直利用親情要廖桑轉來台灣投案，伊的牽手也艙當接受伊的志業，自己轉去美國了，俺要行台獨這條路，注定無法度顧全親情和愛情，若無，毋但拖累厝內的人，自己也危機四伏。」

隔日清晨，計程車再次載著他離開陳家，陳紹和就站在三合院門外目送，子毓自車窗探出頭來對他笑了笑、揮了揮手，卻揮不去昨晚陳紹和所說的話。

千晴催促他回台灣要個清楚的答案；陳紹和卻明明白白指出需有所取捨。

車離士林，運將回頭問道：「先生，你要去佗？」

自己該何去何從，往火車站？往松山機場？

不知平日的明快果決哪去了，難道，感情上，自己真是千晴口中的懦夫？……

「便當！便當！」

子毓在小販一聲疊過一聲的叫賣聲中回過神來，火車停靠在月台邊，引擎聲嘈雜地運轉著，旅客上車、下車也是人聲沸揚，就像自己亂哄哄的頭腦。

整個人還千頭萬緒理也理不清，恍惚間就已置身火車內。

催促火車再度出發的鈴聲響起，賣便當的小販從容下車去，火車啟動，把旅客繼續載往下一個停靠站。

眼裡的景色不斷往後旋轉而去，車窗外換上綠油油的田野，還有兀立其中的白鷺鷥，熟悉的南台灣風景。

千晴盼望他得到幸福的真誠，即使陳紹和的忠告一直盤繞不去，他無法拒絕她的請求，可是真的逐漸奔向南方故鄉了，子毓猶豫、矛盾得更加厲害。

回到家，見到玉茗，自己真的有勇氣開口表白？幽禁的感情，一旦像潘朵拉的盒子打開，會不會是一場災難？甚至，連希望也不留？

害怕她的答案。

長久以來隱忍自苦，叔、嫂還有相見的餘地；剖心過後，若她完全無意跨越藩籬，兩人還要如何自在當家人？

他實在太害怕了，火車才抵達終點站高雄，立即又興起倒回台北的念頭，索性邀陳紹和作伴返回日本——就真的印證了自己是感情的懦夫，完全辜負了千晴無私的愛……

心頭反覆掙扎，到底還是踏上了開往屏東的火車，以往視這種普通車為爬行在軌道上的蝸牛，這一回，怎麼站與站之間的距離突然縮短了？一路就進了屏東車站。出了站，更加情怯，日頭才剛隱沒，應該還有客運車班，他卻沒有前往近在咫尺的客運總站換車返回萬丹，倉卒地決定到附近的旅社投宿一夜，想再給自己一丁點喘息的空間。

熬不到午夜他就後悔起自己的愚蠢，越不敢面對可能的結果，越像在接受最後的審判，折磨得他一張床成了無邊無際的大海，任憑改變泅游的姿勢，也到不了天光的彼岸。

凌晨三點多，子毓就離開旅社了。

他以步行走向回萬丹的路，思君夜中行，既然一路穿山越水回到故鄉，就是為了向玉茗求一個答案，無論如何都得面對的現實，與其捱捱蹭蹭蟲咬蟻齧，就痛快引一刀吧！

如果答案是否定，從此了無牽掛，就回日本娶千晴，和陳紹和一樣完完全全投入一生的志業。

天色微灰，子毓就走到了「街後」，「大營」兩扇朱紅色大門緊閉，但大門鑲嵌了一道小門，那是「大營」開始分租給外人後，方便住戶出入的。

一推門，順利進入，放眼一望，三棧紅樓依舊兀立在沁涼的晨風中，假山噴水池後就是如鳥展翅的燕尾脊堂屋，熟悉的家園景色，參加過子豪的結婚典禮之後，又是相隔數年未曾返回，百感交集，不禁眼眶泛熱。

直接穿過中庭，來到廳堂門口，子毓猶豫了一下，時候尚早，曾祖母有自己的生活規律，他也不敢去驚擾多桑和卡桑，穿過廊側拱門信步就走回了小洋樓。

門外花圃整潔，花木扶疏，顯然一直有人在照料；門內依舊是他走時的陳設，但纖塵不染，茶几上還有一盆淡雅的水仙花，住在家裡時卡桑固定為他換花，自己離家多年，她還保持著這習慣？想像她盼他歸來的心情，愧對父母恩啊！

擱下手中的行李，簡簡單單一箱子，是內心早就預料不會久留？或許，見過玉茗，他就再一次拎起行李箱匆匆逃離家門……

心思千迴萬轉，不知不覺就穿過了老芒果樹林，來到後院玉茗居屋前，小庭門關著滿園茶花樹叢及黑瓦日式平房，也關著他無盡的思念。

漂洋過海，一路行行重行行，終於可以「夢途趕路忙，不若相逢償」，但是——庭院深深，他如何單獨見到伊人，吐露心衷？

子毓喟嘆一聲，正待轉身離去，枝葉茂密的茶花樹叢間卻走出個玉茗，恰好面對面、眼照眼，兩個人同時愣住了。

玉茗驚呼出聲：「子毓，你昨晚就轉來了啊？我怎全然毋知……」

猝然相逢，他一下子亂了方寸，只能慌慌張張回答道：「我才拄仔到厝，還無人知影。」

放下手中澆花水壺，玉茗關切問道：「你昨晚在佗位隔暝，哪有這呢早的車班？」

不能說出徬徨夜半行的實情，只能胡亂轉移話題問道：「妳怎也這呢早就在沃花？」

「……」頓了一下，才見她淡淡一笑，回答道：「其實，天也光了，起來沃花活動一下。」

一下子恨起嘴巴怎就變笨了，問出這等蠢話，自己本就一無所有，玉茗卻是情懷依依往事成空，她的漫漫黑夜恐怕比他更難捱。

兩人隔著小庭門，相對無言，漸生尷尬，他斜瞟綠葉深濃的茶花樹叢假裝觀賞：「妳枝葉照顧到這呢旺，花期若來，會開到真婧。」

「你未赴這季的花期了，下季的花期得再等一年。」

重新拾起地上水壺，玉茗太驚訝了，怎會一大清早小庭門前撞見遠在日本的子毓？似乎連心事也被撞見了，慚惶之間，她急著結束這尷尬的情景。

「歐多桑、歐卡桑應該也起床了，你就去找伊們參詳你的婚事，伊們一直真掛心。」

轉身欲走——尚未表露衷腸，她這一走，是不是就宣告審判終結？

子毓心慌情急，不顧一切以日語大聲喊出：「椿子！……」

這是夢中千萬遍呼喊著的名字啊！

玉茗腳下猛然一頓，但沒有回過頭來。

他奮力躍過小庭門，直衝到她身後，哽咽叫喚道：「椿子！我轉來了，我是為著妳轉來的啊！日日夜夜、歲歲年年思念著妳一人，這種痛苦……千刀萬剮！」

她依舊沒有回過頭來，只是身影微微顫慄。

「自八年前和妳初見面，我就苦苦思慕妳一人，不可自拔……無論怎樣空思妄想，我只會曉逃避……這呢濟年來，也毋敢當面問起，兄樣遠去，是毋是——妳願意把後半世人交代在我的手內，給我有照顧妳和妙恩的幸福？」

玉茗還是靜靜背對著他，卻承受不住澆花水壺重量似的，「匡」一聲自手中掉落，壺內的水跟著傾洩一地。

「椿子……」

子毓絕望地將她扳過身來，卻見她也滿臉傾洩了淚水。

原來，原來自己一直有所等待——玉茗嗚咽出聲，一頭埋入子毓胸前，任憑淚水成河一路澎湃，彷彿，彷彿這些年來的矜持和自苦，只為了盼得他這一聲真心的呼喚……

5. 風波

寧靜的教會墓園，子慶墳前卻供著祭拜的牲禮，顯得十分突兀。

鳳如手持三枝清香，淡淡白煙隨風嬝嬝，凝視著鑲嵌在墓碑中央的子慶，記憶中永遠的神采飛揚，心頭一酸，就止不住淚水了。

對著照片，她哽咽喚道：「子慶！子慶！卡桑又來看你了——恁多桑若知影我偷傳牲禮來拜你，一定會罵死我，毋過……毋過我也毋知你在天國過得好否，是毋是吃有飽、穿有燒……」

鳳如啼泣出聲，陪伴在一旁的招治遞上手帕，安慰道：「主娘，厝內在辦喜事，妳就莫再傷心了。」

她慌忙拭淚，又對墓碑中人歡顏道：「對啦！對啦！子慶，卡桑要跟你講一件好消息，子毓和玉茗要結婚了——你才過身無偌久彼時，我就有意思要成全伊們了，偏偏仔毋知兩個人在變啥魍，毋肯就毋肯，拖這呢濟年了，才雄雄講要做陣……」

不能理解地兀自搖了搖頭，倒是招治乖覺地接口道：「這叫做姻緣天注定，蹊蹊蹺蹺，終尾還是圓滿成雙。」

「是啦！會當圓滿結局就好。」

鳳如露出欣慰的笑容，對著照片中的子慶娓娓述說：「你的親兄弟替你照顧玉茗母女，日後替你傳一房男嗣，相信你在天堂也會當放心了。卡桑上歡喜的代誌就是，子毓決定結婚了後要放棄日本教冊的工作，倒轉來一家團圓，這是我和恁多桑多年來的願望，終尾也給阮等著了！」

祭拜過子慶，招治熟練地把牲禮整個包裹在布巾內，又將殘餘的香腳拿到墓園外丟棄。

收拾好祭拜的痕跡，主僕倆走向等在墓園前頭樹下的三輪車，鳳如一邊交代道：「招治，等一下半路妳就先落車，把牲禮挈轉去給恁厝的人呷。」

招治一再道謝，鳳如和氣說道：「這幾年來，好佳在有妳逗相共，子慶伊們老父𣍐明白我做老母的心情，干仔插一束花，或向上帝祈禱，還是感覺茫茫渺渺，實實在在傳一寡仔牲禮給子慶，我較安心。」

「主娘，這我了解啦！每一個囝仔攏是咱查某人懷胎十月，辛辛苦苦捏大漢的，毋管是生是死，咱做老母的就是掛念一世人。」

「招治！還是妳較貼心，查埔人以為囝仔晟養到成人嫁娶，責任了了，全然毋知骨肉連心，我做老母的要操煩到吞落最後一口氣，才有可能放手。」

回到家，一知道裁縫師來讓玉茗試穿禮服，鳳如就趕過去看看了。

子毓和玉茗兩人突然決定要嫁娶成雙，喜從天降，多年夙願一朝得償，年輕人之間的曲曲折折，做長輩的也就不必追究了，其昌帶著子毓遠赴台南，懇託玉茗父母親答應這樁婚事，正如白家雙老說的高興都來不及了，她也是全力辦妥婚事要緊。

畢竟，玉茗是再嫁的身分，她力主不好二度披白紗，不過這也是子毓的結婚大典，心疼他會感到委屈，親自到高雄鹽埕埔，特地挑了一塊華麗而昂貴的大紅金絲繡花布料，又請了府城最著名的裁縫師傅裁製旗袍禮服，就是希望把玉茗打扮得美美的，不輸給穿白紗的模樣。

鳳如穿過庭園的茶花樹叢，走上玄關，就看到裁縫師和她的助手簇擁著鏡前的玉茗，她已經換上大紅禮服，正對鏡端詳。

隨口問道：「禮服有合軀否？」

裁縫師一見到她，帶著邀功的得意神情搶著說：「頭家娘，妳有看過這呢婧的新娘否？」

鏡前的玉茗也緩緩回過身來，對她展顏一笑：「歐卡桑！……」

宛如天邊一道燦紅的霞光，夾著朵朵金暉直射而來，讓鳳如不禁眼一瞇、心一驚，這是彩雲間下凡的仙女嗎？

定神仔細一看，大紅金絲繡花旗袍，很容易就烘托了玉茗細緻白皙的膚色、纖細窈窕的身材，讓她不能理解的是，經過了這麼多年，怎麼時光沒有帶走她的美貌，只是褪去了初嫁彼時少女的青澀，反而像一顆琢磨得豔光四射的紅寶石？

她太美了，美到令人心悸，也覺得不祥，子慶死亡時破碎的臉面身軀，一下子竄出了永世不癒的心頭傷口——古早人說，婧人無婧命……

看過玉茗試穿禮服後，鳳如就不得安寧了，老覺得心驚肉跳，思前想後，終究無法放下疑慮。

悄悄吩咐招治道：「妳莫出聲，恬恬出去外頭找一個算命仙仔入來。」

招治銜命而去。

不過一天光景，果然就找來了一個算命婆，光看她奇特的長相，臉呈陰陽，一邊萎黃如蠟，一邊黝黑似碳，招治拍胸脯保證對方鐵口直斷，百無一失，鳳如打從心底相信。

但基督家庭找來算命婆，就已經違背了教義，玉茗個性又欠馴服，該如何讓她就範？

招治幫她想出了對策，再請進來一個挽面師傅，說是結婚前幫玉茗挽臉修眉打理手腳指甲，算命婆假扮助手，趁機接觸。

傍晚時分，鳳如又親自走了一趟後院。

遠遠妙恩鈴鐺般的笑聲就傳入耳來，推開小庭門，只見妙恩在茶花樹叢間跑來跑去射著紙飛機玩，子毓和玉茗並肩坐在屋外門階，兩人喁喁細語，子毓手裡還一邊摺著紙船，神情愉快明朗。

鳳如心頭一酸，這是她多年來一再夢想的美滿畫面，期待子毓擁有的幸福人生啊！心情也更加矛盾，但願一切，只是自己多疑多慮。

「阿嬤！」

兩人聞聲抬起頭來，一見鳳如，趕緊起身。

「歐卡桑。」

「卡桑有代誌找阮？」

鳳如盡量自然沒事：「無代誌啦！只不過我有請一個挽面師傅，想要找一個時間替玉茗整理一下仔外表。」

子毓瞥了玉茗細緻的膚容一眼，詫異道：「無必要啊！卡桑。」

子毓話說得直接，羞得玉茗連眉梢也微微泛紅，細聲道：「歐卡桑，小可代誌，還麻煩妳走一趟。」

「玉茗，妳莫聽子毓黑白講，古早人說：三分人七分妝，挽面師傅專門做這途的，面的苦毛仔挽挽咧，腳手指甲修修咧，給妳白泡泡、幼咪咪，有啥物毋好？」

聽來有趣，子毓和玉茗不禁相視而笑。

看著子毓愉快的笑容，想起死去的子慶，鳳如不禁感慨說出：「恁兩個拖這呢濟年才得到圓滿的結局，卡桑心內有偌歡喜恁膾了解，若會當看著恁兩人從此成雙成對，幸福美滿，我所有的遺憾也得到彌補了……」

卡桑一番心底的話，想她這些年來既痛悼逝者，又掛念滯留日本的他，子毓愧疚地低下頭去。

玉茗則眼底泛潮，為了子慶的死，這些年來婆媳之間始終無法坦然相處，卡桑對她的怨懟，她完全明白，而且順受。

請來挽面師傅也是歐卡桑的美意，自己又何必拂逆？

「歐卡桑！一切遵照妳的安排。」

子毓也不再有別的意見。

鳳如鬆了一口氣，也綻露笑容。

此時，妙恩輕快飛奔而來，一張小臉蛋紅撲撲的，對著子毓喊道：「二叔，你毋是還要帶我去放船仔？」

「是啊！是啊！」子毓連聲回答，滿臉的疼愛，把摺好的紙船遞給了妙恩。

這真是最好的結局了。

鳳如在心底反覆求告：天公伯仔啊！祢就可憐同情我，千萬莫橫生枝節，圓滿成就這樁姻緣。

急著清除內心的疑慮，玉茗一說好，隔天一早，鳳如就讓招治把串通好了的挽面師傅和算命婆，悄悄引進後院了。

鳳如全程盯著，挽面師傅先把膨粉塗在玉茗臉上，然後以一條紅絲線絞落她臉上細細的汗毛。

算命婆從旁端詳玉茗臉面；鳳如又緊看算命婆。

算命婆回過臉來，對她輕輕一頷首，閒話家常似的：「少奶奶天庭飽滿，印堂光焱又紅牙，果然是富貴之相。」

鳳如心弦一鬆，微露笑意點了點頭。

師傅挽好了臉，算命婆就端來一盆清水為玉茗淨臉，一邊擦拭一邊稱讚道：「少奶奶骨肉亭勻鼻若蔥，生來就帶財庫，鼻翼若護龍守住財庫，這種命相，貴不可言。」

玉茗笑出來：「阿婆，妳在替我算命哦？」

招治趕緊插嘴道：「少奶奶，妳莫見怪，這個阿婆跟著師傅四界替人挽面，看到好面相，就會阿咾幾句。」

好似春風拂來，鳳如臉上笑意更深了，不過還是不放心，話中有話交代道：「阿婆，妳嘴真甜，毋過巧言不如直道，妳莫只揀好聽話講。」

「阿婆我一向有話直說，絕對膾隱瞞，」算命婆一邊回話，一邊為玉茗淨手：「妳看，少奶奶腳手生到這呢幼秀又無見骨，天生的好命底……」

把玉茗雙手攤在自己膝上的算命婆，突然渾身一震，手上的毛巾掉落水盆內，水花隨之四濺，濕了榻榻米。

挽面師傅驚呼：「細膩啊！……」

「無要緊！無要緊——阿婆，妳怎樣了？」玉茗關心道。

算命婆愣然失神，吐不出話來回應。

招治立即意識到不對勁，趕緊出手拉起算命婆：「阿婆！妳老了，腳麻手痺，無適合出來討賺了。」

挾著算命婆，招治匆匆離去。

玉茗心思澄澈，任由挽面師傅接替未完的工作，並沒有別的想頭。

鳳如曉得事有蹊蹺，叫招治把算命婆祕密帶入灶腳後頭堆放柴薪的小屋。

招治守在柴房門口把風；裡頭鳳如給了一包豐厚的謝禮，卻也容不得算命婆閃躲。

「講！妳在阮新婦的手底看著啥？」

「我……她……」算命婆竟然因為驚惶而嚅嚅囁囁。

事出必有因！

鳳如神情更加嚴峻：「為啥物吞吞吐吐？妳嚨喉要藏實話呢？」

招治外頭聽見了，深怕算命婆吐出什麼招惹鳳如生氣的言語，慌忙探頭進來幫腔：「算命婆！妳毋是講阮家少奶奶好根基、好命底？」

「是啊！是啊！少奶奶一生呷好穿好做輕可，毋過……毋過……」

鳳如再也按捺不住，厲聲盤問道：「毋過怎樣？妳趕緊講啊！」

「少奶奶伊……伊……」算命婆雙唇哆哆嗦嗦，到底吐露了實情：「伊是斷掌查某啊！」

鳳如夜裡輾轉，胃一陣陣燒灼，整個頭更是劇痛，子慶是這輩子不能承受的痛了，萬萬不能再讓子毓出任何差錯！可是，他和玉茗眼看就要如期完婚……

一陣窒息，就像颱風來臨前胸口那種鉛塊重壓的感覺，她霍然坐起身來，不住用力喘氣。

連其昌都被擾醒了，睜開惺忪睡眼，抱怨了句：「妳睏毋睏，把眠床當作運動場……」翻過身去，繼續睡他的。

鳳如再也遏止不住內心猛烈延燒的恐懼，用力去搖他：「其昌！其昌！……子毓和玉茗的婚禮必須取消，我反對伊們兄嫂、小叔結婚！」

其昌這下完全清醒了，也一骨碌坐起身來。

驚訝中帶著幾許怒氣：「妳自頭到尾歡歡喜喜在備辦伊們兩個人的婚禮，怎會暗頭仔呷西瓜，半暝仔在反症？」

「我不管，子毓絕對𣍐當娶玉茗，我寧可伊去娶日本婆仔住日本國！」

「我實在𣍐明白，苦苦等待子毓轉來一家團圓，毋是妳多年來的心願？」

「我愛伊轉來，是驚伊一個人在日本無人照顧，甚至惹厄上身……做老母的人上大的心願，就是每一個序細攏平平安安，只要子毓會當顧全性命，就算母囝長期𣍐當相見，啥物苦，啥物苦我都會當吞忍……」鳳如不禁哽咽失聲。

其昌更加糊塗：「妳愈講愈稀奇，親像子毓要出代誌了——伊雖然叔娶嫂無遵守本地的風俗，毋過並無妨害著啥人啊！親家彼爿真贊成，妳、我毋是也早早就同意了？」

「我後悔了，我反對到底！」

鳳如突然這般執拗，其昌既氣且惱，再好的修養也按捺不住了，斥責道：「婚事宣播出去了，婚禮也要舉行了，妳毋愛做人，我還要做人！」

「為著做人，你連子毓的死活也不管了喔？」

「子毓是要娶某也毋是要去相刣，為啥物會牽連著死活，咁講玉茗會害伊？」

「會！伊會害伊，就像伊害死子慶按呢……」

「妳三更半暝在起痟！玉茗害死子慶？」忍無可忍，其昌大聲怒叱。

鳳如恐懼哭出聲來：「是啊！是啊！玉茗是一個會剋死翁婿的斷掌查某！」

「斷掌查某？」

「其昌！自古命相『斷掌查埔做秀工，斷掌查某守空房』，這毋是我在空嘴餔舌……」

「妳叫人入來替玉茗算命？」其昌勃然大怒：「妳原性不改，一再違背基督教義聖經箴言！」

「我擔心子毓的安危，萬不得已才會按呢做——果然玉茗歹柢蒂，子慶才會不幸枉死……」

「妳歸氣講因為玉茗是斷掌查某，才會發生二二八事件！」

其昌被子一掀，下床，氣沖沖走了出去，任由鳳如暗夜中悲聲哭啼。

等不到天亮，鳳如已紅腫著雙眼跪在李老太太的房內，哀哀向祖母認罪，她只能仰仗她出面了，才有讓其昌轉圜的餘地。

陳繻要她起身，聲音和緩卻威嚴：「咱基督徒的骹頭趺只在聖殿跪拜，妳膾當一直有反基督的行為。」

祖母提起基督徒該遵守的教規，鳳如不免心虛氣餒，委屈辯解道：「歐巴桑，我是不該引外頭的算命婆入來替玉茗相命，毋過，我想要一家平安啊！尤其子慶過身了後，我每日提心吊膽……」

看著她，陳繻眼神平和而睿智，徐徐引用了句日語：「『燈台下暗』，教會是先祖獻地起造的，主恩如海，鳳如，妳為何一直有懷疑心？」

鳳如懂這句日語，等於責備她「近廟欺神」，但自己不是啊！

終於說出內心的怨恨：「上帝若真正有保庇，子慶怎會來慘死？我要靠自己的力量來保護囝兒序細啊！」

「『惡膾繁榮，善膾滅亡』，一切上帝自有安排。對囝孫，俺做長輩的，愛祝福，愛放心。」

顯然，祖母無意幫忙攔阻這樁婚事。

一步出李老太太房門，鳳如就放聲嚎啕了，天威難測，她怎能明白上帝的旨意？做母親的全力維護骨肉的安全，這是最終的初心啊！

子慶！子慶！鳳如心中絕望悽喚，你在天國，要幫忙看顧地上的子毓，不枉卡桑時常三枝清香祭拜於你……

婚禮種種持續進行著。

但是發生這麼大的爭執，在大家庭，難掩耳目，雖不敢大聲議論，私下竊竊也隨風送入了玉茗耳中。

這才明白，那個長相奇特的阿婆，真的是來幫她算命的。

玉茗也狐疑了起來，忍不住捧著自己的右手，反覆端詳。這掌心，到底藏了多少人生的祕密？兩條細細的手紋連成一線，橫過掌心，真的就主宰了自己今生的命運？

若在以往，自己可能會當作甚麼稀奇古怪的新聞，不相干地有幾分好奇或好笑，爭端卻發生在這時候……子慶的死，真的跟她是個斷掌女子有關？一樣也會危害子毓的性命？——她和他，自苦多年，好不容易撥雲見月，願上帝見證兩人恩愛一生，廝守終老，這是她最大的心願與幸福……

婚後玉茗和妙恩將搬進小洋樓同住，子毓忙著指揮內外的粉刷，親手設計屋內的家具擺設，尤其新娘房，連裝飾品他都要精挑細選，擺放哪個位置也再三斟酌，但他樂在其中，享受著忙碌的幸福。

當後院居屋的鋼琴移入煥然一新的小洋樓，子毓滿是美夢成真的喜悅；卻也發覺玉茗心神不寧。

趁著兩人單獨在小洋樓，輕輕握住她的雙手，不解問道：「椿子，妳怎時常在看自己的手中心？」

身為虔誠的基督徒，玉茗不知話該從何處說起；不說，心頭卻真的風濤四起。

見她一臉猶疑，子毓料到必有原因，追問道：「到底啥物代誌在困擾妳？我來解決。」

「……子毓，你是毋是，也聽著了？……」

「聽著啥？」

「這幾日，眾人在傳的話啊！……」

子毓思索著回答道：「厝內——氣氛怪怪，像卡桑原本一直來關心新娘房的進度，這幾日也無看到她——眾人是在傳啥？」

慢慢從他掌心抽出自己的手，玉茗將右手一攤：「眾人在議論我的手……」

「議論妳的手？」子毓滿臉疑惑：「妳的手，怎會成做議題？」

指著掌心細紋，對他說分明：「伊們講，這條叫做感情線，這條就叫做智慧線，兩條線連做一條橫過手中心，我就叫做斷掌查某。」

捧起她的右手，仔細打量那連成一線貫穿掌心的掌紋，子毓更加一頭霧水：「就算是按呢，又怎樣咧？」

抬起眼來定定看著他，玉茗一個字一個字慢慢說出：「算命的講，『斷掌查某剋死翁，一生注定守空房』。」

「算命的底時來過？」接著，嗤之以鼻：「哪有這呢譀古這呢笑詼的講法？」

「毋過，歐卡桑相信，而且，聽講伊煩惱到身體無爽快。」

「這些算命卜卦走江湖的，騙呷、騙呷，也是為著生活，卡桑怎拿這來煩惱？」

「我了解歐卡桑的心情，阮做媽媽上掛心的，就是序細的安全，何況是，牽磕生死……」子毓不得不正視這件事了：「妳的心情，是毋是也受到影響？」

猶豫半晌，到底艱難吐出口：「照講，我無應該受世俗流言影響，毋過，子慶的死……」

急忙摀住她的嘴：「妳莫也牽拖是因為妳斷掌！」

柔情拿下他的手，緊緊握著，她想跟他牽手一生啊！

微帶哽咽說道：「斷掌的傳說使人不安……我希望咱倆人的婚姻受到祝福，我更加希望我所愛的人平安喜樂……」

泫然欲泣的模樣，讓子毓滿心不捨。

回想當初，一路行行重行行日本回台灣，心情宛如要面對判決，完全沒料到原來玉茗心中也放著他。

欣喜若狂回轉日本，把答案告訴了千晴。

但自己還是不懂：「當初我母親有意撮合我倆，我們都拒絕了，除了我長兄的緣故，她這麼多年來特意疏遠，我一直誤以為她對我完全無意……」

千晴如是解釋：「身為女子，我們所求其實不多，愛和被愛而已，但是旁人不能把自己的主張強加我們身上，雖然我們是女性，也希望受到尊重哪！」

「原來——椿子感覺是因於我卡桑的逼迫，我們才要婚配，所以不願屈就？」

「『感覺』對女性非常重要，我也感覺，我們不能因為我母親和二哥的期望而結婚——先生！請聽我說，我的婚姻我也要自己作主；也請相信，我也一定會找到真幸福。就讓我與你們夫妻做一生的朋友吧！」

若不是她的鼓舞，想必自己就「在長長的春雨裡，我也將在幽思中，虛度這一生」，也沒有勇氣從相思的夢徑奔向真實的追求之路。對於千晴，他一輩子的感激和友愛。

一拿到博士學位，他即將啟程回台灣和玉茗結婚，並且定居，陳紹和還在苦勸他放棄這樣的決定。

他坦白以對：「能夠和椿子結為夫妻，我個人的幸福莫大於此。」

「這是不智的，『虻和蜂不能同時取得』，我們在日本是安全的，廖大統領第一次發表台灣獨立的主張，引起蔣介石政權的不滿，向麥克阿瑟將軍抗議，他被以非法入境罪名關進巢鴨監獄七個月，其實是美國司令部為了保護他免得被遣送回台灣的措施，你怎麼反而自投羅網？別忘了那句諺語『踩到老虎的尾巴，馬上會被吃掉』。」

「廖大統領也需要島內有人接應，回到台灣，我自然會謹慎行動，也會保守祕密，不讓家人擔心。」

「你不要低估國民黨，我們不具備有形的武器，蔣介石父子卻非常害怕，無所不用其極對付台灣獨立運動，他沒辦法直接抓廖大統領，就把他的家人、親友一個個抓起來判重刑，這也是一種逼迫的方式。」

陳紹和以自己為例：「我勸你，若要把自己獻給台灣，就像我一樣終身不走入婚姻、家庭，免得有所牽掛或拖累。」

他也曾苦苦要將玉茗遺忘，反覆將自己放逐到日本，相思卻拿著錐子，日日夜夜鑽、刺他的每一寸靈魂，那種痛，愛過的人才曉得……

而今，得以一償相思債，就算是飛蛾撲火，任誰也攔阻不住了，何況是玉茗掌心的一條手紋！

溫柔而堅定地擁她入懷，保證道：「一切照妳的願望，俺會得到眾人的祝福；俺會久久長長，牽手到老。」

子毓採取主動，要來平息這場意外的風波，他帶著玉茗去見母親。

鳳如神色憔悴，看來臉有病容。

她的模樣，子毓也大吃一驚，江湖術士一番子虛烏有，到底起了多大殺傷力？

子毓和玉茗雙雙來到自己跟前，這曾是她一心所期待的，而今卻成了驚悸，百感交集下，鳳如紅了眼眶。

子毓不忍，連忙把話挑明：「卡桑，妳真正為著算命仙仔幾句無影無跡的話在擔心？」

子毓突然攜玉茗同來，一開口就提這樁事，這些天來的內、外煎迫，讓鳳如再也無法忍受。

帶怒反問道：「你也想要來責備我違背上帝，找人來替玉茗算命？」

「哪有上帝？毋過算命這種代誌，比上帝還笑詼！」

兩個女人全嚇壞了。

玉茗以日語喊：「子毓！你怎能褻瀆上帝？」

鳳如拿台語罵：「你這個囝仔！毋知天地幾斤重，竟然無鬼也無神了！」

他暫時擱下玉茗，只針對母親的指責回應道：「若有上帝，大兄哪有可能來慘死？上帝都不存在了，一條手紋，怎會當決定玉茗的婚姻和我的生死？」

直到這一刻，玉茗才徹底明白，子慶的死如何重創了子毓，不但摧毀了他從小的信仰，也讓他滯留日本自苦多年也不願表明對她的愛，兄弟至情啊！她一下子淚盈於睫。

鳳如則忍不住哭出聲來，哽咽道：「戇囝仔，有人就有神，上帝無能庇佑恁阿兄，卡桑當然要用所有的氣力來看顧你……」

母親汪洋大海般的深情，讓子毓胸中也泛起陣陣酸楚，沉痛道：「兄樣一生單純熱情，敬拜上帝，伊有啥物罪惡，必須用死來贖罪？人生，除了自己承擔，還會當倚靠啥物鬼神？」

鳳如悲啼：「命啦！一切攏是命……」

「大兄明明死在軍隊的槍下！一般的百姓殺人賠命，為何這個政府刣死算也算𣍐清楚的無辜百姓，還會當繼續耀武揚威？台灣毋是由命運主宰，缺欠的是公理正義……」

「我上驚你按呢！我就是上驚你按呢！」鳳如連聲驚喊，苦心告誡：「子毓，禍從口出啊！」

這個噤若寒蟬的社會！自己所親所愛的家人，必須生活在恐懼下，甚至一代又一代？

但他不能再讓母者的心宛如置於煎鍋。

子毓緩了緩情緒，也緩下口氣：「卡桑，我講話若使妳煩惱，我會盡量噤嘴。這次，既然我堅心轉來佮玉茗結婚，請妳相信我，為咱一家人的平安幸福打拚，就是我這世人的目標了。」

鳳如拭去縱橫臉面的淚水，兀自點了點頭，回以：「是啊！經過這呢濟年了，你才選擇佮玉茗結婚，看來……無人，無事，會當將恁兩人拆散了……」

他緊緊牽住玉茗的手，算是給母親最堅定的回答。

鳳如深嘆一口氣，認命道：「你無神也無鬼，我還是相信天意，既然上天安排恁來成雙成對，古早人講『天無錯配』，卡桑也無要再反對了——你給玉茗留落來，我有幾句話要單獨和伊講。」

既然母親言明不再反對，子毓遵從了她的要求，先行離開。

單獨面對歐卡桑，玉茗幾許忐忑，更多內疚，當年，自己斷然拒絕她的撮合；如今，又要忤逆她的意思強與子毓成婚。

仔細端詳玉茗惹人憐惜的模樣，鳳如忍不住又一聲喟嘆，語重心長囑咐道：「阮做父母的生得了囝身生不了囝心，子毓的心是妳的，玉茗，妳要珍惜，卡桑也要拜託妳，妳要好好看顧子毓。」

沒想到是這麼慎重的託付。

玉茗更加慚愧，低著頭紅著眼眶道謝：「歐卡桑，多謝妳的成全……所交代的代誌，我一定會盡我的力量……」

「當初，時勢正亂，我也當面吩咐妳要守住子慶，結果，妳還是放伊出去……」

子慶臨別情景，憬然赴目，悔恨也翻江倒海而來，子慶的死，是自己一生無法彌補的過錯，任憑淚如江海浪濤，也洗不去一絲一毫的罪孽……

玉茗滔滔淚流，一下子沖淡了鳳如鏖糟怨懟的心緒，她拿起收巾為她擦拭臉面淚水，口氣轉為和緩：「妳莫哭，畢竟，妳和子毓喜事近了，按呢歹彩頭。」

鬧不住眼眶奔騰的海流，玉茗不敢開口回話，怕心情更加潰決。

「子毓不比子慶好性情，伊全身鋩鋩角角，四個囝仔，伊給我上操煩——會當等到伊肯回鄉成家，我只盼望伊一生平安順遂，做一個平平凡凡的人就好。」

歐卡桑娓娓細訴，同樣身為人母，那種無盡的擔掛，卑微的願望，她怎會不了解，此刻，她和她心思相通。

「做老母的心，求啥物代代出狀元，只愛囝孫平平安安。我亦知子慶是死在政府的手內，毋過，俺做百姓的，除了忍還是忍，妳得苦勸子毓萬事吞忍啊！……」

玉茗開口欲言，雙唇哆哆嗦嗦，未成語調，忍不住雙眸重新潰堤。

淚水也再一次暴雨般傾瀉鳳如臉面，婆媳倆，為那已然遠逝的子慶淚眼相對。

鳳如深藏多年的怨恨，在滾滾淚水中洗滌漸褪，她衷心希望玉茗真的能夠帶給子毓幸福。

抹去網羅臉面的涕淚，句句都是母懷苦心：「既然子毓決意佮妳成雙了，現此時社會也較平靜了，俺只要莫反抗這個政府，恬恬過日子，咱的家業雖然不比以往，給妳和子毓無憂無愁富裕生活，足足有餘。」

子慶已矣，對於子毓，她不會再犯同樣的錯誤。

淚海中，玉茗宣誓那般承諾道：「歐卡桑，我會用我的性命，一生守護子毓。」

第四樂章

1. 曼波

人在幸福中，歲月就隨著流水靜靜流淌，三年的時光無聲自在逝去。

此時，南台灣才初夏時節，午後的房內已鬱積著熱氣，小洋樓外芒果樹上的蟬鳴黏黏涎涎，似乎也沁泌著這一季溽暑的汗意。

二樓房內，子毓一邊整理行李，一邊乜斜挺著身孕歪在床邊的玉茗，躺在床上的沐惠，嘴裡咿咿唔唔發出撒嬌的聲音，一下子要媽媽大力搧動手中的扇子，一下子要媽媽幫忙搔背抓癢，玉茗忙得不可開交，他則看得滿眼漾笑。

樓下起居室傳來的鋼琴聲，在這懶洋洋的午後，聽來透著疲憊，子毓看得到妙恩強拄眼皮苦敲黑白鍵的模樣，忍不住笑出聲來。

「椿子，透中晝，妳怎無叫妙恩也來歇睏？」

「是伊講〈小星星變奏曲〉還無熟，自己再落樓去練琴的。」

「妙恩真正足愛音樂，再過一、兩年就把伊送去日本深造，以後一定是傑出的音樂家。」

「……我毋愛送伊去日本。」

「以早，恁家毋是也送妳去日本學藝，怎會自己就毋肯給查某囝出去？」他為妙恩不平。

玉茗輕聲一嘆，說：「我毋甘給妙恩小小年紀就出去漂浪，尤其是……我只想把伊留在身軀邊好好疼惜……」

清楚她沒說出口的話是甚麼，失去親父，玉茗對妙恩有強烈的補償心理，這些年來過得恬靜、幸福，她對妙恩似乎就越加不捨，滿心虧欠。

子毓眉峰微蹙，妙恩有音樂天賦，若沒有全力栽培，他才真的對不起大兄，但是玉茗始終揹著罪的十字架，他一直無能解開這個死結。

只得退讓道：「橫直，也無趕緊，以後我會問妙恩自己的意思。」

玉茗看著他把衣物用品全部放入行李了，意有所指道：「一家人，歡喜平安過日子毋是真好，為啥物一定要走東往西追求世間的虛華？」

子毓大笑一聲，當然曉得玉茗話中所指。

趕緊擱下行李，過來安撫道：「我有時需要去日本，也是為著業務和生理，我一直安分在過咱的家庭生活啊！」

玉茗不禁又是一嘆，的確，婚後這幾年，也真難為他了。

剛回家鄉彼時，光是文字和語言的問題，就夠他忙亂了，政府全面禁用日文，面對中文，他看不懂報紙，無法閱讀書籍，正如他自嘲的：「在日本，我是高級知識份子；轉來台灣，我變作青瞑牛。」

不過，一反從前排斥的態度，子毓聘請專門的教師指導他學習中文，憑藉穎悟和努力，三年下來，不但克服了閱讀的障礙，連書寫都不成問題，北京話也相當流利。

職。

對於子毓的轉變，歐多桑、歐卡桑喜形於色，還一直透過人事關係要安排他進入司法體系任

只有她明白，子毓自有他的想法，從他一再婉拒進入公家機關的機會，顯然，他無意在這個政府底下做官。

那為什麼熱衷於學習中文和華語？

曾以稍帶玩笑的語氣試探道：「你這般獅子奮迅，難道是想做個海千山千的人？」

平常也就是這樣，兩人都以日語或台語交談，那回，他卻稀奇地拿北京話回說：「這叫知己知彼。」

下一句不是「百戰百勝」？太古怪了！

從婚前兩人攜手面見歐卡桑之後，子毓真的遵守承諾，不再有任何批評政府的言語，但一句「知己知彼」，她始終掛在心頭狐疑著，不安著，到底，他想戰鬥甚麼或戰鬥的對象是誰？

後來，台大法律系要聘請他，原本，台大法學院七年前發生政府派兵逮捕並在獄中殺害學生的事件，雖然深怕他涉入是非之地，但是子毓頭一遭動心。

反覆考慮，雖然心中常駐一個警備總部而無時無刻不戒慎恐懼，自己也不願意他空擁博士學位卻無法一展長才；內心另外的想法是，當一名教師，也許更可以規範他的所思所為，於是贊成他上台北任教。

不過後來子毓自行衡量台北到屏東，一個在台灣頭一個在台灣尾，交通又不方便，搭火車南

下高雄就要將近八個小時，又要轉車到屏東，再轉車回萬丹，花一整天都不一定到得了家，若接下教職，只剩寒、暑假才有比較長的時間與家人團聚，十多年的歲月獨自漂浪在日本，甘願捨棄一切返鄉，正如他說的，正要好好補償雙親，更不想再離開她和孩子，思前想後，也就忍心拒絕了台大。

惋惜之際，剛好碰上省立屏東農業職業學校升格為專科學校，校方也是極力邀聘，她原本認為可以委屈將就，子毓卻說自己的專業是法學並非農業，誤人子弟，萬萬不可。

性格狷介，加上窩在小小的屏東鄉下，實在也難有好的出路，他就在公所附近開了一家律師事務所，雖然大才小用，不過可以兼顧家中事業和家庭生活，這也符合歐卡桑所說的平安、平凡就好。

可是戒嚴時期，法律由掌權者解釋，傳統「有錢判生，沒錢判死」的陋習，讓子毓進退維谷，他既不肯為富者賄賂法曹；也無能替貧者伸張正義，這完全脫離了嫻熟法律的範疇。

尤其，發生了幾樁離奇的案件。像社皮有個十四歲的農家少年，在自家門口和同伴戲耍時，一時興起，撿拾蓋房子剩餘的紅磚碎塊，就在漆著斗大「保密防諜人人有責」的圍牆上塗鴉，還畫了一顆光芒四射的紅太陽，後來當局以少年歌頌「東方紅」為由將他逮捕，據少年的家屬向子毓求助時所描述，少年要被帶走時，滿臉驚恐問道：「啥貨是『東方紅』？」

子毓極力爭取少年接受一般法庭審判，但還是以「思想犯」被移送軍事法庭，出事不到一個月，少年就判刑確定，火燒島勞改十四年。

二八事件當時，曾躲入「大營」避禍的小學老師周學光，颱風過境宿舍窗戶破裂，生性節儉的他，就以報紙把裂縫剪黏起來，就這麼湊巧，遠看那面玻璃窗，像不規則地貼了五顆五角星。

某個半夜時分，周老師因為「匪諜」的罪名被帶走了。

周學光沒有結婚，在台灣也沒有親人，還是石道存老師慌慌急急代為求救：「老周一心一意要跟隨蔣總統反攻大陸回鄉去，所以迄今沒有娶妻生子，他怎可能通匪？」

只知周老師三更半夜在學校宿舍被帶走，子毓四處奔走，打探他人監禁在哪個單位，想要見周老師一面釐清案情，爭取為他辯護的機會。誰知，不論保安處、情報局、調查局，全推得一乾二淨，彷彿逮捕行動從不曾發生，周學光就莫名其妙從人間消失了。

這樣的案例碰多了，子毓似乎轉為消沉，司法案件越接越少，轉而處理農民土地的買賣或糾紛，做起代書的工作。

大鵬難展翅，子毓本身倒沒甚麼怨言，反而表示：「農民大多數毋捌字，會當替伊們做一寡仔代誌，減少伊們的困擾，這也是我替弱者出力的一種方式。」

自己一直心有歉意，如果當初他如期娶了千晴小姐，留在日本發展，應該會有一番成就。

當年蜜月旅行時，她和子毓去了日本，也見到了千晴，真是一位甜美溫柔的歐嬢樣，子毓怎忍心割捨一個少女的真情？

千晴卻緊緊握著她的手，眼中泛淚唇邊漾笑：「上帝終於憐憫先生了，椿子內桑，妳是唯一可以給先生幸福的人。」

若能與千晴締結婚盟，相信，子毓也能夠得到幸福，他卻捨棄在日本的一切，選擇回到家鄉和她共度一生。

見過千晴之後，自己的心情因為虧欠而低落，兩人走在東京驛附近的銀杏樹林蔭道下，盛夏時節，銀杏樹蓊蓊鬱鬱，滿眼碧玉，她憶起了當兩人還是叔、嫂名分時，在山路遇見一棵金黃色銀杏樹的情景，從不曾想過，有朝一日可以攜手同遊東京街頭，幸福的感覺忍不住溼潤了眼眸，覺得自己不配獲得，不僅對不起子慶，也對不起千晴和子毓。

子毓驚訝，以日語問道：「椿子，妳為什麼流淚？」

哽咽說出：「我知道你為我萬般犧牲……」

曉得她所指為何，子毓為她擦拭落在臉頰的淚珠，溫柔回答道：「我並不認為這叫犧牲，人生有得必有失，可以與妳成為夫妻，不必夢中苦苦追尋妳的形影，這勝過世間任何名利和成就。」

這是新婚彼時，東京銀杏樹林蔭道下，她心版鐫鏤了子毓這番誓言。

三年來，沐惠出世，再四個多月她又即將臨盆，雖然際遇不順，子毓對這個家呵護備至，照說，幸福應該是無可疑義的；然而，自己一直隱隱覺得，子毓內心藏著一塊她碰觸不到的角落。

這種感覺讓她不安，尤其每回子毓逗留在日本未歸期間，感覺更加濃烈。

子毓在東京處理公司業務期間，向來都借宿於千晴敬拜的教會，對於他的行蹤，她應該是最清楚的人。

曾去信詢問千晴，為什麼子毓每年都得去日本一、兩趟，每趟逗留的時間都不算短，少則將近兩個月，最多曾經超過三個月，家中在日本的漁業投資，沒有大到他必須如此忙碌。

千晴的回函越洋而來，細細推敲信中字句，娟秀的字跡娓娓述說，子毓忙著處理公司種種繁瑣，閒暇則拜訪老友、重遊舊地，或者浸泡在東大的圖書館，是尋找所需資料還是回味當學者的日子？她就不甚清楚了。

信中字句看見了千晴的誠摯；卻遍尋不著她切切盼望的「安心」。

尤其，有一次偶然去事務所，碰巧捕捉到子毓和陌生來客的幾句言談，顯然是有關現下的政治局勢，似乎隱約聽見了──台灣獨立建國運動？……

過後，在她的追問下，子毓只含糊解釋說是日本回來的朋友。

「恁在議論政治乎？」

「……朋友真久無轉來台灣了，伊想要了解目前的社會狀況……」

「台獨份子」、「共匪同路人」是現下社會最忌諱、最恐怖的名詞，任何人不小心沾染都會大禍臨身，她答應過歐卡桑，不會讓他有所閃失。

「俺只是一般百姓，社會怎樣，毋是咱有能力改變的，子毓，你莫再談論政治管政治了！」

「……」子毓到底忍不住，還是重重一嘆：「台灣就在恐怖下沉默了，任由當權者專制。」

「你會當講我自私，我只是希望咱一家人平安幸福。」

「真正的平安幸福，毋是在獨裁者的鐵蹄下小心呼吸，膽顫過日。」不過他還是會顧念她的心情，答應道：「我只不過佮朋友談論一下仔時勢，妳就這呢煩惱，以後我會更加避免。」

回首婚後，點點滴滴，不完全是蜜糖，幸福中微泛酸楚，雖然並不很清楚自己在擔心甚麼，但這才讓她更擔心。

沐惠已經睡著，玉茗起身，走過去把行李中的衣物用品再稍加整理，一一擺放整齊，一邊柔聲回答說：「我亦知，查埔人的天地毋是在家庭，毋過，我一心望你所講的安分生活，是真，毋是假……」

「椿子，我這世人上幸福的選擇，就是轉來台灣守在妳和囝仔的身軀邊，這份幸福，會當支持我有勇氣為自己的任何理想打拚……妳就要生了，莫再想東想西，這擺，一個月內我一定轉來。」

子毓都做出承諾了，自己也沒有理由再嘮叨下去，但滿懷的離情，就像窗外縈繞敻遠的蟬聲。

扣上行李箱環釦，她回應他的話說：「我等你倒轉來。」

子毓點點頭，輕撫女兒的睡臉，對玉茗道：「明日透早我就要出門了，妳在厝好好照顧妙恩、沐惠和腹肚內的囝仔。」

「妙恩已經咧代誌了；若是沐惠，伊會一直找你，一直問你去佗位。」

子毓疼惜地看著女兒，不免得意：「沐惠若大漢，佮妙恩相同，攏是足媠的歐嬢樣。」

玉茗走回床邊，跟他一起靜靜看著沐惠，這個女兒福證了她與她父親的婚姻。

子毓伸手擁住她，也撫摩著她碩圓的腹肚：「我希望這一胎，還是查某囡仔。」

不禁雙眉一蹙：「為啥物？」

「按呢，咱家就是真真正正的美人岫了。」

「歐卡桑一直在盼望我為子慶和你傳後嗣，你知影我的壓力否？竟然還講這種話……」她怨艾道。

子毓又大笑出聲：「查某囝有啥物毋好，乖巧又貼心，像卡桑生我這個後生，拄仔好操煩氣魯一世人。」

玉茗也覺得好笑，一方面衷心期盼道：「我還是希望會當達成歐卡桑的願望。」

「無要緊，按呢，咱就繼續生，生十二個湊一打。」

「你就是愛黑白講話！」她嬌嗔道。

子毓玩笑的神情轉為真摯、深情：「毋管是後生還是查某囝，攏是咱至親的骨肉啊！」

仰靠在他胸前，任由他撫愛尚未出世的孩子，感受著全然的幸福，玉茗真希望時光永遠凝結在這一刻。

夏日曙光，七早八早大剌剌地就醒了，潑悍的模樣。

伯仲一臉鬼祟覷向屋後，大清早，阿葉忙著洗衣服，挺著便便大腹蹲在洗衣盆前，看來特別吃力，明珠帶著月英在一旁玩耍，連機也去學校了，一時應該不會有人進到屋內。

他趕緊倒回竹眠床，開始棉被裡、枕頭下翻尋，甚麼也沒找到，不甘心也不相信：「怎有可能？前幾天我才贏一把錢給伊啊！這個阿葉，一世人膾曉拍算，有錢就盡量開，無錢才來怨天怨地怨我衰人無財運……」

一邊喃喃惡罵，一邊趴到床底下搜索，終於在最裡頭的角落，發現一個鐵罐。彷彿搜得獵物，伯仲喜孜孜一頭鑽進床底下，抓住鐵罐又鑽了出來，也顧不得一身的灰塵蛛網，掏出來一看，有若干一元紙鈔，最可貴的竟然還有一張五元紙鈔，也來不及細數，連同鐵罐內一枚五角銀幣，一起塞進褲袋內，只留下幾枚二角鋁幣及一角銅幣。

蹲身低頭正要把鐵罐送回原處，背後突然傳來阿葉獅吼聲：「伯仲！你又在偷挖我的錢了喔！」

他慌忙起身，阿葉早搶上前來，一把奪走他手中的鐵罐，忿忿然道：「你真正是死蛇活尾溜，到這個地步了，還想要偷挖錢出去繼續博！全然無想一家人還得生活，厝內就賭這些錢了……」

伯仲一下子被扒了臉皮，惡聲道：「啥物叫偷挖妳的錢？厝內佗一先五釐毋是我賺來的？」

阿葉還來不及反擊，先發現鐵罐裡只剩零錢，氣急敗壞大叫出聲：「你干仔留一寡仔闌珊錢，三個囝仔是要呷風放屁咻？」

「妳還敢講我！前幾天我贏的錢咧？妳把錢當作蝌仔殼撒，再會賺，也擋膾著妳這個闊嘴查某！」

「伯仲！你講話要存天良，錢咁是我自己一個人開去？咁毋免納厝稅？毋免糴米買菜？毋免買一塊三層仔肉，給一家人澀刮刮的肚腸添一點點仔油花？」

「妳哦！一向顧前無顧後，正港是有錢吃鮸；無錢免吃！」

「你真正博徼博到目睭起花了，無看到連機註冊費一直無法度交，那個夭壽外省仔老師三不五時就挈筆夾伊的手指頭，連機一雙手時常腫到若麵龜，你一挈錢給我，我就趕緊罄給伊去交註冊費了！」

阿葉一番據理以爭，他也很難辯駁，的確，所得有限，一家人要吃要住要生活，連機自從上了小學，註冊費都是學期初拖到學期尾。

他恨恨道：「大家平平是外省人，那個熊老師對連機實在有夠粗殘——橫直，人若窮，就隨在人糟蹋！」

說著，伯仲一臉憤慨就要出門去。

「你要去佗位啦？」

「我要來去賺錢啊！散鬼人人驚，我𣍐當一世人落魄，拖累一個後生讀冊讀到這呢狼狽！」

阿葉一把拉住他：「你要出去討賺毋免指傢俬喔？空空手是要按怎補鼎補雨傘？」

「補鼎補雨傘？未赴飼咱一大家口仔啦！」

「伯仲！古早人講『博徼錢𣍐做得家賄』，你莫再博了！」

「我贏錢的時陣，妳怎毋講這種話？妳怎無譬例古早人也講『有錢烏龜做大廳，無錢秀才人人驚』？閃啦，我要出門了！」

「你錢還我才出去！」

一個急著出門，一個不肯放行，拉拉扯扯之間，也不曉得誰先動手，兩個人就開打了，阿葉連咬帶齧，伯仲一痛，拳如擂鼓，阿葉不敵，哭嚎外帶咒罵，還是死命扯住伯仲不放。

明珠帶著月英衝進來，眼前父母打架的嚇人情景，三歲的月英似乎習慣了，還嘻嘻地笑；六歲了的明珠，嚶嚶哭泣。

「阿爸！你莫再拍阿母了！阿爸！你莫再拍阿母了！」

明珠的啼泣求饒，讓伯仲的拳頭再也捶不下去，還是一肚子怒火的他，將阿葉重重摔在地上。

阿葉倒地，蜷縮痛哭：「夭壽短命！你無帶念我，也要帶念腹肚內的囝仔啊！你這樣拍我摔我，全然毋驚我落胎……」

伯仲一下子也覺得自己太超過，想去扶起地上哀哀嚎泣的阿葉，又拉不下臉；倒是明珠跑過來摟住母親，跟著傷心抽噎。

阿葉反而一巴掌揮在明珠臉上出氣，邊哭邊罵：「生恁這些外頭家神仔有啥路用？白白米替人飼某，無彩工啦！」

伯仲心頭一酸，重重一嘆，撇下她們母女三人，一腳跨出戶定。

逃離家門，一眼瞥見屋簷下的鐵馬，孤伶伶倚在牆角，多久沒有結伴一個村莊穿越過一個村莊去補鼎補雨傘了？他更加惝惶，卻也更急著出「大營」，橫直，眼不見心清靜。

卻在「大營」門口和李家的二少頭家、少奶奶正面撞見，行李箱就放在三輪車上，挺著身孕的少奶奶顯然在送少頭家出遠門。

子毓看到他，客氣招呼道：「伯仲兄，透早就要出門賺錢了喔！」

慌促地瞥了少奶奶的肚子一眼，他更加羞愧，支支吾吾：「是……是啦！」

子毓注意到他眼神不對，關心問道：「聽講，兄嫂人仔也要生了？」

「應該再兩、三個月才會生。」

「按呢，伊的時間和我前後差無偌濟。」玉茗含笑回應道。

「……連續生兩個查某的了，想講，這胎再拚一個查埔的……」

子毓微笑道：「查埔、查某毋是攏同款？」

「哪有同款？查某囝飼大漢，嫁出去就是別人的了。」

「伊若嫁了無好，咱做序大人的咁就獪牽腸掛肚？骨肉親情，毋管是查埔還是查某，相同要疼惜、栽培。」

離開「大營」後，李家二少頭家說的話還盤旋耳邊，伯仲不禁搖頭苦笑。

「落土時，八字命」，莫說男命、女命貴賤不同，人和人之間更是天差地別！平平住在「大營」，碰面時二少頭家客客氣氣稱呼他一聲「伯仲兄」，人家是含著金湯匙出世的厝主；他卻是流落他鄉外里的厝腳。

同樣流落在台灣，像連機的導師熊世華、已經升官當課長的卜正，其實認識的字也沒比他多，只差他早來幾年，當初又是一心想來台灣求發跡，有一天賺得黃金白銀風光返鄉，哪曉得文件證明要隨身攜帶?他們跟著政府逃難的，不但家當全在身上，還有政府悉心照顧，一張籍貫或識字證明，就足以送他們進公家機關或學校任職。只差個先來後到的時機，命運就大不同了。

十年了，十年就這樣過去了，想當年一句「台灣錢淹腳目」，讓他不畏艱難跨過黑水溝；夢想像李仲義三兄弟在台灣打下一片天，他也在萬丹這個全然生分的地頭駐留下來。

同樣「唐山過台灣」，他顯然又比李仲義晚到了七、八十年，不論時勢如何變化，李家雖然不如以往，依然雄霸一方；而自己彼時的雄心壯志，早在現實生活中磨得粉碎，化為塵埃消逝在風中，囝仔一個接一個出世，肩頭重擔壓得他喘不過氣來，根本做死也翻不了身。

古早人說「馬無夜草不肥，人無橫財不富」，伊娘咧！還真有理！等待客人前來補鼎補雨傘的空檔，偶然和人家的一次呼么喝六，嘗到了贏錢的滋味，原來！錢也可以賺得這麼輕鬆。

後來的幾次小賭竟然繼續贏錢，飽足了口袋，餵大了膽量，聚賭的次數也就越來越頻繁，難免耽誤了工作，補鼎補雨傘的辛苦錢也逐漸不放在眼內，有時候客人來，心裡還嘀咕對方打斷賭局，壞了他的賭運。

原本只是路邊帶著消遣性的聚賭，熟識的賭友索性把他引進了「儆間」，真的一贏，就是一張張十元、五元大鈔揣入懷中，讓人爽快到極點。

偏偏，自從進了「儆間」，輸多贏少，像幾天前才贏了一、兩百元，比卜正課長、石道存老師一個月的薪水還多很多——幹！這幾天陸陸續續又輸掉，實在不相信自己的手氣會這麼背，不翻出家中老本把賭輸的錢撈回來，怎能甘心？

剛剛把阿葉推跌在地，心裡也很過意不去，這個女人，雖然不知持家之道，好好壞壞跟著他在台灣吃苦受罪，也替他傳宗接代，實在不應該對快要生產的她起手動腳……

伯仲又迅速安慰自己道，無要緊啦！自從她曉得他在賭博，兩個人大大小小也不知道吵過多少回了，反正只要贏了錢，就可以風神地帶著鈔票返家，她還不是嘴笑目笑接下來？這次應該也不例外。

心裡一邊盤算著，只要贏了錢，就糴米買肉回家彌補她一下；也可以幫她那圓滾滾的腰肚，買件寬鬆好穿的新褲子。

伯仲不禁加快腳步，往「徼間」的方向而去。

東京的夏日，湛藍的天空微刷羽毛也似的雲翳，就像浪頭上雪白的浪花，從教堂小小的後院望上去，一方海洋的感覺。

後院恰似小型菜圃，地上那一畦的皇宮菜，看來翠綠可口；竹架上的番茄藤恣意攀爬著，果實自藤蔓中探出頭來，有的青澀有的熟豔。

千晴手持鏟子正在挖蘿蔔，剛學會走路的翔浩緊跟在身旁，也用手又抓又挖地面的泥土，千晴以縱愛的眼神瞅著兒子笑，嘴裡沒有制止性地輕說：「翔浩，髒，不要玩了。」

子毓推門而出，看見了日光下的母子，也忍俊不住笑意，他和玉茗成婚一年後，千晴也接受了教會青年牧師中野良木的求婚，一個證道一個司琴，共同守護這座殿堂，也有了自己的下一代。

他走過去，抱起翔浩：「好玩嗎？」

翔浩直點頭，一臉的天真。

千晴趕緊放下鏟子起身，輕輕拍拭翔浩手上的泥土，一邊致歉：「先生，不好意思，弄髒了您的外出服。」

他根本無所謂，內心十分愉快，說道：「翔浩天心爛漫，實在可愛。千晴，如果妳的上帝未死，祂總算做對了一件事，在妳身上給予恩典。」

「先生，您不可以褻瀆上帝，清晨我才在聖殿禱告，讓上帝的國度行在地面，如同天上，台灣人能夠建國成功。」

「要建國成功，除了台灣人自己要努力，恐怕要仰賴的是國際社會，而不是妳的上帝。」

「先生，不要試探主！」

雖然自己不再相信上帝的存在，但是在日本從事台灣建國運動，這座教堂成了他的庇護所，尤其中野牧師的全心支持，背後是一股力量；人前則是一種掩護，他實在不能再說出太不敬的諷刺言語。

不禁感嘆道：「唉！女人哪！總是想從信仰中取得力量，偏偏信仰的不可靠性又讓女人不安，椿子亦是如此。」

「女人一旦結了婚，有了丈夫小孩，一心想的都是如何維繫家庭的幸福，難免會有過多的憂慮。」

「我願台灣千千萬萬的家庭，都能自己當家作主，擁有真正的幸福。」

「這種襟懷實在了不起，」千晴敬佩道：「良木尊先生是人格者。」

子毓笑著搖了搖頭，說：「真正了不起的是我們台灣共和國的廖大統領，他長期被迫遠離家鄉，親友遭到監控，甚至被抓入黑牢，也從來沒有撼動他的理想和目標，一直為台灣民族的第三次建國運動奮鬥，我只是他的追隨者之一，盡棉薄之力罷了。」

「您們都是可敬的先驅者，不過這是非常艱鉅的任務，家人也跟著承受種種壓力，椿子內桑似乎也感受到了某些事，」接過他懷中的翔浩，千晴繼續說道：「否則，她不會屢次來信追問我，你都在東京忙些甚麼。」

「我兄様的死，讓她變成一個極端敏感的女人，請妳繼續幫忙隱瞞，我不想增加她的憂慮。」

「先生想為台灣人謀求真正的幸福，但椿子內桑是驚弓之鳥，這實在是兩難的局面，不過我會盡量安撫，免得先生還要分心擔憂椿子內桑。」

「千晴，謝謝！」子毓感激道：「能夠在日本和廖大統領以及所有的同志為台灣建國努力，妳和良木對我是很大的支持力量。」

「我們是神的僕人，只是在行神的公義，何況，還有許多人跟我們一樣，對台灣獨立建國運動，抱持同情和支持的態度哪！」

「日本民間友人提供的各種物資和精神支援，這份情誼，台灣共和國所有成員銘記在心。」

這時，良木也一身外出服來到後院，千晴恭恭敬敬行了個禮：「良木様！」她懷中的翔浩一見父親，也是咿咿呀呀伸手要他抱。

長著一對細長眼睛而顯得溫柔多情的良木，卻只是對妻子莊重一笑，又稍微逗了一下兒子，隨即轉而問子毓：「先生，我們不是要出發了？」

那種嚴肅矜持的態度，讓他想起了受日本統治五十年的多桑，對妻兒也是日本男人的內斂，不過時代畢竟改變了，現在妙恩、沐惠若在他眼前，他一定摟抱入懷。

趕緊用力甩了一下頭，硬生生把家人的身影從腦海驅逐，他現在揹負的責任重大，要跟幾位同志共同擘劃台灣共和國的臨時憲法草案，容不得他兒女情長，或思念台灣的親人。

與中野牧師一同離開了教堂，下了山坡，為了防止特務監控，他和同志約在祕密地點草擬憲法，中野牧師同行也是為了掩護他。

上班的尖峰時刻，東京街頭熙熙攘攘，商家連綿，行人接踵，比戰前還有活力，充滿新生的蓬勃之氣。

子毓讚嘆道：「日本戰後復原的速度，足以讓全世界驚嘆為奇蹟。」

良木神情驕傲，言語謙虛：「身為戰敗國，全民除了總反省，同心努力重建家園外，還能有甚麼別的選擇？當然，美國不計前嫌的扶助，也是我們能夠迅速站起來的重要力量。」
行經十字路口，看到行人穿越綠燈的腳步迅速篤實，是一種對未來熱切前進的朝氣；面對紅燈的腳步幾乎是整齊劃一戛然而止，充分顯現大和民族重紀律、守秩序的民族性。
子毓滿心感觸，成長過程，曾誤以為日本是自己的國家，少年時代負笈而來，他就開始生活在這個國度，直到結婚後返台。其實，為了台灣的建國運動，他和腳下這塊土地依舊關係緊密。
日本在二次世界大戰遭到毀滅性的打擊，當時他人就在東京，親眼目睹這個國家土崩瓦解，住宅區、商業區、道路、鐵路、工廠及工業設備跟著殘破不堪；之後緊隨而來的軍事債務、戰後賠償，以及海外和殖民地遣返的六百萬軍民，整個社會無法負荷的失業率和通貨膨脹，當時的慘況，日本就像轟然倒下的巨人，殘存一口氣未斷，誰料得到他有重新爬起來的一天？而且在這麼短暫的時間！
西元一九四五年八月十五日，裕仁天皇透過廣播宣布無條件投降的聲音，依稀縈繞耳邊，當時的震撼未過，日本不但爬起來了，而且似乎比戰前更巍然而立。
他每隔一陣子來到東京，就要發出一個驚嘆號，市容一次繁華過一次，尤其韓戰爆發後，美國這幾年來就近向日本大批訂購參戰需用品，讓日本的工業發展一日千里，從去年開始，東京秋葉原販賣三神器——電視、冰箱、洗衣機的商店，猶如雨後春筍，在在顯示這個國家的國力迅速厚植，人民的生活大幅改善。
反觀台灣成為蔣介石的最後棲身之地，他記取共產黨在大陸進行土地改革，贏得廣大農民支持的教訓，由所任命的省主席陳誠，也在台灣分三階段推動土地改革。

藉著二二八事件的恐怖陰影，及戒嚴、軍審的高壓統治，幾乎沒遭到甚麼反抗的力量，幾年之內獲得成功，佃農分得土地願意勤奮工作、努力生產，蔣介石政權逃難時帶過來的兩百萬軍民，得以逐漸擺脫缺糧危機；而像家裡這樣原本擁有廣大土地的地主被削弱，在地方上的影響力被政府取代；加上整個社會被教導成為「閉嘴」的沉默大眾，讓國民政府洋洋自詡土改為「政績」，不斷吹噓宣傳；陳誠則自誇為「功勳」，可以留名青史。

實則，這個外來政權原本就一無所有，得以肆無忌憚掠奪本島土地給佃農；再經由低糧價政策，「糧食局」做為肥料專賣機構，政府規定農民必須以稻穀換取高價肥料，這是剝削農民的辛苦所得扶植自己的政權壯大，但是一般農民哪懂得政府這種兩面手法？

西元一九五三年年初，自己尚滯留東京未歸，蔣介石就明令公布「實施耕者有其田條例」，回來與玉茗成婚定居彼時，政策正如火如荼進行著，多桑苦惨提起，實施「三七五減租」時，現在已經當上鄉民代表主席的許謀，當年就預言了這一天遲早到來。

子豪氣憤填膺：「土匪！這根本是土匪！搶奪咱的土地，分給佃農做恩情。」

他則冷冷回應子豪道：「所以農民會感激這個政府，續落來就會擁護，支持，伊們人數多，咱人數少，這個政權就穩當了。」

其實，佃農也是被愚弄的一群，像看著多桑長大的老佃戶阿全伯公，他回台灣定居後才聽說，因為糧賤肥料貴，加上家中人口眾多，入不敷出，開始用稻子尚未成熟時就讓米交全包的

「糶稻仔青」方式應急，寅吃卯糧，雖然全家大小只要會吃飯的就要下田工作，生活依舊困頓，阿全伯公竟然認為自己老了，工作能力不如年輕人，不如把自己那口飯留下，還怕家中花錢買棺材辦喪事，趁著颱風過境，索性投萬丹溪做了不知去向的水流屍。

子豪破口大罵：「這個政府毋但土匪，還真奸巧！」

一個冷嘲一個熱諷，多桑怕他和子豪惹禍，反過來辯護道：「哪有搶啦？政府也有補償咱啊！這算買賣，政府買咱的土地，分送給佃農。」

「這算啥買賣？」子豪強烈不滿道：「俺是地主，政府竟然強制咱干仔會當保留三甲的二級水田，賰的土地，只用一年生產偌濟稻仔或番薯的兩倍半估價，台灣的土地底時變作這呢俗這呢臭賤？更加可惡的是，並無給咱現金，是用食物土地債券、還有公家企業的股票這一寡仔空紙來換土地，這毋是乞丐趕廟公，呷人夠夠……」

「子豪！」多桑終於變臉斥喝：「你這種話，在多桑面前罔黑白啼；在外口半句千萬毋通！個性完全無改，你毋替父母想，也要替某仔囝想！」

回想至此，玉茗和孩子的臉容就從腦際竄到眼前了，子毓微微苦笑，在家時常這樣，子豪只是口頭幾句牢騷，多桑就嚴厲禁止；如果，讓他得知，自己這些年來在外頭付諸行動……。

對良木感慨道：「貴國是戰敗國，十年間，從廢墟中倒下的巨人，又重新側身世界強國之列；反觀台灣，搞了一個土地改革，最大的受益者竟然是政府。」

「當築巢所在的原野火燒時，雉雞會犧牲生命保護小孩；在寒冷的夜晚，鶴會用翅膀抱著孩子為牠保暖，但是外來的統治者往往是掠奪者而不是保護者，台灣人需要建立自己的國家，不過這條路艱辛而漫長。」中野良木如是回答。

子毓心頭滋味複雜，台獨運動在海外蓬勃發展，得到這麼多國際友人的認同和支持；反而在自己的家鄉，被國民政府宣傳成罪大惡極，成功的洗腦教育下，也讓台灣人視獨立運動為毒蛇猛獸。

這條路，辛苦又孤獨。

最苦的是，為了保護家人，對誰都不能坦誠以對，就算是玉茗，他也只能全力隱瞞，在日本獨自一人的夜晚，每每，〈博多夜船〉的旋律不自覺就蕩漾在心海，自己依舊是那個只能悄然愛戀的男人，暗夜孤獨來去。

稍可欣慰的是，廖大統領第一次發表台灣獨立主張，就被關進巢鴨監獄，「台灣民主獨立黨」還是在監獄中成立的，那也不過是六年前的事，自己何其有幸，加入這個組織三年多來，建國運動有了重大進展，逐漸能在國際舞台發聲。

去年五月在萬隆召開亞非會議，廖大統領致函大會，由印尼首相代為宣讀，表達台灣受蔣介石政權非法占領，並實施獨裁統治，製造台海危機，唯有讓台灣獨立，亞洲才有真正的和平。到了七月，美、蘇、英、法列強在瑞士開會，又進一步要求能在聯合國的監督下，讓台灣獨立，並成為像瑞士那樣的永久中立國。

為了向國際表達台灣人建國的決心，二二八事件九週年，「台灣共和國」臨時政府正式成立，大統領、副大統領和閣員同日就任，並發表台灣獨立宣言。

從無到有，「台灣共和國」的雛型儼然成形，這是何等艱辛，又令人驕傲。

良木誠摯道：「神的眼睛會看見你們的努力，必有恩典降臨，我很慶幸能為台灣建國也盡一分心力。」

「良木君，謝謝您這些年來全力相助。」子毓滿心的感激和期待。「台灣的建國組織能夠在這裡生存、發展，完全靠眾人之力。我們很需要國際友人的力量，如果美國願意支持台灣獨立建國，就像支持貴國戰後重建這般用力，我們就一定能建國成功。」

「所以我們要繼續奮鬥，讓國際，尤其是美國，了解台灣的處境和理想。」

兩個人一路交談，就來到了地鐵站入口。

子毓回頭望向朝氣奮發的市街景象，他樂觀想道，不久的將來，「台灣共和國」就能回到自己的國土正式建國。

到那時候，他要把這些年來記錄日本戰後重建的寶貴經驗，帶回去建設台灣成為真正的新樂園。

2. 末路

當伯仲把最後一塊錢輸在賭桌上，一下子還不敢相信自己的運氣真的背到這個地步。

莊家皮笑肉不笑道：「伯仲，你的位，該換別人坐了。」

然後，他就被轟出了「徼間」。

幹！幹！幹！

任他如何咒罵「徼間」的人翻臉無情，也不能掩蓋他的狼狽失志。

夏天的熱風像沙子在刮身體，每個毛細孔都刮出黏膩的汗水，這才突然想起，窩在「徼間」，幾天沒回家洗澡了？

褲袋空空的人，除了回家，也沒別的孔縫可鑽了。

伯仲突然有幾分慶幸，至少自己還不至於像路邊那隻野狗，沒個去處。

阿葉挺著就快臨盆的腹肚，吃力地蹲在在屋前，把一整桶撿回來的鍋牛，拿著石頭一一砸碎，再從滿地的碎殼拾起蝸牛肉，丟進地上那堆火灰，正要用火灰揉搓蝸牛肉的黏液，一抬頭，就瞧見了快快然走回來的伯仲。

光看他手插褲袋縮頸弓背的模樣，就知道他又輸到只剩身上的衣褲了。

沒等他走到家門口，阿葉站起身來破口就罵：「你身軀袋磅子了，變無輦了，才知影自己還有一個家喲？」

伯仲無心也無力跟她吵架，只是不耐煩回應道：「加話免講，露螺肉用好就趕緊煮來呷了。」

也不管阿葉扯著喉嚨惡言詈罵，自顧回到屋內，沒日沒夜的「儌閒」厮殺，現在疲累如死，倒向竹眠床就睡了。

直到日頭偏西，才被連機叫起來吃飯。

屋內光線猶明，只見飯桌上一盤水煮黑甜仔菜、一盤水煮蝸牛肉，伯仲打開飯鍋盛飯，攪來攪去，竟是沒有半顆白米的番薯籤飯。

錯愕叫道：「阿葉，菜都無油無臊了，妳還煮歸鍋的番薯籤，半碗米就毋甘放？」

「要搭油炒菜炒露螺肉，糴米摻番薯籤，你錢挈來啊！——嫌東嫌西，你偌久無挈錢給我了？」阿葉大聲搶白。

伯仲一下子變得又聾又啞，捧著整碗的番薯籤，默默吃起來。

阿葉繼續嘮叨抱怨：「嫌番薯籤歹呷？這季的番薯籤也見到甕底了，下季還落落長，你繼續無要無緊、毋討毋賺，俺一家人就真正要呷風放屁了……」

這個女人實在雜念！不過，自己也心虛無言，是直到踏遍高雄、屏東各個村落補鼎，他才知道客家女人跟男人一樣，上山下田做所有的粗重工作，第一次看到是在內埔，大日頭下，女人赤腳水田中彎腰插秧，有的背上還揹著嬰幼兒，依然手腳俐落，阿娘喂！他的舌頭差些掛在嘴外收不回去，在福建老家，外頭歸他做，家中歸阿葉管，這一向清清楚楚，而且家家戶戶如此。

所以阿葉不曾做過外頭的工作，自他在「黴間」出入以來，她被迫去人家翻過土的田地，撿拾農戶遺落的番薯回來剉籤曬乾；去人家的香蕉園翻尋蝸牛；去野外採摘黑甜仔、鳥莕仔之類回來煮食，算是盡力了，也就由著她唱哭調仔。

謾罵聲中，三個孩子大概餓狠了，即使是透著一股臭殕味的番薯籤，照常狼吞虎嚥，連機霸著那盤蝸牛肉幾乎不放，還幾次揮拳阻擋跟他爭食的月英。

月英哭向母親：「阿母！妳看大兄毋給我呷露螺肉啦！」

阿葉反而斥喝道：「妳查某囡仔人這呢貪呷！大兄正在大漢，本來就應該加呷寡！」有母親撐腰，連機對著月英神氣地歪嘴瞪眼，還索性把蝸牛肉的盤子拉過來靠近自己；月英臉上還掛著數滴淚水，但無聲抽泣，不敢再哭嚷。

伯仲皺眉道：「阿葉，囝仔𣍐使按呢逞倖！」

阿葉眼一瞪、嘴一撇：「連機想要多呷兩塊仔露螺肉，你就講我在逞倖，阿伊半暝仔和我去市場拾菜葉；無錢交註冊費給老師刑罰，你怎毋講話？俺家有啥會當逞倖囝仔？」

阿葉想起來就心酸，半夜，她常常就把連機拖下床，陪她去果菜市場，等著菜農把蟲嚙或破損不太美觀的菜葉剝下來棄置，就可以撿回來現煮或曬乾；連機生性機靈，還跟同學借了「鐵貓仔」去田裡放田鼠，還真的抓過幾次肥滋滋的田鼠回來，土妹教她連同麻油、薑絲下去炒，好吃得不得了，她甚麼都沒有只能剁塊乾煎，幾個囝仔就吃到連骨頭都餔下去了。

伯仲只顧著博徼，哪曉得前幾日發生的事，她到現在還很凝心，連機說要去放田鼠，結果空手而回，嘴頰還明顯紅腫，任她一再追問，才勉強說出原本抓到一隻田鼠了，湊巧地主來巡田，連同「鐵貓仔」一起被沒收，他極力要爭回，地主就賞了他幾巴掌。

她氣到想去找對方理論，連機攔阻，反反覆覆說的就是：「那個人講在伊的土地，物件就是伊的！」——欺負他們這種無寸土寸地的外鄉人啊！……

阿葉悄悄擦拭泌出眼角的淚水，這個兒子，她怎可能不疼入心，而她也還在煩惱怎麼賠人家那個「鐵貓仔」。

伯仲當然不會留意到阿葉的心情起伏，自顧氣惱她應嘴應舌袒護連機，也讓他在囝仔面前失了威嚴。

橫直，「有錢講話會大聲，無錢講話人毋聽」，自己沒拿錢回來，阿葉就可以七赤五耙。他懶得理會阿葉，只以凶惡的眼神掃了連機一眼。

連機一嚇，又悄悄把那盤蝸牛肉推開一點點。

這時，明珠把自己碗裡的兩塊蝸牛肉，挾進月英碗裡：「給妳呷啦！」

月英這才破涕為笑。

不知道連機是蝸牛肉吃多了不消化還是怎的，半夜時分，先是輾轉反側睡不安穩，接著咿咿哼哼說他肚子痛。

伯仲咒罵了聲：「貪呷，三更半暝才來吵死人！」

不理他，背過身去繼續睡。

阿葉一邊詈罵他沒天沒良，一邊摸黑把連機帶到戶外，也不敢讓他踏進院子最外面的便所，外頭黑漆漆，便所只跨了兩塊蹲腳的木板，她怕他掉入糞坑內，就叫他在草叢內解決。

誰知連機不但放不出來，還痛得滿地打滾，哀聲慘呼：「我會死啦！阿母！我會死啦！……」

慌得阿葉手腳發顫，六神無主地把他半挾半抱進屋內來。

這下伯仲也緊張了，不等阿葉叫喚，自己一骨碌下了床，但是摸來找去，家裡連半截蠟燭也無，暗裡根本看不清連機的模樣，只聽得他不停痛苦哀叫，伸手一摸，那張似乎在抽搐的臉冷汗涔涔。

一慌，他大聲喝問：「寄藥包仔咧？趕緊挈藥給伊呷啊！」

急得不得了的阿葉，更加怨怒：「人外務一擺來收無錢、兩擺來收無錢，早就把寄藥包仔收轉去了！」

伯仲好像一團破布突然塞入喉嚨，嘴巴張得大大的，卻一句話也說不出來。

沒多久，連機開始狂吐，傾腸傾胃吐了一地，連熟睡的明珠和月英都嚇醒了。

嘔吐過後，人倒就舒服了，阿葉還在清掃地面的穢物，連機歪在竹眠床上又睡著了。

這一鬧，遠方也微有天光了，更襯得近處的積雲宛如一面又厚又黑的牆，也沉甸甸壓在伯仲心頭，壓得他嗄龜喘嗽又發作了，這個家，也窮途末路了嗎？

坐在戶定的伯仲吃力哮喘著，一邊卻想捶心肝，怎能讓一家人這樣過日子？他得回「微間」翻本！

但是，褲袋空空如也，「偷掠雞也得一把米」，難道要拿棉被去典當？……一眼掃到停在屋簷下的腳踏車，這是家裡唯一值錢的物件了。

狂飆的物價因為四萬換一元逐漸平穩下來，加上囝仔一個接一個落土，靠著兩條腿到遠處補鼎補雨傘，往往，他當天趕不回來換食物給一家大小吃，才會儉腸勒肚忍痛買了這台腳踏車，長得粗粗壯壯很像一條好漢，後座又寬又大，剛好輕易負荷他的工具箱。

不論是躑躅繁華的市街；穿越荒冷的郊野；路過陰森的墳場，這台腳踏車一路相陪，就像是最忠實的友伴，總讓他平安而適時地返回家門——如今，動念要賣了它，未免無情……

伯仲想把視線從腳踏車拔開，兩顆眼睛卻像被拉線操作的傀儡尪仔無法自主，回「微間」翻本的強烈欲望，終究讓他放棄了掙扎。

起身牽鐵馬，歉疚地摸了摸車把，拍了拍坐墊，在心中允諾道：等我贏了錢，第一件事將你贖回！

一來哮喘咻咻，二來想跟老朋友多相處一下，伯仲手牽鐵馬正想慢慢走出院落，石道存老師的太太淑文也透早就起來了，正在雞舍餵雞，聽到聲響回頭一看是伯仲，笑笑打了聲招呼：「伯仲，透早牽腳踏車要去佗？」

沒想到還這麼早就被鄰居撞見，一下子湧上作賊心虛的羞慚，他胡亂點點頭，連聲：「有代誌，我有代誌……」

也不管自己正咻咻喘，奮力騎上鐵馬就跑了。

伯仲近乎落荒而逃，反而引起淑文的注意，不免奇怪地目送他的背影。

臨時憲法已然擬就，廖大統領會選擇適當時機公布，離家將近一個月，子毓終於要飛回台灣了。

趁著等待返台班機的一，兩天空檔，他走了一趟原宿，一一為家人購買禮品。

戰前卡桑就獨愛資生堂，戰後化妝品被視為奢侈品不准進口，每回來日本，他就會幫她帶回去，看她一邊真心歡喜，一邊假意嘟囔：「卡桑這呢老了，你還在替我買啥物胭脂水粉」，也是樂事一樁。

來日本前一晚，沐惠臨睡前還提醒他，要記得幫她買洋娃娃。他也進到商店為她選購，挑來挑去卻不甚滿意，好不容易有一款新型的洋娃娃，他原本嫌太大型，沐惠抱著會很吃力，但是將洋娃娃平放眼睛就會自動闔上，兩排睫毛就像沐惠的那樣又長又捲，她可愛的睡臉一下子就溜到眼前了，他欣然買下洋娃娃。

經過吳服屋時，戰後，東京街頭身著和服的麗人逐年遞減，在講究迅速便捷的西方浪潮下，繁複的傳統服飾也在衰微中。

進入吳服屋，原本是隨意逛逛，戀舊的巡禮。有一套淡紫花色的和服牢牢抓住了他的目光，自然而然就憶起白家與玉茗茶室相會的那一幕，她身著淡紫花色和服奉茶，他卻在心思迷亂下打翻了茶杯，也就在那瞬間，鑄下了永世的愛戀。

和服的花色和記憶中的不盡相同，他還是買了下來，做為玉茗的禮物，適合穿著的場合其實不多了，但，這是一生刻骨銘心的回憶……

兩天後，順利搭上了返台班機。

機艙內，子毓歡欣雀躍的心，早已先長出羽翼飛回台灣了，臨時憲法終於大功告成，這段時日以來緊繃的情緒一旦鬆懈，家人的身影就襲上心頭了，尤其是有孕在身的玉茗，好像身體的神經一根根抽出來綑綁思念，迫不及待想回家了。

那種迫切想家的心情，讓他不禁生出慚愧，廖大統領為了台灣建國的理想，被迫遠離台灣四處漂泊，他怎能長年滯留海外忍受思鄉之苦？

蔣介石政權為了逼迫廖大統領投降，簡直是以他的家人為人質，先是抓了他的大嫂，接著又判他的姪子無期徒刑，再派特使來東京與他談判，只要他肯回台投案，就放了他的親人。

廖大統領的大哥已經病逝，他姪子和大嫂也是孤兒寡母，拒絕特使的游說，廖大統領的內心，該何等煎熬？

更狠的一招是，另外一次蔣經國派遣的特使，帶來他母親呼喚愛子回家的錄音帶，母子天倫，百鍊鋼也會化為繞指柔，自己實在很難想像，廖大統領的意志力怎能勝過鋼鐵，不但拒絕到底，還說出：「為了革命，犧牲是免不了的。」

不過，根據當時在場的人說，撐到特使一走，廖大統領眼眶一紅，再也禁忍不住英雄淚。除非投降，家，是回不去了；母親和家人，也見不到了。

他的原配夫人李惠容，據說怨他只熱中政治不顧家庭，不肯跟他來日本發展台獨運動，在香港就跟他分手了，自己帶著孩子回美國，他能補償的只有把不動產以外的財產，悉數付與。

上愧老母，下負妻兒，甚麼樣的宏願才扛得動這罪的十字架？了解廖大統領越深，也曾反躬自問，換作是他，自己可以為了建國的理想做這麼徹底的犧牲嗎？光是玉茗，即使為情逃亡日本的那段歲月，他也不曾一天呼吸之間將她放下；何況還有多桑、卡桑，莫說割捨親情，自從投入建國大業，苦苦相瞞，就是不想讓他們擔驚受怕啊！為了防止閃失，「台灣共和國」臨時政府成立，自己還拒絕了內閣任何名位，就當個純粹的理想者奉獻微薄的力量。

臨窗，飛機下方的雲海波濤洶湧，腦海裡也湧現陳紹和對他所下的注解：「你這個人膽識夠、學問好，但是用情太深，這一生恐怕都要為情所困。」

不禁自嘲一笑，或許，這就是廖大統領可以撐起台獨大纛，而自己只是一名追隨者吧？

不過，讓他羨慕的是，廖大統領現在的夫人近藤朝子，全力支持她的夫婿，兩人心氣相合，正是一生的紅粉知己。

這讓他感嘆，也牽動他的遐思，因為對玉茗和家人汪洋般的深情，他願意追隨廖大統領為建立新而獨立的國家奮鬥，有朝一日，台灣人都能夠生活在自由民主的國度；但是他又必須為了這個理想，對最親最愛的人緊守祕密，有所隔閡，這在理論上不是完全矛盾？

如果，有一天，他可以向玉茗祖露自己奮鬥的目標；她也願意支持他的理想，就如同廖大統領與夫人近藤朝子，他此生無憾。

彷彿用祖母綠鑲嵌的台灣海岸線出現了，不久之後，班機順利抵達松山機場。

隨著其他乘客魚貫步出艙門，下機時一抬頭，是台北近黃昏的橘黃天空，子毓露出欣喜的笑容，終於回到台灣了。

得在台北的旅館過夜，明早再搭火車返回南部，子毓急著出關，要先趕到電信局撥電話回屏東報平安，再去火車站購票，若搭得到頭班車，明天晚餐之前，他就回到家了。

海關櫃檯人員一拿到他的護照，蓋章放行的動作突然停頓，先是狐疑地抬頭打量了他一下，又低頭端詳他的護照，以北京話問道：「你是李子毓本人吧？」

「是啊！」

「你等一下！」

子毓覺得奇怪，正要開口詢問，海關櫃檯人員神色倉促兀自起身，轉頭往櫃檯外突然大喊一聲：「他就是李子毓！」

子毓還沒反應過來，只見埋伏在櫃檯外的憲兵隊人馬一擁而上，就在通關旅客驚呼聲中，機關槍就瞄準他了。

帶頭的指揮官喝令道：「不許動！不許反抗！」

槍口下的子毓力求鎮定，操北京話問道：「請問長官，我有犯法嗎？……」

還來不及多說，就被撲上來的兩位憲兵壓制在地，「卡嚓」一聲，雙手隨即被銬上了冷硬的手銬。

子毓奮力扭動身軀，同時大聲抗議道：「我犯了甚麼法？被判了甚麼罪？政府需要這樣對付一個手無寸鐵的平民百姓嗎？……」

憲兵雙手如鉗，把他壓制得更死，頭、胸直接貼地，讓他連呼吸都不行了，遑論出聲。

「走！把人犯押上車！」

兩位憲兵左右一挾持，把他從地上直接拖起來。

再如何掩蓋，終究逃不過特務的鷹眼，自己會被抓到哪去？等不到他回家，多桑、卡桑和玉茗會多麼驚慌擔憂？……

甚麼也顧不得了，他只求：「我家人在等我，至少先讓我跟家裡聯絡一下……」

指揮官猛鷙的神情一沉，手上的槍托往他身體就狠力戳了下去，厲斥：「你這台獨份子！叛亂犯！這裡有你說話的餘地嗎？」

他痛到身體蜷縮，若不是兩位憲兵左右緊緊箝住，他幾乎又倒地不起。

對方喝令：「給我拖出去！」

兩位憲兵將他半拖半拉押往機場外，其他的憲兵隊人馬刀出鞘、槍上膛一路戒護，肅殺的情景，使得機場大廳的旅客紛紛縮頭掩嘴走避……

一家人等不到子毓。

這些年來，其昌和鳳如也習慣了子毓台灣、日本兩地來來去去，反正忙的也是家中事業。前幾天收到的電報說他今晚之前應該可以到家，也許班機延誤，或者轉車不順，眼看天色漸漸黃昏，一家人也陸續來到飯廳，也不好讓大家餓著肚子等他一個人。

其昌對鳳如道：「莫再等了，叫大家呷暗飯了。」

她點點頭，也只是嘀咕幾句：「這個子毓，人到佗位了，也袂先敲電話轉來講一聲。」

這就是玉茗從昨晚就掛在心頭磨蹭的，照說，子毓昨天傍晚之前就應該會抵達台北，往常他會立即打電話回來報平安，但是直到這一刻，他沒有音訊，完全超乎她對他的理解，一向，子毓極力不讓家人為他操心為他擔掛。

鳳如先讓寄娘送飯進李老太太房間，並要大家開動用餐。

餐桌上，其昌出言安慰看來有些魂不守舍的玉茗：「免煩惱啦！子毓時常在外口走東往西，時間上失覺察也難免。」

鳳如輕鬆道：「是啊！煩惱啥？妳是驚伊暗暝轉來，會給魔神仔摸去？」

大家都笑了起來，玉茗也覺得滑稽。

「子毓可能較晚才會到厝，妳大身大命的人，呷飽，就先帶妙恩和沐惠轉去歇睏了。」鳳如交代道。

日本統治時代，「大營」拜日本憲兵隊駐紮之賜，是萬丹少數有電火的人家，不過美國大空襲期間電力設備遭受嚴重破壞，戰後又復原得慢，每晚只供電兩小時，還動不動就大停電，最長十來天沒電。家裡又開始倚重煤油燈，晚餐之後，回小洋樓之前，玉茗囑咐下人，將大廳廊前門柱的兩盞煤油燈全部點亮，免得子毓回來時摸黑。

小洋樓門廊那球燈泡，還是當時子毓體恤她懷著沐惠，命人安裝上去的，昏黃的幽微燈光，將她們母女三人順利接回小洋樓。

玉茗點燃室內煤油燈，燈影搖曳，將她們母女三人的身影拉得長長的。

妙恩帶著寂寥和思念的味道問說：「二叔啥時陣會轉來？」

「屏東轉來萬丹應該還有一班尾班車，咱就等看嘜，轉車若無順遂，二叔也有可能明仔日才會到厝。」

「媽，爸爸會幫我買烏囡玉轉來否？」沐惠一臉的期待。

「放心啦！妳愛的物件，爸爸佗一擺未記得？伊一定會帶轉來給妳的。」

安撫過兩個孩子，玉茗推門而出，門外的電燈熄了，她把門柱上的煤油燈也燃起，這樣子毓還是可以順著一盞光亮進門。

看向闃靜的夜空，今晚無星無月，顯得特別暗黝，掛念的情緒也更加高漲。自己偏好煤油燈，有種古典的優雅，子毓則鍾情現代文明，他總愛提起台北城的夜晚，電燈一盞盞亮起宛如地面的星空，他說，千燈萬戶最讓人思念家的溫暖。

萬丹沒有鐵路經過，這些年來的發展明顯停滯，不曉得要到何時，才會有千燈萬盞的美景，不過只要他出門在外，她總會點燃一盞煤油燈守候——子毓，你要快快回來……

妙恩帶著沐惠在鋼琴間按琴鍵玩，此時，落地立鐘悠悠響起，玉茗回頭一看，鐘指九點，子毓若有搭到末班車，不也應該到家了？還是，天黑路暗耽擱了？

玉茗先叫妙恩帶沐惠上樓刷牙就寢，獨自回到小客廳，守著煤油燈溫暖的色澤，靜靜等待未歸的子毓，樓上傳來兩個女兒的嘻鬧聲，讓等待似乎不寂寞。

直到樓上悄無聲息了，她突然發覺落地立鐘的滴答聲很吵，而且規律到令人發慌。

玉茗又推門出來，探頭看向大廳拱型側門和小洋樓之間的花徑，門前暈黃的燈色柔柔灑在地面，但是不見子毓返家的身影。

門前來回踱步數十趟了，仍然花徑寂寂，不聞跫音，只得開門進屋。

此時，鐘敲十響。

這麼晚了，客運站尾班車已過了許久，子毓顯然沒有搭上；電信局更早就打烊了，電話鈴聲也不會響起。今晚，她無從得知子毓因何耽誤了返家。

可是，除了等待，似乎也沒有別的方法了，只有這盞煤油燈與自己孤獨為伴。

她起身，添了煤油，挑了燈芯，讓室內更加明亮，然後坐下來面對紗門，這樣，子毓一進門，她就可以看見。

等待的時間特別難熬，似乎以分以秒計算，屋外萬物俱寂，屋內只有立鐘滴答滴答滴答個不停，吵得人心煩意亂。

但是，一個鐘頭、一個鐘頭又好像飛逝而過，當鐘敲十一響……鐘敲十二響……她的心都會顫震一下，夜這麼深了，子毓，你人在何方？

突然憶起三年前，那個翳著輕霧乳白色的清晨，乍然見到子毓出現在小庭門外，原來他為了她，夜半路中行……往事依依，一顆心，彷彿浸泡在蜂蜜檸檬汁裡頭，酸楚的甜蜜，多了沐惠和未出世的孩子，子毓，你的掛念應該更深更重了吧？無法想像，你為何沒有跟家裡聯絡？今夜，希望你已在屏東的旅社歇息，我寧可焦心等待，你千萬莫為了早些到家，又夜半步行在回萬丹的路上……。

玉茗就這樣千思萬慮，在漫長難捱與飛逝驚心的矛盾中等待著，鐘聲周而復始，一響……二響……三響……

突然，紗門被拉開了，玉茗一抬頭，子毓真的由外入內，驚喜交集下，連忙起身迎上前來。

「子毓，你怎會這個時陣到厝？你又透暝行路轉來乎！……」

他只是一臉慘然看著她。

這才發現他神情不對，玉茗這才放下的心又高高提起：「子毓，你怎樣了？是毋是人無爽快，怎會汗流鱠停？……」

伸手為他擦拭額頭、嘴角的汗水，卻是黏黏稠稠的汁液，心頭一怦，湊近煤油燈一端詳，她驚叫出聲：「血！子毓，你怎在流血？……」

抬頭驚喚，子毓已杳然無蹤，她更加慌駭，惶然四顧，大叫出聲：「子毓！子毓！子毓！……」

「玉茗！玉茗！」

猛然一睜眼，撞入眼簾的是歐卡桑。

她正一臉訝異看著她，問道：「玉茗，妳怎無轉去房間睏？滿面全汗還咻到大小聲……是毋是在做惡夢？」

這才驚覺自己全身泌汗，頭臉涔涔，背部濕冷。

玉茗慌忙起身：「歐卡桑，無代誌啦！我就坐在這等子毓，等到睏去……」

夢中的情景太可怖，歐卡桑顯然也是一夜不得安寧，她不能再把自己的神經質負荷到她身上。

「按呢，子毓毋就還未轉來？」

「伊尾班車若無坐到，昨晚就獪當趕轉來了。」

看室外已有曙光流動，鳳如再也按捺不住，說：「好佳在天也光了，歸氣，我叫黑雄踏車仔去火車頭等伊。」

「歐卡桑，三輪車也獪比自動車快，而且，也毋知子毓底時會到屏東，妳就給伊自己坐客運轉來就好。」

想了想，似乎也無可如何。

鳳如就像在面對子毓的不馴，退讓道：「好啦！俺就等伊自己坐車轉來。」

一整天的等待，又是長日將逝，依然不見子毓返家的身影。

一家人又聚在飯廳餐桌，看著空空如也的子毓座位，大人不免有幾分疑問神色，小孩則一派天真浪漫。

子豪問道：「二嫂，二兄怎會遷延這呢濟日？」

子暄自問自答：「可能——日本彼爿的天氣，班機無法度準時起飛？過去，二兄也拄過這種情形，二嫂，對否？」

玉茗趕緊附和：「是啊！是啊！上久的一次，遇著日本做風颱，恁二兄多拖一禮拜才到厝……」

可是不會像這次音訊杳杳啊！他無論如何都會通知家裡一聲——玉茗不敢說出口，任憑五腑六臟有火在燒烤，也不敢過度顯露焦急，怕引起家人不安。

其昌雖然也有幾分掛慮，還算沉著：「飛機就是按呢，透風落雨就無法度起飛，天氣若有變化，行程就一定延誤，我無愛子毓坐飛機就是按呢，歹按算——大家先呷飯了，我才派人去屏東火車頭、還有客運站等看嘜。」

其昌一聲令下，一家大小動箸正準備吃飯，李老太太由寄娘攙扶著，意外現身飯廳。

眾人趕緊放下筷子起身迎接，其昌、鳳如慌忙上前。

鳳如連聲致歉道：「歐巴桑，歹勢啦，我毋知妳要來飯廳做伙呷飯……」

「呷飯慢且。」轉而詢問其昌道：「聽講，子毓還未到厝？」

玉茗心頭一窒，姝歐巴桑一向睿智，莫非——她看出不對？

慌慌離開餐桌，也走到曾祖母這邊來。

其昌過意不去：「小可代誌，也來驚動歐巴桑——也毋知日本彼爿的天氣狀況，有時飛機𣍐當起飛，行程難免就延誤了……」

「看代誌，抓鋩角，子毓是讀冊人，行程若延誤，會想辦法通知厝內的人，無可能這呢粗線條，隨在一家人煩惱、等待，椿子無偌久就要生了，依伊的個性，哪有可能按呢放外外？」

李老太太的話，道出了玉茗的心事；也說得其昌不安起來。

他小心問出口：「歐巴桑的意思是——子毓有可能在外口拄著麻煩？……」

「無可能啊！」鳳如叫了起來：「子毓這幾年來的生活一直真單純，哪會惹出麻煩？」

陳繻慎重說出：「台灣一直在換主人，主教奴，手段難免粗殘，日本時代也是這樣！社會欠太平，在家日日好，出外總是有風險，小心無蝕本，大家找子毓要緊。」

李其昌漏夜就趕往縣議員李瑞文、鄉民代表主席許謀家中請求協助了，看台北那邊是否有人脈，可以幫忙查出這幾天的航班，有沒有子毓入境的資料，兩個人都答應盡力協尋。

玉茗熬到天亮，就叫黑雄踩三輪車送她到屏東電信局了，電報十萬火急發往東京，她問千晴：子毓到底回台灣了沒？回來的時日是哪一天？

子豪則放下所有的工作，一路轉車到可以轉接國際電話的高雄電信局。

電話接通東京的漁業公司，他詢問二兄的下落，誰知，公司的幹部竟說，董事長和股東開會商討興建遠洋大型漁船事宜，前後進公司五天開了兩次會，僅此而已。

他把消息帶回，家中立即陷入低氣壓，子毓去日本不是忙公司的事，那他在忙甚麼？

私下無人時，鳳如質問道：「玉茗，妳是毋是幫忙子毓隱瞞我和多桑啥物代誌？」

「歐卡桑，子毓連台大的聘書都拒絕了，事務所的案件也愈接愈少，根本就是在做土地代書的工作，除了去日本，伊的生活真單純。」

「伊愛妳若命，我毋相信伊無對妳講，伊去日本，除了公司的業務，到底在創啥！」

「我真正全然毋知，子毓若去做有危險的代誌，我拚死也會阻擋啊！」

鳳如不得不相信了，前頭已有子慶因為她的疏忽而喪命；對於子毓，應該不敢再大意放任。真的是「睏破三領蓆，抓君的心肝膾著」，難道沒有任何蛛絲馬跡？

苦苦追問道：「鴨卵密密都有縫，妳每日睏在子毓的身軀邊，攏無發覺伊有啥物無對銅的所在？」

「……」一向以為是自己過敏，也真的毫無真實憑據，她能說甚麼？「除了每年得去日本一、兩趟，真正完全無各樣，伊去日本，我也一直認為伊在無閒公司的代誌，當地的朋友也對我掛保證。」

顯然，千晴在幫他隱瞞些甚麼，看來，子毓在日本的行徑真的不尋常。

推斷至此，婆媳倆更加心慌意亂。

但是家裡能做的都做了，現在只能等待。

不似前幾天的等待，恐懼，就像山峰乍然崩落的巨石重重壓住這個家。

然後，千晴的電報先到，證實子毓如期搭機返台，電報中還著急反問：為何子毓尚未到家？

——這正是全家人迫切想要知道的啊！

接著，許謀的電話進來了：「其昌！代誌大條了！恁後生一入境就被台北憲兵隊抓去，已經移送保安司令部保安處的拘留所了！」

保安司令部保安處看守所，就設在日治時代的東本願寺台北別院。

子毓記得小時候，多桑和卡桑曾帶他們兄弟來台北逛菊元百貨店，在店內第一次搭可以自動上下樓的電梯，那是畢生難忘的童年趣事，他和大兄好奇地上上下下多搭了好幾趟，還被多桑喝止。

當時東本願寺台北別院才落成沒多久，一家人曾經路過，不過身為虔誠的基督徒，多桑並沒有帶他們入內，只是遠遠參觀。

卡桑讚嘆寺院蓋得富麗堂皇，多桑只說：「佛教寺廟，起做印度教的建築。」

當時年紀雖小，也感受得到多桑嘴角笑意所含的輕蔑，對那圓形屋頂的寺廟，也就留下了深刻的印象。

日治時代，從沒想過會踏入這座寺院；第一次進到這裡頭，自己竟然成了被拘留的犯人。

在憲兵司令部被羈押了兩個晚上，又轉送到這裡，而且看來，短時間出不去了，原本還妄想脫身。

隨著關入看守所底定，白日將盡，情緒由緊繃轉為著急，就像黃昏意欲歸巢的飛鳥，突然被桎梏在牢籠內，滿籠子撲跳衝撞，而真實的情況則是，十多個人擠在六個榻榻米大的拘留室，走動根本是奢想，不管是坐是站，只能偶爾挪動身體的位置。

被拘留在同一室的人說，只要進來「大廟」，就是下到「修羅煉獄」！

二八事件後，這些年來特務、警察嚴密監控台灣各個角落，不時風聞有人被抓，本身也在少年東方紅、周老師五星旗等案件東突西撞，全部失敗，他可以聞嗅到寒蟬效應的社會氛圍，但是直到自己被逮捕之前，哪能想像台灣竟然有這麼多政治犯！左右兩側共六間拘留室全關得滿滿的，從青春烈焰的學子到皓首窮經的教授都有。

他所在的這間拘留室，據說原是東本院寺的納骨堂，通風很差，正當盛夏，更是悶熱不堪，空氣蒸騰濃濁如一鍋熬煮過久的湯汁，有人索性就赤裸著上身了。

隨著黃昏，拘留室的光線逐漸暗灰，一個早他兩天被送進來的犯人，南投來的林阿民，結實黝黑的年輕莊稼漢，一開始還只是默默流淚，到後來竟啜泣出聲。

有人勸他不要哭了，他抽抽噎噎道：「日頭黃昏了，阮阿母的飯菜煮好了啊！——田裡的穡頭我攏無法度做了，毋就要放著拋荒了？……」

原來，想家想親人的鬱糟心緒，真的會隨著暮色增添濃墨顏彩。

坐在他旁邊的江火社直搖頭，悄聲說道：「你看伊，牽涉為匪宣傳的共諜案，根本毋咧字，拾一疊毋知誰丟在山路的宣傳紙，去包樹叢的果子，悾悾顧歡喜鳥仔無法度損斷水果了……」

又是冤獄一樁。

無辜者都會被羅織入獄，相較於林阿民，子毓不禁思忖，暗地裡一直在從事建國運動的自己，有沒有想過有一天也會牢籠枷身？

走道盡頭的那盞五燭光燈泡尚未亮起，整個拘留室彷彿暗黑深淵，一顆心似乎也往無底深處墜，從西元一九五三年的冬日與流亡在日本的廖桑初次見面，到現在「台灣共和國」臨時政府成立，他好像不曾防備這一天的到來，也許——在內心最深處，不是沒有認知自己涉險多深，而且，萬一出事，根本也無法瀟灑地將生命獻給建國運動，但他特意封閉揣想，不去模擬，就像自己嘲笑過的鴕鳥，只要把頭往沙堆一埋，難題會自行消彌於無形。

如今，猝不及防，他跟自己的難題撞上了，才知手足無措到這地步，光擔憂家人會因為他的失聯而驚慌，整個人火燒山般簡直急出一身烈焰來，在憲兵司令部挨了兩次拷打，甚麼也不肯承認，當局不能入罪，也許還有脫身的指望吧？想到再兩個多月就要生產的玉茗，他用意志力頂下了嚴刑逼供。

沒想到還是送到這裡來。

這個所在，跟外界徹底隔絕，連最幽微的星光也透不進暗室來，從回台灣被捕迄今，已經第五個夜晚降臨，子毓無法想像也不敢想像，若曉得他被逮捕，家中會是怎樣的景象？

黑暗中，伸手不見五指，但聽得林阿民沮喪的聲音惶恐問道：「關在這，咱會按怎？」

沉默，夾雜在彼此濃濁的呼吸聲中。

半晌，聽得江火社：「砰！砰！」兩聲劃過黯黑。

子毓渾身一凜。

一得知子毓被關在西門町附近的保安司令部保安處看守所，玉茗就由子暄、念恩他們夫妻陪同一路趕來台北了。

原本，多桑交代先去找台北教會的焦牧師協助，玉茗心急如焚，無暇求援，三個人直赴這棟有著奇特圓形屋頂的建築物，還離門外一段距離，就先被崗哨的衛兵攔了下來。

子暄急忙說明：「恁毋是有掠一個叫做李子毓的，阮是伊的家屬，要來辦理面會。」

衛兵以台灣腔的北京話回答道：「這裡的犯人等著移送審判，一律禁見！」

原本十萬火急的玉茗，彷彿冰水兜頭兜臉淋下，連心都一陣哆嗦。

「阮二兄是冤枉的，恁無緣無故把伊掠來關，阮自屏東趕來，就是為著要見伊一面，了解伊發生啥代誌，恁怎會當禁止家屬面會？」

「這是上頭的規定，禁見就是禁見！」

子暄氣不過：「無見到人，阮家屬哪知伊犯著佗一條？毋是你的親人，你就冷心冷血，連通報一聲就毋肯，我自己入去問好了！……」

說著，逕自一路往門口闖去。

玉茗、念恩還來不及阻擋，突然就從大門內衝出五、六名身穿軍服手持棍棒的彪形壯漢，不由分說對著子暄猛敲狠打，子暄護疼駭叫。

妯娌兩人大驚失色，念恩奔上前疾聲直呼：「恁莫拍阮翁啦！恁莫拍阮翁啦！恁怎會黑白拍人？……」

那幾個逞凶者毫無停手的意思，子暄慘叫連連，念恩駭哭。

玉茗也顧不得自己了，衝上前去以身護衛子暄，用北京話聲聲求饒：「對不起！長官，對不起！是我小叔不對，請你們饒了他！……」

這同時，玉茗已經代子暄挨了一、兩棍，不過一見是個孕婦，這些壯漢還是硬生生收了棍棒，一言不發只狠看了玉茗一眼，轉身又隱沒在大門內，就像狼群倏忽而來轉瞬消失。

念恩一看子暄渾身是傷，眼淚更是收不住，嗚咽出聲。

子暄則驚嚇直問玉茗：「二嫂！妳有怎樣否？妳有怎樣否？……」

念恩也十分過意不去，哭著說：「妳為著子暄無顧自己，若傷到腹肚內的囝仔，阮要按怎向二伯仔交代？」

玉茗挨棍的手臂也轉瞬腫成兩條血痕，被火燙著的感覺，這時候也只能放下心中的著急，先穩住局面道：「我無要緊啦！子暄歸身軀攏傷，咱趕緊來去找病院治療。」

「毋過，台北咱無熟，臨時是要去佗找醫生館？」念恩著急道。

突然一個壓低的聲音傳過來：「叫計程車送恁去昆明街或貴陽街，那附近有真濟間診所，也有大間病院。」

玉茗循聲看過去，只見崗哨的衛兵站得直挺挺的，眼露同情，但是兩片嘴唇刻意閉得緊緊的。

送子暄去醫院療傷後，玉茗已經明白，憑他們三個人根本見不到子毓。只得依照歐多桑原先的安排，轉往教會。

見到了焦牧師和牧師娘，是一對外省夫婦，他們已經等候多時，看到子暄受傷嚇了一大跳，問明原因後，神情轉為沉重，顯然軍方態度十分強硬，而且完全不容情。

見焦牧師緊鎖眉頭，玉茗一顆心就像吊在半空中，急切詢問道：「牧師，您有管道救子毓吧？求您憐憫……」

焦牧師夫妻倆對看了一眼，牧師娘沉吟著說道：「我看——我去請孫長老過來商量看看……」

孫長老的身分是國大代表，軍中有熟識的將領，雖然一聽是台獨案件十分不以為然，但是焦牧師再三懇求，還引用聖經主耶穌箴言：「『健康的人用不著醫生，有病的人才用得著。我不是來召義人悔改，而是召罪人悔改。』，孫長老，上帝愛世人，即使是罪人。」

孫長老動容，再看到玉茗大腹便便，哀哀無助的模樣，又聽說她的公公是獻地建教堂的虔誠教友，雖然勉強，還是允諾全力幫忙。

一切混沌未明，玉茗和子暄夫妻商量後，先找旅館安頓下來，等待進一步的消息。

念恩怕她過度擔憂，過來要陪她過夜，玉茗叫她回房去照顧子暄。

第一次在台北過夜，窗外夜景，果然如子毓形容的萬家燈火，絢麗勝過星空，更有人間煙火的暖意，家鄉哪有這般景致？卻讓她的心頭油澆火炙，這個陌生的城市，正囚禁著子毓。

肚中的孩子，似乎感受到了她的焦心，竟然也夜不成眠，劇烈挪移翻滾著，隔著肚皮她不斷摩娑，企圖安撫，卻驚心憶起妙恩出生不到兩個月，就永遠失去父親……不會的！不會的！子慶無奈遭遇意外變故，子毓根本是冤枉入獄，他一定會平安獲救……

隔日，她勸念恩陪子暄留在旅館養傷，獨自去教會探詢消息。

焦牧師當然能夠體會玉茗內心的慌亂著急，也只能無奈勸慰道：「孫長老也得透過有力人士跟軍方打交道，恐怕不會那麼快就有消息，妳要稍加忍耐，我們一起來向主耶穌禱告。」

焦牧師帶領她禱告過後，玉茗就離開教會了。

但她無意回旅館，夜裡的等待夠漫長夠難捱了，她怕繼續呆在旅館房間，又會落入分分秒秒卻又無止無盡的空白。

像磁鐵強烈地吸引著她，玉茗又來到保安司令部保安處看守所。

帶著一絲絲企望又請求面會，還是昨天那個方頭大臉的衛兵，她依舊得到那句：「禁見！」眼睜睜看著不遠處看守所的大門，裡頭就監禁著子毓，她卻只能無奈眺望那既冷且硬的建築物，終於明白古人所說的「咫尺天涯」。

衛兵幾度過來驅趕，玉茗避遠，卻不肯離開，依舊癡望著被禁錮在看守所大門後的子毓——

子毓，被關在裡頭的你，身體可好？是否平安？你千萬保重，我們正設法救你出來……。

衛兵又過來了，這回開口說的是台語：「查某侰仔，毋是我愛趕妳，那些憲兵手裡的木棍無生目睭，妳一個大身大命的查某人，留在這，危險啦！」

「阿兵哥，多謝你這呢好心，我𣍐惹代誌，也會離遠遠，拜託你就給我徛在這，至少……至少我感覺按呢較接近我的翁婿……」

衛兵瞥了她的腹肚一眼：「內底關的，是恁翁哦？」

「……」點點頭。

衛兵不勝同情的神色，不再強行驅趕，默默退回崗哨。

玉茗也不願意替好心的衛兵招來麻煩，退得遠遠的，但在眼睛還看得到看守所圓形屋頂的範圍，她寧可終日徘徊在附近，至少覺得，自己就陪著子毓。

除了子暄、念恩陪玉茗趕往台北，其昌也四處奔波，希望透過地方有力人士，了解子毓被捕的原因，最好有辦法把人保釋出來。

但是，李其昌初次嘗到了甚麼叫：人情薄如紙。

子毓被捕的消息迅速傳遍鄉里，他到處求援的過程，平時往來熱絡的地方仕紳、政壇人物，突然都找不到人了。

四處撞牆，他約略聞嗅到蹊蹺，就是不肯相信，雖然父祖輩無意仕途，但從滿清時代到日本統治，「鼎昌」都是軍事權力中心，地方人士爭相巴結，光是他一人，當初憑著和藤作桑特殊的交情，幫過多少人消災解厄；而今，子毓緊要關頭，怎麼，可以幫忙的人全都遁隱啦？

尤其有數十年交情的許謀，一再見不到人，他還是一再登門，寧可認為老友是忙，而不是躲。

直到第三趟，在許家大廳枯等了兩個小時後，終於下人把他請進內室，他見到了許謀。

許謀神情凝重，擔心牆壁生出耳朵那般盡量壓低聲量，更顯神祕嚴重：「其昌，我已經探聽著了，恁後生是因為參加台獨的組織被掠。」

「無可能啊！厝內的傳統從來無在插政治；何況，整個社會氣氛，誰敢和政府做對頭……」

「是真是假，自己講的無算話，要由國家去判決，伊收押在保安處的拘留所是暫時的，聽講會移監送軍法處審判。」

屏東的七月天，他卻一陣寒顫，起了一身雞皮疙瘩，在台灣，誰都知道「軍法審判」是甚麼意思，這比他原先預料的嚴重千百倍！

「這是生死關頭啊！許桑！我拜託你……」

許謀根本不讓他說出來：「我的能力到這為止，這是保安司令部在辦案，我一個鄉民代表會主席哪敢惹伊們？」

其昌近乎哀號：「許桑！子毓入了生死門，我做老父的……」

「其昌，你未記得二八事件，市參議會副議長葉秋木那幫人被槍決的代誌了乎？這幾年來，有愈濟大粒頭的掠去呷槍子，連財產都充公；聽講，還有少年人干仔讀了政府禁止的書就死刑了。關在籠仔內的無法度管了，你還有一大家口仔，還有兩個後生，顧著籠仔外的生命財產才要緊！」

做父親的，怎聽得進這麼冷血現實的建議，既然許謀不打算幫忙了，他必須趕快另覓途徑，其昌急著離開。

許謀也不管他愛聽不愛聽：「其昌，看在咱數十年有來去，這話別人繪老實對你講，叛亂的罪名無人擔得起，政府會當牽連真闊，你按呢四界去別人家，啥人毋驚受拖累？」

他憤慨欲走，許謀又補上：「拜託你由後尾門仔走，面稍可遮一下，毋好給人知影你來過我這。」

原來！「世情澆薄」長做這模樣，其昌總算認識了。

在外碰壁，但是家中、事務所不斷有受過子毓幫助的鄉民、農夫前來關心情況，雖然於事無補，兩相比較，冷暖滋味這時候一家人感受特別深刻。

原以為這些人是在法律或土地問題，子毓曾經排難解紛；後來連有應公廟的管理人員也來了，才曉得，去年艾瑞絲颱風萬丹大淹水，圳溝暴漲如洪流，也流來了幾具水流屍，雖經打撈上來，卻遲遲沒有家屬認領，是子毓跨越生死忌諱出錢埋葬，連管理這些無主墳墓的有應公廟，他也跨越宗教藩籬應允而成……。

諸如此類的善行，在他被抓之後，才不斷傳出，聽得連日忽忽欲狂的鳳如，屢次捶胸嚎啕：

「天地無目睭啊！上帝在佗？我按呢的後生，為何會遭受這種災厄？」

被淹沒在焦慮、無助當中，鳳如開始失態痛罵：「子毓根本不應該娶玉茗，恁無一個人要聽我的話，伊是一個斷掌查某，凶神惡煞附身啊！」

這個節骨眼，其昌也沒力氣責備她滿口怪力亂神了，能動用的人脈他卯足全力，卻不見曙光；玉茗娘家那邊也加入營救的行列，但狀況未明；打電話去詢問台北的焦牧師，也遲遲沒甚麼進展。

到現在還是完全不能接受，家中生活富足，與玉茗婚姻美滿，子毓有甚麼理由需要加入台獨叛亂組織？其昌堅信，自己的後生是被冤枉的。

生死交關，他不敢再奢望能夠讓子毓交保，正如許謀所說，「叛亂」的罪名誰承擔得起？不過，最起碼，所有的救援力道，要讓子毓得以接受公平的審判。

事發半個月，有人突然登門造訪。

相隔多年，其昌早就不記得對方的相貌，但當時的震駭和衝擊，一見來客那雙銳利如鷹的眼睛，記憶突然被勾起。

待對方以一口流利的北京話開口責怪道：「三年前我就好意警告過貴府了，不要讓李子毓跟台獨份子勾結，你們不放在心上，現在大禍臨頭了吧？」

一切，在其昌腦海就鮮明如昨日了，是當年登門警告的特務。

透過子豪的翻譯，對方熟知保安處看守所內部景況，以及子毓可能遭受的種種酷刑，其昌心如刀割。

來人自稱姓賈，以同情的口吻說，他也知道子毓只是個單純的讀書人，受人利用而不自知，還說他有門道可以設法救人，只是需要疏通的關節很多……

其昌一聽，二話不說，對方開出來的費用，他悉數付與，千拜託、萬拜託，請全力拯救子毓。

這個姓賈的特務一踏出李家大門，從此無消無息。

反而，不斷有各色人等接踵來訪，有說來自情治單位的；有說來自軍警單位的，說辭則大同小異，都是表示有辦法救子毓，最後都離不了要錢，李其昌也幾乎有求必應。

上門索錢的人多，子毓那頭卻毫無進展，子暄傳回來的消息依舊是：他們夫妻和二嫂還進不了看守所的大門，焦牧師那邊也沒有新的消息。

子豪看出了蹊蹺。

勸阻道：「多桑，我看前前後後來的這些人，分明是趁機會詐騙，你莫再相信了。」

其昌神情慘淡，但堅決表示：「多桑毋是毋知影來的人大部分是諞仙仔，毋過，只要有一絲仔希望，我無惜任何代價。」

但其昌也徹悟了，這些有的沒的鼠輩都敢趁人之危，公然登門半騙半嚇來斂財，若真的讓政府機關出手，李家數代粒積，不就一朝化為烏有？許謀之言雖然冷血，他不得不忍心正視，這是保家之道。

於是，他分成兩頭進行，一邊繼續尋找門路拯救子毓；一邊開始清點家中動產、不動產，打算讓四房兒子分家。

他稟告了祖母陳氏。

不用他說出滿腹苦衷，李老太太感嘆著同意道：「亂世，總是要先保住囝孫，該然怎樣做，你就趕緊進行。」

鳳如正苦盼其昌能夠把子毓救回來，出事以來，她吃不成吃、睡不成睡，整個人都快發瘋了，分家的決定讓她更加錯亂暴怒，其昌比她先瘋了嗎？當下最重要的是全家團結一致救子毓出來，他身為大家長，怎麼，反而急著析家分爨！

子豪也十分惶恐，帶著請罪的心情當面向父親解釋道：「多桑，你是在怪我阻擋你掔錢給那些講要幫忙的人？只要會當救出二兄，我哪會毋甘開錢，只是毋願給那些蛇蝨鳥鼠，把咱當作盼仔在揩油。」

「蛇蝨鳥鼠只是糞埽，猛虎毒蛇才可怕，子豪，恁兄弟感情深重，我相信你會盡力救恁二兄，毋過整個社會氣氛這呢緊張，案件一樁過一樁，政府講有罪就有罪，要牽拖啥人就牽拖啥人，人心驚惶啊！我總是要為恁的安全拍算。」

對子豪話點到為止，也橫心不再理會任何反對聲浪，其昌把「大營」留給大房、二房繼承，子豪分到的製材所、子暄分到的磚窯廠都有現成的房舍，他要這兩房速速入住。

眼看多桑心意已決，還要他們這兩房儘快搬離，子豪見不得這個家分崩離析的局面，而且內心仍認定是自己說錯話所引起，加上台北那邊遲遲沒有進展，他也決定北上，找生意往來的朋友、長輩看能不能幫上忙，搬家的事就丟給家中的女眷了。

鳳如再怎麼怨怒不解，其昌一向就不會聽她的，情緒急需一個出口，整個人更需支柱，她不再遮遮掩掩，直接就去教會墓園祭拜子慶，但願他保佑子毓平安歸來；還到「萬惠宮」長跪神龕下，淚求媽祖婆拯救她的骨肉。

於是，鄉里哄傳，「大營」李家既分食又叛教，災禍將臨。

3. 生死

子毓自從被拘禁在這一方牢籠內，除了早餐過後，兩人一組戴上手銬，在建築物旁的小院子排成一列，行屍走肉般繞圓圈「放封」三十分鐘外，完全不見天日，時間似乎也停止了運轉，人犯不是躺著昏睡；就是坐著發呆；或者彼此交談一下。直到午餐送來，就曉得正是午後三點，外頭應該是日頭往西斜。

百無聊賴坐等黃昏過後，牢籠黯黑漸添漸濃，長夜，才是最最難捱也最不平靜。

雖然大家擠在三坪大的空間等待未卜的命運，但是被逮捕的理由不同，大致分為台獨案、匪諜案和冤獄案。

「台獨份子」主張建國；「共匪同路人」主張統一；還有些根本是在「寧可錯殺一百，不可錯放其一」的政治指導下，被羅織罪名關進來的。理念不同，立場也就大相逕庭，即使交談也多所忌諱，怕說錯話坐實罪名，更怕人犯裡頭出了告密的奸細，拘留室內身體很擁擠，蟲蝨、疥癬很快就傳染了每一個人；內心卻很疏遠，就像孤島和孤島之間的距離。

一被抓進這裡頭就對他表達友善和關心的江火社，曾悄悄對他說：「台灣人就是按呢，牛稠內鬥牛母，𣍐合齊，死期到了，還在分啥人是佗一派。」

深夜時分，只有長長的走道盡頭那盞幽暗不明的燈泡，牢房反而像落入更深不見底的闇黑，除了偶爾的嘆息、呻吟、囈語，死寂就像夜霧籠罩著牢房。

突然，警衛的軍靴威嚴地敲在地板，由遠而近，隨身配帶的鑰匙串跟著發出單調的碰撞聲，死寂中聽來特別刺耳，但不管入睡與否，瞬間，所有的人全張開了眼睛，還有躺著的人猛然坐起，甚至渾身痙攣似的不停顫抖。不管白天被分類為哪一派，此刻，大家聲氣相通感同身受，原本嫌擁擠的拘留室，卻不自覺相互緊緊靠攏，彷彿這樣可以得到一絲額外的力量。

警衛背對著昏暗的燈光，臉面神情就像覆蓋了一條發霉的布巾，聽得分明的是他拿在手上晃得叮噹作響的鑰匙串，帶著故意折磨人的味道，溫溫吞吞打開拘留室的門，再慢條斯理叫出：

「林—阿—民！」

林阿民出了拘留室，原來緊緊靠攏的眾人又各自悄悄挪開，但驚懼依然瀰漫在牢籠內，當林阿民淒厲的叫喊聲從緊鄰的另一棟建築破空傳來，一陣又一陣，讓人全身起了雞皮疙瘩，睡意早被不寒而慄驅逐。

子毓不禁脫口問出：「真正這呢可怕？……」

「你正港新來的，青瞑牛毋驚槍，有人還被刑到起痟！」

「直接拖出去呷槍子，可能好過受種種酷刑！」

眾人你一言、我一語，還說，有人捱受不住酷刑，不管有影沒影，都照偵訊人員的意思招了、認了，筆錄一完成，就會被移送到保安司令部軍法處接受審判。

子毓回想自己被送進來的第三天，也曾被叫出去過一次，那是日時。

他一路被帶到另一棟建築物的二樓房間，聽聞，那就是眾人聞之色變的「偵訊室」。

只見辦公桌後方坐著一個清癯的中年男子，他心裡還在想，對方如果再來憲兵司令部拘留所那一套，硬要屈打成招，縱算身體無法反抗內心也要武裝到底。

沒想到，對方開口就是日語：「請坐。」

一下子沒反應過來，對方又以日語說了一次：「請坐，沒關係。」

只得依言坐在椅子上，內心不禁暗暗懷疑，怎麼跟傳聞的有落差？

對方繼續以流利的日語詢問他的姓名、年齡、職業，然後指著桌上的一份文件，問道：「這是憲兵隊那邊移送過來的，裡面寫的都是事實嗎？」

「我看也沒看過，怎知裡面胡謅亂寫了甚麼？」

「難道你不承認加入廖文毅的叛亂組織？」

「在憲兵隊我就一再說明了，我在日本讀書期間，廖文毅的朋友來詢問我的指導教授關於國際法的問題，教授指定由我代勞，事實就是這樣，難道學術研究也有罪？再說，那也是多年前的往事了。」

對方任由他一番慨然陳辭，突然起身，拉了一把椅子跟他面對面坐下，身體前傾，態度誠懇：「李君，我畢業於日本大阪大學，我們都是受日本教育的，你不要怕不要隱瞞，盡量對我實話實說。」

他有些感動，口氣不自覺軟了下來：「我說的都是實話……」

「你坦白說出廖文毅的犯罪行為，提供島內跟他同夥的叛亂份子名單，政府應該會從輕發落你的罪刑，說不定還讓你將功折罪。」

「……」對方在暗示或許可以釋放他回家？……難道自己要出賣追隨廖大統領的初衷和理想？……

或許，他只是眼神微微一閃，對方就看出來他起了躊躇之心，中年男子身體更加往前傾，積極游說道：「相信我，我有權力做決定，儘管開出你的條件，然後給我名單！」

心頭真的如亂弦撩撥了，條件？他惟一的渴望就是回家啊！

盱衡眼前一臉誠懇的中年男子，理智拚命對自己喊話：李子毓！冷靜下來，別亂了方寸！敵人這麼輕易就就識破你的弱點，心頭要抓定啊！可能，這只是個肥美的誘餌……

「……既然，廖文毅是你們的頭號通緝犯，」小心刺探對方真正的意圖：「你們不會沒有派人監控他在日本的作為……」

「當然！當然！不過我們是民主國家，一切按照法律條文，你是他的核心幹部，若肯配合指證他的叛國犯行，這樣就可以給美國一個交代，也可以理直氣壯向日本要求引渡廖文毅……」

中年男子這番話，宛如火把引燃沼氣，熊熊烈火猛然竄出心頭，這些特務機關！侈言甚麼民主和法律？

他怒斥：「如果我們真的是民主國家，我沒有攜帶武器也不是現行犯，你們憑甚麼派出憲兵隊荷槍實彈在機場逮捕我？」

「我們根據的是懲治叛亂條例！」

對方霍然站起身來，走回辦公桌後面坐下，冷冷看著他，變了臉的神情十分陰鷙，他無畏迎視，想來，自己連眼眸也在冒火。

一直以日語跟他交談的中年男子，突然改以帶著外省腔的北京話冷峻說道：「別忘了我們是中國人，應該效忠的是中華民國政府，你學有專精，如此優秀的人才，更應該懂得珍惜自己，你好好反省一下。」

這讓他更加憤怒，對方有甚麼資格把「中國人」的身分強加在他身上？

不過中年男子也沒有再進一步的動作，就派人把他押回拘留室了。

這是他進「偵訊室」的景況，子毓無法想像，林阿民被押進裡頭，到底遭到甚麼樣的荼毒，為何讓他一個年輕壯碩的莊稼漢，慘叫如進了屠宰場的牲畜？自己在憲兵司令部也遭到嚴刑逼供啊！

「憲兵司令部？嚴刑逼供？」江火社淡淡一笑，回應道：「你未記得你頭一天入來，我佮你說這叫做啥，阿鼻地獄，十八層地獄的上底層。」

子毓不以為然：「地獄是人創造出來的名詞。」

「對對對！所以真正拄著了，你才會明白啥貨叫做人間地獄，連十殿閻羅都會自嘆不如。」

兩天後深夜，林阿民像一堆爛泥被抬了回來。驚悚未已，換他被帶出拘留室。

二度進「偵訊室」，裡頭有四個身著中山裝的偵訊員，子毓不見原先偵訊他的中年男子，而是多了各式各樣的刑具，燈泡暗暗慘慘映照著，更顯陰森肅殺。

一個國字臉的喊了聲：「李子毓！你敬酒不吃吃罰酒！」

另外三個就衝了過來，其中一個往他腹部一踹、膝蓋一踢，子毓悶哼一聲跪倒在地，接著三個人的拳頭如石塊猛砸而下。

一頓痛毆，其中兩個人才把他拉起來，按到椅子上強制坐下，他全身火燒火燎的疼痛，整個人搖搖欲墜。

國字臉的卻笑了笑，操著一口標準的北京話道：「李子毓，嫌我們凳子不好坐是吧？你就別再歪來扭去了，否則啊——我們還有老虎凳伺候！」

子毓憤怒至極：「你們是誰？我是個律師，我知道我的權益，你們怎可以私下用刑？」

「跟我講法律哩！不曉得法律是中華民國政府定的嗎？」對方桌子前一坐，就和子毓面對面了，假面笑臉一扯，露出猙獰：「李子毓，虧我們龍組長還看得起你是個讀書人，對你客客氣氣，居然給你臉不要臉！」

子毓恍然明白，原來先前審問他的中年男子，是這群偵訊員的帶頭者。

「聲明在先，我可不是龍組長，方才那只是小點心，如果你不肯好好合作，我們還有各種大餐，只怕你——吃不消兜著走！」

上回那個龍組長引誘不成，今晚打算改用暴力讓他屈服？

子毓更加反感，以台語頂撞道：「合作？我佮恁田無溝、水無流！」

其中一個偵訊員「啪啪啪」揮手連摑了他數巴掌，斥喝道：「講國語！虧你還讀到博士，跟那些下三濫、沒水準的台灣人有甚麼兩樣？」

國字臉的把紙、筆往他面前一丟，狠聲厲色道：「你把廖文毅的犯行，島內還有哪些黨羽在從事不法活動，一五一十給我交代清楚，一個都不許漏掉！」

「甚麼犯行，甚麼黨羽，我不知道你在說甚麼……」

話還沒說完，兩個偵查員就一把架住了他，強行脫去他的外褲，另外一個拿著鐵鉗子就擰他大腿的肉了，擰抹布似的拽過來扭過去，子毓再也強忍不住，痛叫出聲。

「李子毓！你一個文弱書生，又長得細皮嫩肉的，分明只是娘兒們啊！逞甚麼英雄好漢？別忘了，你犯的是意圖顛覆政府的叛亂罪，這是唯一死刑！唯一死刑啊！好好合作，說不定上頭還饒你不死！」

「生死是由你們說了算嗎？我也說不知道就是不知道……」

對方桌子一拍：「我的字典裡沒有不知道！不招不寫是吧？」眼色一使，兩個偵查員各抓住子毓一隻手，另一個就把十根竹牙籤一一釘進他的指甲內了……。

玉茗天天來看守所，一聲「禁見」，如果偕同子暄、念恩，他們會勸她一起離開；如果自己一個人，她就趑趄不去。

那個站崗哨的衛兵，基於職責會過來驅趕，一回生、兩回熟，也會趁機跟她交談幾句。台灣說小還真小，原來這個叫陳根生的充員兵，不但來自屏東，父祖輩還有人是「仲義寮」的甘蔗工，鄉親，又多了這層關係，對玉茗難免生出幾分關懷。

這天，玉茗獨自前來，陳根生假裝過來趕她，匆匆丟下幾句話：「姊仔，妳咁㖞字？等一下有我熟悉的師傅要入去內底修理電火，妳有啥物話要對恁翁說，趕緊寫落來，我會叫伊想辦法傳給恁翁看。」

幸好皮包內有支新型的自來水鋼筆，還是子毓去年從日本買回來送給她的，然而倉促之間哪有紙張？

突然瞥見皮包內的那本聖經，那是焦牧師體恤她的心情，日前送了她這本可以隨身攜帶的聖經。玉茗趕緊拿出，急忙翻尋了一頁有空白處的內頁，紙小空白處更小，她以日文在上頭告訴子毓，家人知道他被捕的事，正全力奔走營救；她也天天來看守所請求面會，相信他倆很快就可以相見。至於無盡的掛念，小小的空白內頁就無處容納了。

她撕下那頁經文，細細摺疊成小小的紙條，抬頭看向崗哨。

陳根生會意，趁著再一次走過來趕她時，悄悄拿走她手心的紙條，還小聲催促道：「我自然會安排，妳走遠去莫留在這，中午過了後才轉來候消息。」

他轉身兀自走開。

玉茗噗噗劇跳的心好像要撞出胸膛似的，整個人因而顫抖如風中即將離枝的秋葉，的確，自己不能留在這礙手礙腳，只能仰賴陳根生設法把紙條傳入牢房內。

可是她急迫想得到子毓的消息，即使一絲絲音訊也好，走也走不遠，就在附近兜踅，還不自覺地來到看守所建築物旁的小院子外。

小院子跟街道只有一道磚牆隔開，磚牆又很矮，街道來往的行人，其實可以直接從外頭看到裡頭，玉茗匆匆一瞥眼，剛好看見兩人一組銬著手銬的犯人，正在小院子裡木偶般繞圈圈，一下子，她的心絞成一團亂麻，那眾多的犯人裡頭，可有她的子毓？

路過的行人腳步卻不曾稍駐，彷彿那個小院子自動隱形，人人視而不見。再怎麼心痛不捨，玉茗也不敢稍加停留，一直警惕自己，也許等一下就可以獲知子毓在裡頭的情形了，她不能躁動，惹來不必要的麻煩。

玉茗就在西門町漫無目的遊走，失去魂魄那般飄飄蕩蕩，實則拖著肚中孩兒拖著無窮擔掛的腳步，沉緩而滯重。

經過一處麵攤，早餐沒吃，腿也痠了，就坐了下來，點了一碗陽春麵。但是整個人有如煮麵的湯鍋沸騰不已，犯人銬著手銬在小院子繞圈圈的畫面，不停不停重現腦海，子毓也正受著這樣的折磨？牢房外都這等不堪了，牢房內呢？玉茗不敢想像，兩根筷子就在湯碗裡數一根根的麵條。

熬到中午，玉茗又急急忙忙轉回看守所附近，剛好看到陳根生把檢查過了的工具箱，還給一個五十開外矮瘦的工人，陳根生瞥見她了，以下頷微指工人，又不知跟對方說了些甚麼，那人拎著工具箱，目不斜視地快步往前走開。

玉茗惴惴不安，一邊揣測著陳根生的意思，一邊遠遠地跟在工人的後面，直到遠離了保安處的建築物，對方的腳步這才逐漸放慢。

玉茗趕緊追上前來，一邊開口叫喚道：「這位師傅，請你稍停一下……」

對方害怕地瞥了她一眼，又鬼祟地覷向後頭，彷彿隨時有惡鬼攫抓而至，然後慌慌張張丟下幾句：「恁翁叫妳莫再冒險來這了，趕緊轉去屏東，要妳為伊保重，正常呷正常睏，把囝仔健康平安生落來。」

根本容不得她開口詢問子毓在裡頭的情況，頭也不回地快步走掉了。

從失去他的音訊至今，終於從一個陌生人口中聽見子毓對她說話，句句只叮嚀關懷她一人，卻無一言提及自己的苦境，一直熬煎在焦急中忘記哭泣的玉茗，霎時淚崩。

夜深了，即使隔著一堵牆，也可以聽見斜對面「台灣戲院」最後一場電影散場，男男女女交談嘻笑聲；戲院門前叫賣茶葉蛋聲；以及繚繞在夜色中按摩女吹笛聲。

子毓睜著腫痛的雙眸，一牆之隔的各式混聲，入耳竟成荒涼，外頭的世界應該還熟悉，卻已遙不可及。

牢籠擁擠勝過鳥籠，各個囚犯在僅能容身的範圍調整適應的角度，子毓蜷縮在最裡頭的牆角，還是眾人憐憫他全身無一處完好，讓給他靠牆的位置舒適些。

他不斷輕撫手心的紙條，從中得到一絲慰藉；還把紙條貼著臉龐來回摩娑，彷彿玉茗的臉龐也就緊貼著他，嘴頰被鐵絲穿透的痛楚似乎也減輕了。

一接到玉茗的親筆紙條，他就躲在角落看過一遍又一遍，直到牢房內最後一絲昏暗的光線消失，其實再黑再暗，紙條的字字句句已然印記在眼瞳、心版。

多麼接近啊！玉茗就在牆的外頭了，他的手，若能穿過背後這堵牆壁，似乎就可以觸摸到她；這反而更真實面對兩人是徹徹底底的隔絕。

虛妄和真實之間交錯成荒誕的殘酷，想像她拖著臨盆的身軀，天天守候在看守所外，試圖見他一面，而自己呢？僅能透過陌生人的嘴傳達寥寥數句言語，甚至連親自回信的能力都沒了，手指頭、腳趾頭的指甲盡被拔光，連掌心都被熨斗燙爛了……身軀的苦痛，卻敵不過此時內心的酸悲，從被送進這裡頭承受各種酷刑以來，頭一遭，他任由淚水在臉面狂飆……

只希望，玉茗趕緊返回屏東家中；怕只怕，藏在她荏弱外表下那顆無比堅持的心，她會繼續固守在台北不肯離開嗎？思維至此，子毓真實而劇烈地感受到一顆心正被撕扯、被車裂……甚麼酷刑也比不上啊！

前天深夜，他還在「偵訊室」被罰站，從夜到日，又從日到夜，足足超過二十四小時，別說喝水、吃飯，只要他倦極闔上雙眼，偵訊員不是拿水淋他的頭，就是拿鐵線撐在他的上眼皮和下眼瞼之間；他站不住了，他們索性把他整個人吊起來。

被解下來時，他整個人癱倒地面，站也站不起來，兩個偵訊員把他半架半拖到國字臉的桌前。

國字臉的桌子一拍：「李子毓！你要當烈士，老子可沒時間陪你玩了，要招不招，由不得你做主！」指著放在桌上的筆錄斥喝道：「還不快給我蓋指印！」

「筆錄我要先看過……」

「媽的！李子毓你曉得我壓力有多大嗎？你就不要再磨蹭了，老子沒空牽連你祖宗八代的犯罪事實，就算你走運了，你還不知好歹？」

「不給我看筆錄內容就是違法……」

一個偵訊員自他背脊骨一腳踹下：「你這個混蛋！」

子毓整個人仆跌在桌面，國字臉的順勢強抓他的手，扳住他的右手拇指，硬壓在印泥上，他連動動胳臂的力氣也沒了，國字臉的在筆錄上順利捺上他的指印。

深夜時被抬回拘留室，他肉體上的崩解，就像廢墟的一堆斷瓦殘垣。

有人嘆：「好漢！」

有人勸：「你歸氣學我，伊們要啥物口供就給伊們，省得受這種折磨……」

有人阻：「蔣介石驚台獨，比驚共產黨還厲害，承認自己加入台獨組織，死罪一條！」

如果，之前就接到玉茗的紙條，自己會不會提早土崩瓦解主動就招了？……那罪愆就真的無以復加了！……

一堵牆，阻絕了他和玉茗，當初，陳紹和勸阻他結婚，預言他將為情所困種種，就在耳內轟轟迴響，猛烈撞擊他的胸膛，痛到似乎連靈魂都在顫抖。魚與熊掌的道理自己不是不懂，然而，誰攔阻得住他對玉茗奔流到海不復還的深情？千不該、萬不該，自恃聰明，以為兩個肩頭可以同時挑起理想和愛情……

如今，困在「修羅煉獄」，負盡玉茗，回想當時兩人決定締結鴛盟，他還帶著她去大兄的墳前獻花，默默誓言：會盡自己這一生守護玉茗和妙恩——淚眼模糊中的暗黝，鬼魂似乎藉著黑夜的掩護也來到眼前徘徊，悄無聲息，卻比陳紹和的責難更加無能承受，兄樣！我毀了自己的諾言，你因而不得安息嗎？我對不起對不起對不起你啊！……

頭一遭，子毓對自己的所作所為，既愧且悔。

忍不住，整個頭埋在胸懷間沉痛嗚咽……

黑暗中，有一隻手伸過來無言地撫拍他的肩背，子毓曉得，是一旁的江火社。

抬起涕淚交迸的臉龐，是質疑也是控訴：「自由民主這條路，怎會這呢歹行？」

只聽得江火社乾笑一聲：「台灣人做奴才做太久，慣習、慣習了，要做先覺叫醒大家，甚至替伊們爭取做主人，你就要覺悟，毋但代誌要看徹看破，也要準備隨時會當犧牲自己的一切……」

突然走道響起熟悉的警衛腳步聲，後頭跟著整齊劃一且鏗鏘有力的軍靴敲擊地面聲，拘留室內警戒氣氛起，眾人紛紛坐起身來。

藉著那絲燈色，只見警衛帶著兩名憲兵來到他們這間拘留室，眾人一陣不安的騷動。警衛以鑰匙打開牢門，一邊慎重其事地拿手電筒掃射辨識犯人，一邊喊出：「江火社，站起來！」

江火社對子毓沉沉說道：「伊們要把我移送軍法處了！」

「筆錄伊們也強捺我的指印了，」子毓勉強回應道：「應該真緊，俺就會在軍法處的監獄相見……」

「兄弟，俺𣍐再相見了，蔣介石會放過共產黨徒，𣍐放過台獨份子，我可能真緊就會被槍決。」

子毓渾身一震。

江火社已站起身來，警衛的手電筒立即定駐在他身上，他回頭，對子毓拋下最後一句話：「黃泉路上才作伴了。」

然後緩步移向牢門，眾人自動劈開一條路讓他過去，整個拘留室靜寂如死。

江火社籠罩在手電筒的光圈中，背影看來無限放大，一步步沉穩走出牢門，反而子毓觳觫不已，自從進了這裡，不論被囚者或刑求者，「死」這個字眼，常常掛在言語間——而今，死亡的幽靈真的就在牢門外窺伺了嗎？……

終章

1. 尾音

子豪來到台北後，也四處奔走可能拯救兄長的管道，看玉茗挺著身孕十分勞瘁，內心不忍，想叫念恩先陪她返回屏東，玉茗不肯；子暄也說，拯救二兄的行動迄今不見任何成效，二嫂怎拋得下台北？子豪無可如何，也就不再勉強玉茗。

這時候焦牧師那裡傳話過來了，孫國代要見玉茗。

子豪、子暄和念恩陪同玉茗來到教會，一經介紹，孫國代得知子豪家中排行第三，而且早早就接掌家中事業，商場行走多年，精明幹練的模樣不同於玉茗的荏弱、子暄的稚嫩，於是反而指名要跟子豪私下談談。

兩個人關進了禱告室密談。

玉茗既錯愕又不安，孫國代為何捨她就子豪，難道是有甚麼壞消息？

念恩和子暄的安慰只是徒勞，她就像置身密閉的風火爐，彷彿烈焰焚身，只能寄望禱告室的門趕快打開讓她得救。

門一打開，她快步上前，迫不及待就問：「子豪！恁二兄伊……」

子豪也回答得很快：「二嫂，孫國代講，明日軍方就會安排妳和二兄面會。」

子暄欣喜叫出聲：「這是好消息啊！看你一個面若像殕鹹魚，害我以為二兄在拘留所出代誌了。」

勉強擠出一絲笑容：「無啦！無啦！二兄暫時平安……」

嚥了一口口水，子豪把卡在喉嚨的話全吞到肚裡去。

玉茗更是歡天喜地，這些時日來的悲愁焦慮，一下子暫時拋到腦後去。

「按呢，我趕緊拜託牧師娘帶我來去市場，明仔早我要傳一些恁二兄愛呷的料理，還有維他命，以及替換的衫褲……」

喜出望外的玉茗，只想著第一次面會要為子毓帶些甚麼進去，根本沒注意到子豪異樣的神色。

白天牧師娘陪她去市街採買食材、物品；夜晚她獨自借宿在教會，明天一早要借用牧師娘的廚房，為子毓煮食。

就寢前，牧師娘還進來房間探視她，帶領她一起禱告，並囑咐她盡早歇睏。

她根本了無睡意，其實也沒有多少事要忙，但一再檢視要送進看守所給子毓的物品，自來台北，朝思暮想就是要見他一面，總算讓她盼到了，雖然他依然被禁錮著，悲苦中，還是有了一絲安慰及希望。

走出房間，靜靜坐在冷冷的台階，夜色中微有茫霧，銀漢倒是清朗，今晚何其漫長，她迫切等待天明下廚做蒲燒鰻魚飯，那是子毓最愛的食物。

在家裡，有時他在書房處理卷宗到很晚，她會躡手躡腳起床出門去，再回到小洋樓，手上已經多了一盤冒著熱氣的鰻魚飯，他也跟著聞香而出，歡顏以日語輕喊一聲：「幸福耶！」

深更下廚做消夜的辛勞，盡數消解在他的笑容裡。

他一手端著鰻魚飯，一手牽著她走出來，兩個人就坐在簷下台階，她含笑看著他一口接一口的滿足。

一抬眼，看見她的笑靨，不禁輕嘆一聲，悠悠說起為了逃避對她的愛戀，放逐自己於異國他鄉，有一回，強烈思念著她而不知如何排遣心情，就獨自去看海，直到黃昏，在港邊的小吃攤點了鰻魚飯，店家的收音機正傳來美空雲雀如泣如訴的〈博多夜船〉，他的眼淚跟著滴落，摻入盒內的飯粒。

說著，子毓放下鰻魚飯，輕輕哼起：「為了來相會，穿越了松林哪！往來博多的，愛麗莎夜裡的船火幽然可見，船火幽然可見。癡戀的夜船，在夜裡回來啦！天將亮時起浪了，愛麗莎纏綿的戀情宛如波濤洶湧，宛如波濤洶湧。波浪翻騰，在玄海廣漠的四野啊！隻身孤零而歸，愛麗莎未了的船戀情事，未了的船戀情事……」

聽著子毓訴說往日情懷，再聽著熟悉的戀曲，心頭不禁也泛起絲絲酸楚的柔情，輕輕偎靠著他，低聲說道：「這塊曲，也有台灣的歌星演唱，感覺，歌詞真貼近我彼時的心情。」

「哦！妳唱給我聽，好否？」

頓了一下，從來只唱聖詩的她，還是依了他的請求：「在港邊，送君來分離，珠淚粒粒滴。咱雙人情甘意甜，因何來受阻礙？害阮心空虛，害阮心空虛。心悲哀，環境不應該，迫咱分東西。咱總是暫時忍耐，萬事若照心意，早日倒轉來，早日倒轉來。心茫茫，看見海波浪，伴阮搧海風，沿路來思念情郎，像今日咱分離，何時再相逢？何時再相逢……」

子毓聽得如癡如醉，她才唱完最後一句，已擁她入懷：「椿子！椿子！妳可知我愛妳愛得好苦，原來，妳也一直把我放在心肝底？……為何，妳完全毋肯吐露，就算兄樣過身多年，我回台灣彼時，妳也毋肯洩漏一絲絲仔心事？」

「……」哽咽說出：「我絕對膾再嫁，除了你……我無愛你是因為子慶，或是可憐我和妙恩，才……」

「妳性情這呢倔強，若毋是千晴鼓勵，我可能永遠都無勇氣向妳表白——椿子，答應我，有時妳要放下堅持，才膾誤事……」

露濕台階，玉茗打了個寒顫，想起子毓拜託修理電燈的師傅轉達的話，要她為他保重。

她起身走回房間，內心一邊呼喚道：子毓！我不要你再為我擔憂、傷神，我會好好保重自己；見面時我也會坦白說出，我不能沒有你，我們要相愛到老，望你早日回家團圓……

窗前樹上的那隻烏鴉「嘎嘎嘎」亂啼聲，隨著曙光闖入窗內，驚醒了好不容易才入睡的玉茗，她慌慌急急跑出去，拾起地上的小石粒擲向停在樹枝的烏鴉。

看著黑色翅膀驚飛而去，怔怔忡忡了半晌，回過神來，烏鴉粗啞的叫聲天生如此，怎胡亂生出不快的感覺？輕甩了一下頭，玉茗不再多想地快步向廚房。

從來台北，經過了四十七天的等待，玉茗終於得以踏入保安司令部保安處看守所的大門。

因為只能一個家屬進去面會，子豪原本想要代替她進去，玉茗堅持不肯，子暄也不以為然。

「這呢困難才見著面，二兄一定有足濟話要對二嫂講。」

「就是因為按呢，我驚二嫂顧哭，二兄無法度好好交代代誌……」

「二嫂哭，真正常啊！若我入去，也會哭。」

「面會的時間真短，真寶貴，毋好浪費在目屎頂頭……」

面對爭執的兩兄弟，玉茗允諾道：「為著要了解恁二兄怎會受到這種冤屈，我會控制自己，盡量把握時間聽伊所交代的代誌。」

子豪無可奈何，只能讓步。

辦好一切手續之後，玉茗獨自在一個小房間等著見子毓。

望眼欲穿隔絕的窗台後頭，玉茗還能鎮定自持，直到警衛陪著子毓手鐐腳銬出現，驚愕、悲痛一下子洶湧而來，她博學多藝的夫婿啊！怎會成了罪大惡極的重刑犯模樣？

衝上前去：「子毓！子毓……」

但兩人硬生生被窗台阻絕在內、外，甚至連手指的碰觸都不可能，只有一面小小的透明玻璃窗能夠讓他倆面對面，看著他不成人形的臉龐滿是新舊傷痕，玉茗雙眸頓時如山洪。

子毓強忍翻騰的淚意，他現在需要理智面對：「椿子！椿子！妳莫哭，詳細聽我講……」

「你是冤枉的對否？伊們怎會當按呢對待你？怎會當按呢？……」她泣不成聲。

警衛就在一旁監視，子毓只能隱晦自白：「椿子，無論發生啥物代誌，妳總是要了解，我無做見笑事，給咱的家庭、咱的序細頭攑𣍐起來，妳以後一定要跟咱的囝仔講清楚，教育伊們成做無包袱的人，我雖然毋是模範，也𣍐是伊們的恥辱……」

玉茗聽出了端倪，淚崩不敢置信：「教育囝仔是你的責任啊！……為啥物？你是為啥物？……咱還有一個囝仔還未出世啊！你怎會來行這條路……」

「椿子！我對不起妳……若為著理想，我應該決心留在日本……既然倒轉來娶妳了，妳的幸福就應該是我唯一的願望……我求多桑、卡桑原諒我的不孝……我就是毋敢求妳原諒我啊！……」

他再也忍不住愧疚的眼淚，玉茗更被悲痛緊緊箍住，泣不成聲。

子毓淚水一抹：「椿子，我拜託妳，以後妳要代替我友孝多桑、卡桑，尤其是卡桑，伊性地較急，妳要多吞忍……還未出世的囝仔，若是查埔，號名靖國；若是查某，就叫沐心，以後盡量送出國留學；還有，我用日文寫了一本研究國際法和評議中華民國憲法的冊，有機會，妳就攜去日本出版……」

「我毋愛！我毋愛！」玉茗頭搖得像鞁浪鼓，淚水跟著紛飛：「你要我做啥我攏答應你，就是𣍐當放我自己一個人去做啊！……」

「我原本也盼望和妳一生牽手，同甘同苦到老……」

「我等你倒轉來，倒轉來咱的家，就是到我頭毛全白，我也要等你……」

「椿子，妳莫等我……監禁的歲月毋但漫長，會發生啥物代誌，完全無法度料想……萬一，有一天……」

「你若有意外，我也無想要活了！……」

「椿子，我一心所驚駭的就是這……毋管我是生是死，妳就當作我又一次的遠行……椿子，我無完成的責任和心願全部得靠妳了，三個囝仔更加膾當無妳，妳一定要堅強活落去啊！……」

警衛面無表情宣布道：「十分鐘到了，犯人還押！」

「子毓……」

他以日語大喊：「椿子！我現在希望有上帝存在，末日審判我們就會再相逢，在真主的面前，懺悔我對妳的罪；若真有佛家的來世，我願意不斷輪迴，生生世世還妳所受的苦……」

警衛不由分說押著子毓，蠻力往裡頭推；任憑玉茗淚似洪流，也沖不倒那阻絕的窗台……。

捱到第二天，不顧子豪阻擋勸說，玉茗又回到保安處看守所要求面會，才五雷轟頂般被告知，子毓已於昨夜被移送軍法處。

忽忽欲狂的玉茗又想趕往軍法處，子豪再度極力勸阻：「二嫂！孫長老走傯足久，妳才見著二兄一面，軍法處比保安處更加嚴格，要再見著二兄，短期內，恐怕真困難。」

「恁二兄全身是傷，我放膾落去……」

「啥人放會落去？毋過這毋是俺會當做主的。二嫂，妳聽我苦勸一句，二兄已經關在內底，妳也順月了，囝仔隨時會出世，不如先倒轉去咱屏東，莫加添二兄的煩惱。」

「毋過……」

「二兄會移送軍法處一定是要審判，會判幾年，我留在台北隨時探聽，隨時敲電話轉去講。」又轉而交代子暄、念恩道：「恁就陪二嫂倒轉去了。」

「念恩陪二嫂，我留落來和你繼續探聽二兄的消息。」

子豪帶著命令的語氣說：「多桑要咱這兩房趕緊搬厝，我已經交代給恁三嫂，恁這房也得趕緊轉去處理。」

子暄也曉得多桑分家並要他們兩房儘速搬離的事，躊躇一下，也不再力爭。

玉茗原本還要反對，這時孩子在肚中一陣翻轉，她不得不去想昨日子毓的句句叮嚀，真的，自己不能太倔強。

玉茗不再堅持留在台北，就由子暄夫妻陪同搭上返南的火車。

站在月台的子豪，看著火車緩緩蠕動在鐵軌上，逐漸遠離，總算放下忐忑，心情卻更加沉重。

腳下宛如綁著鉛塊，他拖著腳步出火車站。彼日，與孫國代關在禱告室密談，孫國代告知，二兄承認參加首惡份子廖文毅的叛亂組織，筆錄已經完成，很快就會移送軍法處審判。

「保安處一向不准犯罪嫌疑人跟外界接觸，宋將軍答應我移送軍法處之前，會交代下面的人安排你們家屬進去見他一面——這可能也是最後一面了……」

他驚呆了，半晌也說不出話來。

孫國代嘆一口氣，繼續交代道：「宋將軍說槍決令很快就會執行，你們家屬要有人留在台北，每天去火車站查看已決人犯名單，一看到名單就趕快去馬場町刑場認屍，否則會被當作無主屍體草草埋葬，你們家屬就甚麼也找不到了。」

他哀號出聲：「我二哥都還沒移送，怎麼槍決令很快就會執行？」

「願主赦免……你還不明白嗎？審判只是個形式，你二哥犯的是叛亂罪，唯一死刑！」

「我二哥沒有槍砲武器，要怎麼叛亂？這個罪名從哪裡來？他只是個讀書人啊！拜託宋將軍救救我二哥……」

「宋將軍也無能為力，老蔣痛恨台獨份子，遠遠超過共產黨徒，寧可錯殺一百，也絕對不會放過任何一個嫌疑犯。」

二嫂只是一個軟餌查某，面臨二兄生死關頭，他如何狠心轉述這個噩耗？自己比子暄年長，替二兄收屍，成了他無可逃避的責任；但是，他如何讓多桑、卡桑再一次承受骨肉沒了性命的打擊？……

大兄遽然喪生，固然令人悲痛；天天得去面對二兄可能死亡，就像一場無止盡的惡夢，卻又怕惡夢成真，他不曾受過這種凌遲，現在得獨自面對。

住在火車站附近的旅社，子豪每天早上一起來，就趕緊步行到火車站查看「已決人犯」名單。

這才發現，跟他一樣擠在公告欄前面急著查看名單的人不少，台灣怎會有這麼多死刑犯每天被槍決？他們跟二兄一樣都犯了叛亂罪嗎？

日復一日往返火車站，七天的時間就這樣過了。

子豪開始出現僥倖的念頭，是不是孫國代說得太嚴重了？或許會判坐牢，就算終身監禁，只要二兄活著，就好。

他打電話回家報平安的口氣也逐漸緩和下來，畢竟，出事至今超過兩個月，多桑似乎逐漸明白而且接受二兄短時間救不出來的事實，電話中詢問的言語從：「恁二兄啥物時陣會當轉來？」變成：「恁二兄判幾年知影了未？」

這天早晨，子豪又從旅社出來走向火車站，雲天淡淡，九月的台北微感秋涼了，昨天電話中多桑提起，恩美說新家那邊還千頭萬緒，有意自己上來等待判決，換他回去安頓妻小。

他不能冒險讓多桑上來台北，畢竟孫國代預言的最壞狀況，他還瞞著家中所有的人。今日二兄若依然平安度過，索性自己就回屏東一趟，過一、兩天再上來。

心中一邊盤算，人就到了火車站，也跟著眾人擠到公告欄一看，「李子毓」駭然入目。

他一下子傻住，眼前開始一片昏黑、模糊，只剩下「李子毓」三個字在瞳孔不斷放大，放大……他那才學出眾受人敬重的二兄，已經成了一具被公告的死屍?!

顧不得眾目睽睽，子豪慟哭出聲。

血色黃昏，家裡分爨之後本來就冷清了許多，電話鈴一聲緊過一聲，聽來格外淒厲。

其昌快步進屋來，匆促接起電話。

不多久，他靜靜放下電話，靜靜走回房去，靜靜坐了下來。

暮靄四面八方逐漸圍攏，侵入了屋宇，窗邊殘光也一絲絲被吞噬，黑夜，真的來了。

任由黑暗綑綁全身的其昌，彷彿連知覺也從裡到外一併被鎖鍊了。

鳳如進來：「原來你在這哦！」

其昌依舊一動也不動，恰似沒有知覺的木頭人。

「其昌！其昌！你怎一仙像柴頭尪仔坐在這？天暗了，呷暗頓了！」

她連聲叫喚，其昌張口欲言，卻啞啞吐不出字句。

「你是怎樣了？是毋是人無爽快？毋單你，大家都煩惱子毓的代誌啊！毋過你𣍐用得先倒，子毓你還未替我救出來咧！」

「……」終於艱難說出：「子毓要轉來了……」

「子毓要轉來了？眾神保庇！眾神保庇啊！」

趕緊捻亮電燈，回頭歡天喜地問道：「按呢，子毓底時會到厝……」

鳳如戛然止口，燈色再如何昏暝，她也看見了其昌臉容難看如死，霎時，她有所明白，卻完全不能接受！

「你的意思是……你的意思是……」打從心底發顫。

就像有千鈞壓頂，其昌勉強站起來的身影都佝僂了，聲如裂帛：「天明，子毓應該就會到厝了……我要趕緊聯絡牧師……也得訂棺木……」

怎承受得起「棺木」二字，鳳如哆嗦半晌，突然發狂般大叫出聲，逕自轉身奔了出去。

一路踉踉蹌蹌奔回飯廳，只見阿拾和招治正忙著盛飯、端湯上桌；玉茗帶著妙恩、沐惠已然端坐桌前。

眾人才聽到她急促的腳步聲，鳳如已經衝過來，兩手狂掃一桌的飯菜，碗碗盤盤鏗鏗鏘鏘碎裂滿地，沐惠被翻飛的熱湯濺身，放聲嚎啕；玉茗大驚失色，直覺伸手護衛女兒；阿拾和招治一時反應不過來，全傻了眼。

撲向玉茗，鳳如滿心的悲慟憤怒化為重重兩記耳光：「妳這個斷掌查某掃帚星！還子毓的命來啊！妳還子毓的命來啊！……」

接著沒頭沒臉又捶又打，狂亂哭喊道：「妳還我子慶啊！妳還我子毓啊！妳還我兩個心肝寶貝的命來啊！」

原本驚愣的傭婦這時一擁而上，企圖拉開鳳如，阿拾喊：「頭家娘！毋通啦！毋通按呢啦！」

招治叫：「主娘啊！妳會傷著少奶奶腹肚內的囝仔啦！」

「招治啊！阮李家給這個斷掌查某舞到拚家散宅！害到家破人亡！……這個家敗了！敗了！我毋甘願啦！……」

家丁聽到吵嚷聲紛紛趕來，有的出言勸阻；有的也出手架住鳳如，不讓她再繼續毆打玉茗，惹得鳳如更加暴怒，好似一頭出閘的母獅，加上下人總是有所顧忌不敢過度使力，幾個人竟然抓不住又踢又打又罵的鳳如，阿拾飛奔而出。

李老太太陳繻在阿拾及寄娘的陪同下，拄著拐杖踮著三寸金蓮顫巍巍出現在飯廳門口，眼前混亂的情景，讓一向淡然自持的她也動了真氣，一聲斥喝：「鳳如！妳完全無分寸了！」

一聽見李老太太的聲音，鳳如回頭淚看祖母，從心底最深處放聲哀嚎：「歐巴桑！子毓死了！子毓死了……」

全場震懾。

哀嚎聲放盡最後的力氣那般，鳳如整個人癱倒地上失聲慟哭；眾人也忍不住淚流紛紛，此起彼落的飲泣聲，就像哀樂的伴奏共鳴著。

唯一沒哭的是玉茗。

死白著一張臉，她拋下也跟著大人啼泣似懂非懂的妙恩、沐惠，靜靜走向鳳如，向她深深一鞠躬：「歐卡桑！我對不起妳……」

鳳如完全淹沒在淚海中，哪聽得清楚她在說甚麼，也沒有心力理會。

玉茗繼續靜靜走向門口，對著淚流滿面的曾祖母也深深一鞠躬：「娭歐巴桑！我對不起李家……」

李老太太反以日語安慰她說：「椿子，別說傻話了，一切都是上帝的旨意……」

玉茗渾然無聽無覺似的，又靜靜走了出去，李老太太看著她逐漸沒入長廊拱門的背影，忍不住打了個寒顫，那是失了魂魄的軀體啊！

她慌忙抹去臉面的淚水，交代阿拾道：「緊！趕緊去找恁頭家來！」

夜霧迷離，玉茗幽靈般一路走回小洋樓，她今生最幸福的時光都鎖在這棟樓房了——台北回來後，內心隱約曉得，但是嚴禁自己如是想，保安處看守所最後一面，子毓分明是在交代遺言了……

卡桑的指控無誤，子慶的死是她無法彌補的罪愆了，如今她又害死了子毓。

若不是割捨不了對她的愛，堅心回到台灣與她成就這段姻緣，她相信，子毓還活著，正在日本大器揮灑自己的才學，實踐他看守所內提到的理想……

回到小洋樓，她點燃了燭火，這座白銀燭台，是她和子毓在高雄哈瑪星的拆船屋尋寶，所獲的十九世紀古物，當初，兩人雀躍如童稚的笑聲還迴盪在心頭；而今，燭淚斑斑。

手持燭台，她靜靜拾階而上，回到了二樓房間，靜靜鎖上了門。

靜靜環視這個小天地，牆上江戶時代的錦繪仕女版畫，是子毓返台定居後帶回來的舊物，他說彼時會購買這幅畫，是因為畫中女子楚楚可憐的情韻，與她有幾分神似；茶几上有溫暖橘色調火痕的杯具，是日本度蜜月時，不辭一路輾轉換車到信樂古窯購得的紀念品，子毓說，象徵他倆的愛情儘管歷經火灼般的苦痛，畢竟淬鍊成正果……每一物件，都鑲嵌了兩人的心情和故事，這是他倆共同精心布置而成的愛巢。

並排的雙人枕頭，夜半無人私語時，她曾悄聲問過：「你深愛日本，為何要轉來？」

他微帶睡意的慵懶聲音，聽來特別溫柔纏綿：「我更加愛妳，愛咱的台灣。」

新婚的那一日起，她就對自己誓言過了，生要同枕，死要同槨，兩人牽手同行同老——現在，子毓已亡，如何獨活？

把手中燭台擱在茶几上，從五斗櫃找出一條長布巾，往橫樑一拋，長布巾便穿樑掛垂了。拉過來椅子，踏了上去，將長布巾兩頭拉齊，她開始打結成環。

一命，也只能抵一命，她怎對得起一連失去兩個兒孫的李家？尤其是對自己恩慈有加的娭歐巴桑。

「鼎昌商號」三兄弟白手成家的故事，是一頁傳奇，曾祖母歷經四代，完整見證了這個家族的光輝，卻在她嫁入李家這十年來，也讓她椎心目睹這個跨海移民而來的家族由盛而衰，耄耋之年傳奇化為滄桑。

歐卡桑一生富貴，怎抵一般鄉間老嫗含飴弄孫、安享天倫之樂？一再遭受喪子之痛，同樣身為人母，那番切膚之痛啊！自己感同身受。

一切的不幸，真的源於她是個斷掌的不祥女子？那就讓她來贖罪，終結災厄的源頭！

她頸項往布環裡頭一套，子毓！你魂魄未遠，且等等我……

雜沓的腳步聲一路奔上樓，夾帶妙恩、沐惠的聲聲哭喊：「媽媽！媽媽！……」

還有歐多桑焦急的呼喚聲：「玉茗！妳開門，開門啊！」

原本以為自己已經痛到麻痺，此時胸口又一凜、一刺——夠了！夠了！只要兩手一放，雙腳自椅子上盪開，從此不再知覺人世間所有的苦痛……歐多桑！請原諒我……

歐多桑徒勞地在外頭轉動門把，蒼老的聲音日語、台語慌亂夾雜懇求：「椿子！妳莫做傻事，子毓無命倒轉來，我求妳保住他最後的血脈啊！」

她慢慢把眼睛轉向自己的腹肚，看守所內子毓最後的叮嚀，此時猛烈撞擊而來，她雙腿不但發軟，還劇烈顫抖起來——帶著他倆的骨肉追尋而去，自己縱然不怕煉獄烈火，又該如何承受他天堂注視的淚眼？……

「椿子！卡桑對妳較超過，求妳原諒阮兩個老人失去後生的失態、失禮……」

一聲禁忍不住的嗚咽，門外傳來歐多桑慟哭聲，伴著兩個孩子無助的哭喚：「阿公！阿公！」

劇痛再次如刀刺穿胸口，也刺激了雙眼的神經，淚水緩緩淌了下來，接著，還魂過來那般，眼淚越流越急。

這才發現，自己雙手所拉套在頸項的黃色長布巾，原來是妙恩、沐惠嬰兒時都用過的物品，揹她們在背上，聽她們發出咿咿哦哦的稚嫩聲，甜美一如昨日——何其殘忍啊！自己就要拋下她倆不管了嗎？……

儘管躊躇，終究，玉茗將套在頸項的布環拿開，滯重地爬下椅子來。

步履蹣跚來到門邊，把上鎖的房門打開了。

仰頭悲哭的其昌，面對開了的房門，撞入眼簾的就是橫樑上結環的布巾，幸好玉茗平安現身，心頭一鬆，膝蓋一軟，差些跌倒。

玉茗趕緊扶了他一下，更加抑止不住漫天瀰地席捲而來的悲慟，她帶著肚中的孩子緩緩跪了下來，滿心滿懷難以言說的愧疚：「歐多桑……」

妙恩、沐惠一下子撲入她懷中：「媽媽！」

摟住了兩個女兒，玉茗完全明白了，人生有比死還艱難的事，揹著一生的憾恨，自己必須活下去，直到上帝願意讓她卸下重擔的那一刻……。

2. 待續

伯仲直到深夜才回到「大營」，原本以為自己得摸黑進家門，沒想到隔著假山中庭，李家廳堂明晃晃的燈火，還隱約透到紅樓一帶來。

他看過去，只見廳堂內、外燈火通明，人來人往，卻怪異地沒聽見甚麼熱鬧的喧譁聲，到底甚麼事啊？

也不再多想，只是憤懣想道，有錢人嘛，三更半暝了還可以這樣揮霍火燭燈油；不像他，散鬼人人驚，北京話說「狗急跳牆，人急懸樑」，現在他只想有一條繩子可以上吊！

伯仲兩手插在空空如也的褲袋，彎腰駝背走向家門口，滿心怨恨世間無情。

一開始，想去跟那幾個熟識的賭友借錢回「徼間」翻本，誰知以往熱絡邀賭的賭友，竟然躲的躲、逃的逃，甚至翻臉不認人。

迫不得已，他開始跟周遭的人一個一個開口借錢，李家廚娘阿拾姐借了他幾回，到後來變臉拒絕；卜正一個錢打廿四結，只會嘈嘈念一直訓話；最讓他幹譎的是米店的頭家陳財。

也是走投無路了，想說，好歹他也算米店的老主顧，才會去賒米、借錢。

陳財冷笑一聲，話倒是說得爽快：「可以啊！毋過你要用啥作抵押？」

連家裡那條棉被也進了當鋪，原本想屏東九月離天涼還早，贏了錢自可以贖回，沒想到進了「徼間」不到一頓飯的時間，又清潔溜溜被撵了出來——他雙手一攤，自己還有甚麼值錢的物品可給米店做抵押？

「你那個後生會使抵押給我啊！」

他嘴巴張得大大的，半晌，才接得下話來：「毋過，我那個後生才小學二年，你要伊有啥路用？」

「你散到要給鬼掠去了，囝仔還在讀啥物冊？不如送來我這做雜工，你若要賣斷，我另外貼你一筆錢……」

沒等陳財說完，他轉身出店，再怎麼狼狽，他怎麼可能賣自己的骨肉？何況又是要傳承香火的後生！

不過，他總算也明白了，自己在別人眼中，已經成了會販賣兒女的廢人。

就像在雪地被陳財當頭淋了一桶冰水，他突然凜冽認清，這將近一年來沉迷賭博是多麼荒唐的行為，他想回家了。

還是在外頭徘徊到現在，就是不想一回來，又得聽阿葉沒完沒了的嘮叨，什麼米甕空空啦，她和囝仔已經餓到頭昏眼花了；開學至今繳不出註冊錢，那個狠心夭壽的熊世華變盡各種花招體罰連機；腳踏車到哪去了；棉被怎不見了……沒有任何一件是他有能耐解決的。

落到這種完全見不著未來的絕境，真的，自殺算了，橫直爛命一條……

伯仲這才看清楚，暗裡，竟然家門口有人影佇立，手裡似乎還牽著一台腳踏車——賊仔要來偷牽車？……不對！不對！他的腳踏車早進了當鋪！

心頭嘿嘿乾笑兩聲，這個賊仔，眼睛糊到牛屎了，還有一台腳踏車可以騎著四處偷竊，怎會看中意他這家？連大日頭下，自己也只看得到空無一物的牆壁，難道賊仔比較厲害，趁黑可以摸到他家藏了黃金？

對方也看到他了，暗裡探頭出來，壓低聲量叫喚道：「老鄉！」

原來是石道存老師！

一時間伯仲哭笑不得，問道：「石老師！三更半暝，你怎徛在阮家門骹口？」

「我在等你——」說著，石道存把手上的腳踏車，往他面前一送：「喏！這是你的單車。」

伯仲吃驚地閃躲了一下：「這毋是我的啦！我的車早就……」

一陣羞恥，他說不出口。

石道存國、台語夾雜道：「我太太那一籠子的雞養大了，今早賣了錢，我才能去把你的車贖回來——老鄉，好好去補鼎補雨傘吧！別再賭了。」

他大吃一驚，腦海裡閃過牽鐵馬出門典當時，被清早在餵雞的石太太撞見的那一幕——原來，他們夫妻一直把這件事放在心上……

喉頭一滿：「博儆是我毋對……石老師，你怎無把我當作廢人？」

「我還記得初認識你的模樣，那時你認真又打拚，四處補鼎補雨傘，你也補過我家的破鍋子，那時淑文就稱讚你補鼎時態度慎重、精神專注，就像在做一件大事。」

伯仲一下子連眼眶都潮熱了，微帶哽咽道：「多謝恁翁某無棄嫌我這個無路用人——我實在真後悔，當初狼子野心唐山過台灣，結果行到今日這呢落魄的地步，看來，台灣乞丐就要有我的份了。」

「大家日子都不好過啊！我雖然有一份固定的微薄薪水，五個孩子要養，難啊！淑文每天忙著養雞、養鴨、種菜，既然大陸回不去了，就得想法子在這裡生存下去。」

「怨嘆啦！平平外地人來到台灣，我也毋是骨力呷貧憚做，『鼎昌』就家財萬貫，我枵死有份出頭無時，根本看𣍐著未來！」

他滿腹牢騷，石道存搖頭不同意，指了指李家廳堂的方向：「有錢，不一定就幸福平安啊！晚間我才聽到那邊的人洩漏出來的消息，他們的二少頭家在台北被槍決了……」

伯仲一下子雞嘴變鴨嘴，震驚到甚麼話也說不出來了，眼睛忍不住也看向那燈火人家。

「家財萬貫又如何？白髮人送黑髮人，慘！身在亂世，我們能夠闔家平安就值得慶幸了。老鄉，莫再怨嘆了，台灣已經是我們的家鄉，好好打拚，再苦也要讓我們的子弟讀書受教育，讓我們的下一代能夠在這塊土地生根立足，這不就是我們的未來……」

屋內傳來阿葉清楚的叫痛聲，打斷了石道存的話，兩個男人同時看向門內，伯仲心頭也隨之一緊。

「阮某可能要生了……好佳在我有轉來……怎會疼這種半暝的……」

「生小孩哪有辦法挑時辰？」石道存匆匆把腳踏車塞給他，催促道：「你趕緊騎車去請產婆了！」

「我……我……」

「去了去了！別擔心產婆接生的費用，我也會叫淑文先過來照顧阿葉。你的第四個孩子就快出生了，以後好好工作養家吧！再苦，孩子就是我們的希望啊！老鄉。」

伯仲這回沒有再閃避，接過腳踏車，牢牢握住那熟悉的車把，不知是感動還是感慨，眼角就真的流出濕濕熱熱的液體了，也滋潤了乾涸許久的心田，世道再險惡，人間還是有溫情。

「石老師！多謝你！」伯仲一腳跨上鐵馬：「我趕緊來去叫產婆了……」

伯仲在門口等待著，時而來回踱步，時而坐在戶定吁氣，阿葉的呻吟叫痛聲一陣緊似一陣，但是黑夜都被她叫成白晝了，怎麼，孩子還是無法出娘胎？

連機早早上學去了，明珠和月英倚在門邊時不時往裡頭偷窺，月英似乎覺得很好玩，不停嘻嘻而笑；明珠卻蹙著眉頭，好像曉得母親正在蒙受巨大的痛苦。

眼看日頭越升越高，阿葉的叫聲卻轉趨沙啞，一向認為女人生小孩，天經地義，伯仲也逐漸轉為緊張，正想差遣明珠進去看看，產婆令仔汗水淋漓地跑出來，一邊慌張大叫：「伯仲！我看恁某要送大病院了！」

他簡直不敢相信自己的耳朵：「令仔是怎樣啦？」

「阿就生𣍐出來啊！真無簡單才看到囝仔，竟然是腳毋是頭！倒踏蓮花，哪有法度平安出世？毋是死母身，就是死胎兒……」

話未聽完伯仲就往屋裡衝了，產婆令仔慌忙從後頭要扯住他：「不四鬼啊！查某人在生囝，你查埔人入去看啥啦？」

「性命都要休去了，那是我的某我的囝呢！」

攔阻不住，產婆令仔只得急急忙忙跟進去。

竹眠床上，阿葉神情慘厲咬牙切齒呻吟著，下體一帶浸漬在血水中，但是看得到伸出體外滿是血汙的小小足掌。

伯仲被眼前可怖的情景嚇傻了，只是無助直喊：「先生媽！先生媽！妳趕緊想辦法……」

「你趕緊送大病院給醫生想辦法就對了！」

產婆令仔是全萬丹最出名的產婆了，全鄉的出世囝仔十個有八個由她接生的，契子、契女滿天下，還有誰比她更經驗老到？現在竟然只能推給大醫院！

伯仲意識到情況危急了，慌忙回應道：「就算我有法度把伊揹到屏東的大病院，伊血早就流乾了！」

「這……這……」

「妳的意思是，干仔會當保著一個？」痛下決定道：「按呢，救大人！大人要緊……」

「囝仔真的無愛了乎？我若硬拖出來是膾活了哦！」

「救大人！妳救大人就對了！……」

竹眠床上死去活來的阿葉，遽然開口反對道：「膾使啦！萬一……萬一若是查埔的咧？」

「哎！妳命要休去了，還管是毋是查埔的！囝仔以後咱再生就有……」

「膾使得啦！膾使得啦！……先生媽妳趕緊救囝仔……」

產婆令仔開口說了：「囝仔腳出來時我就檢查過了，查某的啦！」

「……」阿葉驟然大哭嘶叫：「妳騙我！妳騙我！……」

「我騙妳底代？我做產婆的只愛每一個囝仔攏平安出世……」

「拖出來！拖出來！我要疼死了……」

產婆令仔趨前，伯仲不敢看，背過身去，後頭只聽得產婆令仔一句句：「忍一下……忍一下……妳忍一下！」

阿葉一聲聲撕心扯肺叫痛，在他混亂的心神交錯出屠宰場看人殺豬的畫面，伯仲全身泛起雞皮疙瘩。

突然阿葉一聲斷魂般的長嚎，夾雜產婆令仔長噓一聲：「拖出來了！」

阿葉突然不叫了，可是也沒有嬰兒的哭聲，背後只有刀剪聲、洗滌聲、擦拭聲，難道——難道大人小孩一起沒命了？……

一顆心彷彿要跳出喉嚨，急得伯仲嗄龜喘嗽都快發作了，慌慌張張轉頭要看阿葉，產婆令仔正好把個「物件」拋擲在地面。

伯仲一驚，地上就傳來了微弱的啼聲，他定睛往自己腳旁一看，那裡就躺著一團紅咚咚的肉塊——不對！不對！有手有腳，還微微抽搐著……

產婆令仔幾分驚奇：「拄仔拖出來以為是死囝仔胎，吸著土氣顛倒會哭了。」

「阮阿葉咧？」他衝到竹眠床邊，只見阿葉面容灰敗如死。

「可憐，疼到昏昏死死去了，暫時給伊歇睏一下，煮一碗洘糜給伊底腹。」

伯仲驚魂甫定，這才又看向地面，呱呱啼泣的，確實是有五官七孔的嬰兒，只是全身如紅紙。

「阿囝仔……囝仔……」

「膾活啦！伊身軀的毋是血水，血水我擦清氣了，根本伊就燒燙燙、紅葩葩——等一下斷氣了，你就抱出去抬。」

說著，產婆令仔也整理好了醫藥箱，拎著準備離開，伯仲這才回過神來，趕忙問道：「先生媽，滷力啦！按呢，偌濟錢？」

一邊自褲袋撈出石道存先借給他的錢。

產婆令仔卻直搖手：「阿彌陀佛喔！害死一個囝仔栽，心肝都艙得過了，我哪敢收錢？——抬恁查某囝的時陣，土要挖深，若無，野狗會拖出來餔，雖然無緣，總是你的骨肉……」

伯仲一時不知如何接話，抓著手中的紙鈔，愣愣目送產婆令仔逕自離去。

明珠則帶著月英衝了進來，看到地面啼哭的嬰兒，驚奇大叫：「阿母生小妹仔耶！——阿爸，小妹仔怎無穿衫無穿褲，還放伊倒在土骹？」

明珠一聲「小妹仔」，讓他的眼睛重新回到丟在地上的嬰兒身上，是了！這個倒踏蓮花來出世使阿葉死去活來的，是他的另一個查某囝，不過，現在他只等著她斷氣，然後抱出去埋了。

再也禁忍不住咻咻作響的胸腔，伯仲開始大聲咳喘。

日過正午逐漸往西，早先淑文用麻油煮了一顆雞蛋，端過來給阿葉壓腹了，他叫明珠去買米回來煮的稠粥，剛好讓放學回來的連機飽餐了一頓，就帶著兩個小妹出去灌蟋蟀了。

阿葉躺在竹眠床上依然窸窸窣窣哭著，查某人怎會有那麼多眼淚？伯仲轉為不耐，勸也勸過了，就沒有生兒子的命，奈何？她甚麼也聽不進去，只顧哀怨自己承受了從沒有過的痛苦，得到的怎會是一場空？還不忘捶了幾下床板，表達她的憤怒和不甘。

嘎龜已經發作過了，若不是為了等地上的女兒斷氣，他早就甩頭出門，趁著日頭還高掛，整理一下工具箱，騎著鐵馬去學校宿舍踅一踅，說不定還有生意可做。

昨晚，石道存老師的話，他聽進心裡去了，再也不要下一代像他這樣，一生飄零如葉，為了讓自己的骨肉能夠在台灣安身立命，再苦，他也要重新咬緊牙根腳踏實地。

偏偏，地上紅孩兒般的女兒硬是不肯嚥下最後一口氣，他怎出去工作哇？從上午到現在，至少也四、五個時辰過去了吧？照產婆的意思，根本活不過一時片刻的，他奇異地注視著地上的女兒，似乎越哭越有勁，到現在還沒停止過哭聲，原本只是微微抽搐的四肢，現在居然可以隨著哭聲小小舞弄，似乎……似乎有一種強韌的生命力……

胸中一怦，一直沒有動念，伯仲終於把女兒從地上抱起來，一接觸到她的身體，哇！怎麼像剛從火灰中拿出來的滾燙地瓜，這會活嗎？

抱在雙手那瞬間，女兒竟然停止了哭聲，雖然才一下下又重新哇哇不休，卻讓他真真確確感受到這是自己的骨肉，他就坐著等她死？未免太殘忍……突然想起離亂中被阿葉賣掉的大女兒，當初他若在惠玉身邊，拚生拚死，也不會讓這種事發生……

匆匆把孩子抱到阿葉身邊放下，阿葉一驚：「你要創啥啦？」同時厭惡地看了身旁的紅嬰孩一眼，她所帶給她的劇烈痛苦，永遠刻印了。

丟下一句：「我出去一下……」

再回來，伯仲手上多了兩顆椰子，滿心鏖糟的阿葉沒理他。

直到他劈了椰子，端來一碗公的椰子水，她這才出聲恨恨質問道：「我才生囝，無呷補就罷了，你敢要給我啉椰子水？」

懶得回應，伯仲先把碗公放在床沿，抱起甫出世的女兒，以手指頭沾了椰子水，塗在她的嘴唇，女兒竟然微嘟嘴做吸奶狀，把椰子水吮了進去，他笑了出來，看來好像很聰明哩！

阿葉則吃驚嚷叫道：「夭壽哦！大人就膾堪得了，你給出世囝仔呷椰子水？」

他繼續沾椰子水塗女兒的嘴唇，冷淡道：「我膾比妳較夭壽，囝仔還未斷氣，妳就問幾落番：要抱出去埋了未？」

「產婆令仔明明講伊會隨死，我根本毋知影伊這呢有擋頭，你給伊呷椰子水，毋是要伊趕緊死？正港無天無良……」

阿葉詈罵不休，伯仲心一煩，見女兒一直吸吮椰子水也不哭了，索性以手指撐開她的嘴巴，端起碗公，直接把椰子水一小口一小口灌進她嘴內。

「夭壽要死了！你在灌肚伯仔喔？你按呢凌遲伊，歸氣活活拖去埋啦！」

伯仲把灌過椰子水的女兒又放回床上，不耐煩回答道：「俺做父母的就恬恬等囝仔過氣，也太梟雄了！伊全身紅葩葩、燒烘烘，毋是講椰子水上冷？救會活就活；救膾活，趕緊給伊再去投胎轉世，無免受拖磨！」

說著，把剩餘的椰子水咕嚕咕嚕灌進自己嘴內，轉身就要出去，阿葉在他背後叫嚷：「你作你出去，萬一囝仔死在眠床頂……」

伯仲頭也不回：「我會轉來收屍啦！」

快手快腳整理好工具箱，往腳踏車後座一綁，就一路騎往國小的教師宿舍了。

午後的學校宿舍區靜悄悄的，只有微風吹過樹梢，拂落幾片黃葉，也有一絲絲秋天的氣息了，伯仲下車，如同往昔一手牽車緩步走著，一手拉著車鈴，發出一陣陣「鈴鈴鈴……鈴鈴鈴……」，也沒抱太大期望，實在太久沒出來營業了。

不想，竟然隨著車鈴聲，陸續有人從籬笆內或家門口探出頭來，還有人手抓著鍋鼎就追出來了，一張張迎接他的都是笑臉。

「補鼎的，你怎這呢久無來？」

「阮家這骹鼎仔，等你足久了！」

「補鼎的補鼎的，拜託你看我這骹鍋仔，有救還是無救？」

……

直忙到日近黃昏，還是因為擔心女兒死在床上驚嚇了另外幾個孩子，才勉強收工，來不及修補的，跟宿舍的太太們約定明日再來。

回家的路上，伯仲這段時日以來不樂的心緒，再次感受到愉悅的滋味，並非賺錢本身，而是有人期待他的出現，需要他的工藝，這對他很有意義。

鐵馬一到家門口，工具箱都來不及卸下，他立即快步進屋。

床上的阿葉抬起頭來淡淡看了他一眼，說：「暗頓我款好了，囝仔在呷了，你也去呷了。」

伯仲卻目瞪口呆看著眼前的情景：阿葉抱著女兒在哺乳！

「無死哦？」

趨前一看，窗外射進來的光線還沒撤退，他看到女兒原本紅紙般的膚色，褪為嬰兒的粉嫩，安靜地躺在母親的懷裡，正用力吸吮著她的乳房。

難以相信地伸手一摸：「咦！無燒了咧！」

阿葉臉無笑容，口氣不耐：「伊一直嘛嘛嚎，可能腹肚枵了，就飼伊看要呷奶否——這呢貪呷，無認分，本來要放給伊死的……」

「這個囝仔，可能天生無認分，才會當活落來……」

「你在歡喜啥？飼這種外頭家神仔，大漢就是別人的，攏白白在替人飼某！」

不想再聽阿葉無盡無止的牢騷，轉身走出來，從石道存老師意外送回鐵馬到女兒竟然活了下來，真是快樂的一天。

伯仲把工具箱解下，再把鐵馬牽到屋簷下放好，心中兀自想著，生大女兒彼時，是希望她日後富貴如明珠；到了二女兒，只希望她前途清亮似月英。

至於，這個死裡逃生的小女兒，伯仲看著將暗未暗的天空，雲邊猶透著一抹紅霞，未來能夠乾乾淨淨做人，樸樸素素過日就好，正如此時他對自己的期許——嗯！就叫素淨好了。

天際最後的晚霞攸逝，大地逐漸渾沌，他的目光則不再望向假山後頭的李家廳堂，靜靜面對「大營」門口，那兩扇大門沉重地關著，只剩小門微開，夜空尚無星光亮起，看不清「大營」外的情景。

不過，既然黑夜會來，就有天光的時候，等到天光了，他就要重新把工具箱綁在鐵馬後座，讓心愛的鐵馬從此又陪著他一庄行過一庄，為一家人討生活……。

華麗與暗灰（後記）

華麗屬於戲棚上，生旦淨末丑盡王侯將相、英雄美人；暗灰屬於戲棚下，引頸遙望千古風流人物皆芸芸眾生、市井小民。君不見，戲棚上俯視戲棚下，烏壓壓觀眾難辨面目而且越遠越暗灰。

生長在一個禁忌年代，「首部曲：忤」的眾生相，小時候身在其中，不論已成傳奇或現實人物。但是所有的故事都隱隱約約，諱莫如深，似乎連日光都因為真相渾沌而虛浮起來。

那也是個苦悶年代，看著周遭的悲苦，卻似乎連哀吟的權利都沒，人人噤口，彷彿戒備著空氣中看不見的鬼魅，到底為什麼？但是「囡仔人有耳無喙」，任憑「？」宛如磚塊層層疊疊在內心，卻無從索取答案，反而建蓋了一座囚牢將自己禁錮。

歷經長久歲月自我認同的追尋，一度放逐自己於海外，直到在屏東真正落地生根之後，長久潛伏內心的騷動就化為行動了，我開始溯源這些故事背後的歷史真相，或讀史料或訪耆老，卻像進入福爾摩斯的世界，有時似乎撥雲見日有時又如墜五里霧中，無比苦悶，才逐漸了解「生為台灣人的悲哀」，自己的歷史自己的故事還得遮遮掩掩，而有一幫人一直在搶奪對台灣歷史和台灣文學的註解權，於是歷史被扭曲，而文學也淪為附屬上邦大國的邊陲文學。

過程再怎麼坎坎坷坷，甚至跌跌撞撞，多年來我努力著一塊一塊卸磚，自己的囚牢自己拆解。也逐漸感受到在殘暴的歷史事件當中，受害最深的往往是庶民，譬如我周遭那些暗灰的人物他們暗灰的故事。

為什麼歷史小說也只能由王侯將相、英雄美人擔綱？「浮世繪」描摹社會各階層的庶民，不是更能呈現時代的真相？儘管他們在歷史洪流中的掙扎多麼卑微，反抗如此無力，所以我發願要寫屬於庶民的台灣歷史小說。「叛之三部曲　首部曲：忤」當然是歷史小說，而且道道地地台灣味。

感謝「新台灣和平基金會」所頒予的「台灣歷史長篇小說獎」，這是寫作馬拉松的加油站。頒獎典禮的會場上，吳念真導演主動握手勉勵我繼續寫下去，那是莫大的鼓勵啊！在既孤獨又艱辛的寫作過程。也再一次感謝為本書寫前序的李敏勇老師，不辭辛苦，拔刀相助，激勵著剪雲更有勇氣持續完成「叛之三部曲」。

林剪雲

於二〇一七年四月

九歌文庫 1257

忤
叛之三部曲首部曲

著者　林剪雲
責任編輯　鍾欣純
創辦人　蔡文甫
發行人　蔡澤玉
出版發行　九歌出版社有限公司
臺北市八德路3段12巷57弄40號
電話／25776564傳真／25789205
郵政劃撥／0112295-1
九歌文學網　www.chiuko.com.tw
印刷　晨捷印製股份有限公司
法律顧問　龍躍天律師・蕭雄淋律師・董安丹律師
初版　2017年6月
初版 2 印　2024年6月
定價　380元

書號　F1257
ISBN　978-986-450-131-1
（缺頁、破損或裝訂錯誤，請寄回本公司更換）

國家圖書館出版品預行編目資料

忤：叛之三部曲首部曲 / 林剪雲著. -- 初版.
-- 臺北市 : 九歌, 2017.06
面； 公分. -- (九歌文庫 ; 1257)
ISBN 978-986-450-131-1(平裝)

857.7 106007304